Berge von Sinbughwar
Wiege der Drachen
Täler der Floraden
Arindals Festung
Farzanahs Festung
Felder von Naârbeleth
Sumpf
Tibannas Lichtung
Thauri Siedlung
Ruinen von Zaâmandra
N
Feengrotten
Arwarah

Für Ruth und Katharina

Besuchen Sie uns im Internet unter www.biber-butzemann.de

Geschwister-Scholl-Str. 7
15566 Schöneiche

1. Auflage, März 2013

Text: Elisabeth Schieferdecker
Illustrationen: Sabrina Pohle (www.splinteredshard.com)
Lektorat: Steffi Bieber-Geske
Lektoratsassistenz: Franziska Holst, Christiane Menzel, Cecilia Preiss, Gwenn Wunsch
Layout und Satz: Andrea Jäke
Korrektorat: Peggy Büttner
Druck- und Bindearbeiten: PBtisk a.s., Delostrelecká 344, 261 01 Príbram I, Czech Republic
ISBN: 978-3-942428-09-5

Elisabeth Schieferdecker

Das Elfenlicht von Arwarah

Biber & Butzemann

I.
Veränderungen

Auf ironische Weise fand Till es passend, dass der wohl schwerste Tag seines Lebens ein dunkler, verregneter Septembertag war. Obwohl er geschützt unter der bunten Blase aneinandergepresster Regenschirme stand, peitschte ihm der Herbstwind den eiskalten Regen ins Gesicht. Die Sicht war verschwommen, aber auch bei klarem Wetter hätte er die beiden Särge vor sich nur undeutlich wahrgenommen, denn seine Augen waren von den heimlichen Tränen der Nacht gerötet.

„Ein richtiger Junge weint nicht", hatte die fremde Frau im Waisenhaus gesagt, in dem er vorübergehend wohnen musste, bis das Jugendamt entschied, dass er von jetzt an bei Tante Lucie, Onkel Philipp und deren drei Kindern wohnen würde. Obwohl sie seine nächsten Verwandten waren, kannte er sie kaum. Bei diesem Gedanken legte sich eine eiserne Hand um sein Herz, das zum Zerspringen raste. Er hörte nichts von den tröstenden Worten des Pfarrers oder dem Schluchzen der anwesenden Trauergäste.

Während er der Abschiedsmelodie lauschte, die die Regentropfen in monotonem Rhythmus auf die Särge trommelten, schweiften seine Gedanken in die glücklichen Tage seiner bisherigen Kindheit zurück, die nun mit dem tödlichen Unfall seiner Eltern ein jähes Ende gefunden hatte. Tills Vater Stephan und Onkel Philipp waren Brüder und in Saalfeld aufgewachsen, aber während Philipp mit seiner Familie noch immer in Lucies altem Elternhaus wohnte, hatte es Stephan seinerzeit in die Welt hinaus gezogen. Er wollte unbedingt Schiffsbauer werden. Nach dem Abitur ging er zum Studium an die Küste und lernte dort seine zukünftige Frau Teresa kennen.

Im Gegensatz zu seinen Freunden fand Till immer, dass seine Eltern cool waren. Sie hatten ihm nie Stress gemacht, so wie andere Eltern es scheinbar taten, sondern waren für ihn da gewesen, wenn er sie brauchte. Freilich hatte sein Vater viele, viele Stunden in seinem Konstruktionsbüro auf der Werft verbracht, aber wann immer er eine freie Minute hatte, verbrachte er sie mit seiner Mutter und ihm. Letztes Jahr zu Weihnachten hatte Papa ihm ein kleines, altes Boot gekauft und es gemeinsam mit Till wieder auf Vordermann gebracht. Im kommenden Frühjahr sollte es vom Stapel laufen, aber dazu würde es ja nun nicht mehr kommen. Jetzt musste er hier wohnen, am Ende der Welt sozusagen, fernab von der berauschenden Weite des Wassers, weit weg von seinen Freunden und allem, was ihm in seinem Leben je vertraut gewesen war.

Sein Blick wanderte zu den Bergen hinüber, die sie Gartenkuppen nannten und der üppige, dunkle Wald erschreckte und faszinierte ihn gleichermaßen. Jetzt bist du aber echt ungerecht, schalt ihn seine innere Stimme. Du solltest ein wenig Dankbarkeit empfinden, dass Onkel Philipp und Tante Lucie dich aufnehmen. Schließlich haben sie auch ohne dich schon genug um die Ohren und die Alternative dazu wäre das Waisenhaus gewesen. Puh! Beim Gedanken an diesen Ort lief es ihm eiskalt den Rücken hinunter. Da hätte mir auch die schönste Aussicht aufs Meer nichts genutzt. Nein, vorerst muss ich mich damit abfinden, aber später, später kann ich hier wieder abhauen, so wie Papa es getan hat!

Inzwischen war der Augenblick gekommen, da seine Eltern in die dunkle, wohlriechende Erde gebettet wurden und er wusste, dass er nun als Erster nach vorn gehen musste, um ihnen eine Handvoll Blumen auf die letzte Reise mitzugeben. Blumen sind gut, sie passen zu Mama, die ihren kleinen Garten liebte, aber für Papa hatte er noch etwas anderes vorbereitet. In seiner Hosentasche trug er zwei kleine Flaschen mit Meerwasser, Sand und Muscheln. Eine für Papa und eine für sich selbst.

Die Augen der Anwesenden waren wartend auf ihn gerichtet, aber seine Füße versagten ihm den Dienst und schienen geradewegs am Boden zu kleben. Schon befürchtete er zu fallen, da spürte er plötzlich eine kleine, feingliedrige, warme Kinderhand in der seinen. Fest drückten die Fingerchen zu und hielten den Kontakt zu seinem neuen Leben aufrecht, bis er Abschied genommen hatte und der Trauergottesdienst zu Ende war. Es war Flora, das zierliche Nesthäkchen der Familie, die mit ihren großen, grünen Augen fest an Till hing.

„Du bleibst ja jetzt bei uns!", flüsterte sie ihm vertraut zu. „Und es wird dir bestimmt gefallen!"

Till schaute stumm zu seiner kleinen Cousine hinab. Im Augenblick bezweifelte er, dass es ihm überhaupt irgendwann, irgendwo wieder gefallen würde, aber sie blickte ihn so zuversichtlich an, dass er ihr zuliebe zustimmend nickte.

„Ich friere so! Bitte bring mich zum Auto", sagte die Kleine und zog an Tills Hand. „Ist bestimmt offen. Los, wir rennen um die Wette!"

„Auf dem Friedhof darf man nicht rennen!", sagte Lilly, die hinzugetreten war und schüttelte dabei ihr langes Haar keck über die Schulter. „Das schickt sich nicht!"

„Ich will ja auch niemandem was schicken! Komm Till, komm!"

Der Junge schaute sich um und als er sah, dass das Händeschütteln und Umarmen immer näher rückte, stimmte er zu und rannte mit Flora zum Auto. Das fehlte noch, dass er all diesen fremden Leuten vorgestellt würde! Trotz ihrer Einwände folgte Lilly ihnen.

Mit lautem Knall schlug die Fahrzeugtür zu. Im Inneren war es warm, trocken und still. Erschöpft ließ er sich in den Rücksitz fallen, doch seine Cousine hatte nicht vor, ihn ungestört seiner Trauer zu überlassen.

„Zuhause haben wir schon soooo viel zu Essen vorbereitet. Mama und Omi haben gekocht und gebacken, aber Papa wollte nicht, dass die ganzen Leute mitkommen. Er hat gesagt, dass das nicht nur eine Beerdigung, sondern vor allem eine Begrüßungsfeier für dich ist."

Flora zupfte ihre Mütze vom Kopf und Till sah, dass sie leuchtend rotes Haar hatte, das ordentlich in zwei dicke lange Zöpfe geflochten war. Über ihrer Stupsnase prangten ein paar vorwitzige Sommersprossen und wenn sie lachte, sah man die nachwachsenden Schneidezähne, die vorübergehend ein sympathisches Lispeln hervorriefen. Sie wartete nicht auf Tills Antwort, sondern plapperte munter weiter. „Hast du deine ganzen Sachen in dem einen Koffer? Das ist ja nicht gerade viel! Aber wir haben bestimmt genug Anziehsachen für dich. Mutter schimpft immer, dass Oskar so schnell wächst."

„Hm", machte Till nachdenklich. Er war ein Einzelkind und alles, was er bisher an Kleidung bekommen hatte, war neu und nur für ihn gekauft worden, aber im Grunde interessierte ihn das im Augenblick nicht. Onkel Philipp hatte ihn aus dem Waisenhaus geholt und beim überstürzten Umzug dorthin hatte er nur das Allernötigste mitgenommen. Das meiste seiner persönlichen Sachen war noch in der elterlichen Wohnung, die in den nächsten Wochen aufgelöst werden musste.

„Mama hat gesagt, dass sich alles finden wird", sagte die 16-jährige Lilly, ausnahmsweise mal weniger naseweis. Sie empfand echtes Mitgefühl für ihren Cousin, der nur wenige Monate jünger war als sie. Scheu betrachtete sie ihn von der Seite. Es war lange her, dass sie sich das letzte Mal gesehen hatten. Wann war das nur? Ja richtig, jetzt erinnerte sie sich, es war zu Floras Taufe gewesen, also vor fünf langen Jahren. Eigentlich sieht er ganz hübsch aus, dachte sie. Wenn man es genau nahm, sah er Oskar sogar ein bisschen ähnlich, die gleiche, kleine gerade Nase, die das charakteristische Aussehen aller Rudloffs prägte, die klaren grau-grünen Augen unter schmalen, kühn geschwungenen Augenbrauen und der weiche Mund, um den jetzt allerdings ein bitterer Zug lag. Wer es nicht besser wusste, würde sie für Brüder halten.

Till hatte sich müde zurückgelehnt und schloss die Augen, während Flora mit dem Finger ein Muster an die angelaufenen Autoscheiben malte und dabei ein Herbstlied summte. Beinahe wäre er eingeschlafen und schreckte zusammen, als die Autotür abermals ins Schloss fiel. Onkel Philipp und Tante Lucie waren eingestiegen und brachten einen Schwung kalte Herbstluft mit.

„Mach schnell Phil, dreh die Heizung hoch! Die Kinder sehen halb erfroren aus! Bring uns nach Hause", sagte Lucie und strich sich eine Locke des nassen, kurzen Haares aus der Stirn. Sie hatte sich umgedreht und lächelte den drei Kindern auf der Rückbank freundlich zu. Als sie die schwarzen Ringe um Tills Augen sah, streichelte sie liebevoll seine Hand. „Du siehst erschöpft aus, aber du hast dich tapfer gehalten. Deine Eltern wären stolz auf dich!"

„Hm!", machte Till erneut, da er nicht wusste, was er erwidern sollte, aber irgendwie freute er sich über das unerwartete Lob, das seine so mühsam aufrechterhaltene Standhaftigkeit bestätigte.

Er schaute aus dem Fenster und versuchte sich an das Haus seines Onkels zu erinnern, aber alles, was ihm dazu einfiel, war, dass es sich um ein kleines Anwesen in der Nähe des Waldes handelte.

Der alte Opel Astra schnaufte die Sonneberger Straße hinauf. Für einen kurzen Moment dachte Till an den schnittigen Audi seines Vaters, aber was hatte ihm der moderne Wagen genutzt?

Endlich hatten sie ihr Ziel erreicht. Das Auto hielt vor dem letzten Haus in der Straße und Tante Lucie stieg behände aus, um das Tor zu öffnen.

„Hier wären wir also!“, sagte Onkel Philipp. „Nochmals herzlich willkommen zuhause, Till!“

„Danke!“, murmelte Till mit einem Kloß im Hals, der von Minute zu Minute größer wurde. Am liebsten hätte er geschrien, dass das hier keineswegs sein Zuhause sei.

Lilly und Flora sprangen aus dem Wagen und halfen, sein Gepäck hineinzutragen. Sein Unbehagen schwand ein wenig, als er im Flur einen freundlichen Willkommensgruß in Form eines bunten Herbstblumenstraußes vorfand. Flora hatte dazu ein lustiges Bild gemalt, das unverwechselbar alle Mitglieder der Rudloff-Familie darstellte. Der Größe nach aufgestellt und einander an den Händen haltend begrüßten sie ein dünnes Figürchen mit Kapitänsmütze in seinem neuen Zuhause. Unter diesem Szenario war mit wackligen Großbuchstaben

„WILLKOMMEN LIEBER TILL“

geschrieben.

Während Onkel Philipp half, Tills Sachen nach oben in Oskars Zimmer zu bringen, empfing Tante Lucie die wenigen Trauergäste, die zum Essen gekommen waren.

„Na Till, wenn du willst, kannst du deine Sachen dort in den kleinen Schrank legen. Oskar hat ihn für dich frei geräumt. Alles kam so überraschend, da hatten wir noch keine Zeit, ein eigenes Zimmer für dich vorzubereiten. Aber Oskar und ich haben schon Pläne gemacht. Wir wollen dir Omas altes Nähzimmer ausbauen.“

„Es tut mir leid, dass ihr meinetwegen solche Umstände habt“, antwortete Till mit belegter Stimme.

„Ach Junge, rede keinen Unsinn! Das sind keine Umstände für uns, verstehst du? Wir sind alle froh, dass du jetzt bei uns wohnst. Mein Bruder würde an meiner Stelle nicht anders handeln! Du hättest mal sehen sollen, wie Tante Lucie mit der Dame vom Jugendamt gekämpft hat! Eine Löwin ist nichts dagegen!“

„Vielen Dank dafür! Und die Frau im Waisenhaus, die war auch nicht von Pappe!“

„Du sagst es!“

Einen Augenblick lang schwiegen beide und Till schaute sich verlegen im

Zimmer seines Cousins um. Im weitesten Sinne ähnelte es seinem eigenen daheim, nur war es vor Kurzem sehr ordentlich aufgeräumt worden. Er sah Poster von Caliban und Heaven Shall Burn an der Wand, ein Regal voller CDs und Bücher. In einer Ecke stand ein Schlagzeug und auf dem Boden ringsum lagen Noten. Die Abdrücke im Teppichbelag bestätigten, dass Oskars Bett erst kürzlich an die Seite gerückt worden war, damit Platz für Tills Liege frei wurde. Den Blickfang bildete der große, zweitürige Kleiderschrank aus Eichenholz, neben dem die kleine Anrichte stand, die nun vorübergehend Tills Habe beherbergen sollte.

„Till", unterbrach sein Onkel die unangenehme Stille, „wir haben lange überlegt, was wir sagen könnten, um dich in diesem schrecklichen Verlust zu trösten, aber ehrlich gesagt sind uns nicht die rechten Worte eingefallen. Wundere dich also nicht, wenn wir von uns aus nicht so viel dazu sagen. Wir alle sind der Meinung, dass Handeln jetzt wichtiger ist als Reden! Gemeinsam werden wir aus diesem Tal herausfinden und du könntest uns helfen, indem du uns ehrlich sagst, wenn dir etwas nicht gefällt oder du dich nicht wohlfühlst. Und nun komm, eine Weile musst du noch mit hinuntergehen. Du hast heute noch nichts Warmes gegessen und deine Tante Lucie hat einen Topf Gulasch gekocht, mit dem kannst du die halbe Stadt füttern. Und Semmelknödel! Lilly hat behauptet, du würdest sie gern essen."

„Das ist wahr! Nach so langer Zeit hat sie sich daran erinnert?"

„Oh, ja! Unsere Lilly tut immer nur so, als wäre sie aus Eis. In Wahrheit ist sie warmherzig und aufmerksam. Also komm, wir wollen gehen. Nach dem Essen könnt ihr Kinder euch zurückziehen, wenn ihr wollt! Es war ein langer, schwerer Tag!"

Er klopfte Till freundschaftlich auf die Schulter, so wie es sein Vater auch immer getan hatte und eine Welle des Vertrauens durchströmte den Jungen.

Auf der Treppe kam ihnen Oskar entgegen. Der 18-Jährige hatte die Strecke vom Friedhof nach Hause mit dem Rad zurückgelegt und war folglich nass bis auf die Haut.

„Beeil dich, Großer! Essen ist fertig!"

Till fühlte sich mies, weil er offensichtlich Oskars Platz im Auto eingenommen hatte, aber der zwinkerte ihm im Vorübergehen verschwörerisch zu.

Der restliche Tag ging an Till vorbei wie ein Traum. Er war so müde, dass seine Auffassungsgabe endgültig erschöpft war und er gleich nach dem

Abendessen zu Bett ging. In der Nacht plagten ihn wirre Träume, aber schließlich fand er doch die Ruhe, die er so nötig brauchte.

Es war bereits 11 Uhr, als er am nächsten Tag erwachte. Im Haus herrschte eine seltsame, befremdliche Stille und es dauerte eine Weile, bevor er sich erinnerte, wo er war und warum. Sanftes Licht sickerte durch die geschlossenen Vorhänge und mahnte ihn zum Aufstehen. Er blickte zu Oskars Bett, das noch aufgedeckt von der Nacht war. Natürlich – die anderen hatten das Haus verlassen, um ihren täglichen Verpflichtungen nachzukommen.

Tante Lucie und Onkel Philipp hatten beschlossen, ihn eine Woche von der Schule zu befreien, damit er Zeit fand, sich zu sammeln und zu erholen. Unentschlossen träumte er noch eine Weile vor sich hin, dann entschied er aufzustehen und sein neues Zuhause zu erforschen. Diese Idee beflügelte seine Lebensgeister und schon merkte er, dass er hungrig war. Also wäre es am sinnvollsten, wenn er in der Küche beginnen würde. Hurtig schlüpfte er in Jeans und T-Shirt und rannte die Treppe hinunter. Allein fühlte er sich unbefangen und sogar ein wenig fröhlich. In der Küche war es angenehm warm. Jemand hatte ein Feuer im Herd angezündet und Moritz, der kleine schwarze Kater, schlief auf der Ofenbank. Auf dem Küchentisch fand Till einen Zettel, Brötchen und einen Krug mit frischer Milch.

„Guten Morgen, lieber Till!

Wir hoffen, dass du gut geschlafen hast. Lass dir das Frühstück schmecken. Oma ist auf den Markt gegangen. Wenn sie kommt, könnt ihr gemeinsam das Mittagessen zubereiten. Wir sind so gegen 14.30 Uhr wieder zuhause. Dann ist endlich Wochenende!
Tante Lucie"

Till legte den Zettel zur Seite und ging zum großen, alten Küchenschrank, der eine ganze Seite des Raumes für sich beanspruchte, und nahm einen Teller vom Board. Unter dem Teil mit dem Tellerregal waren zehn schöne alte Messinghaken, an denen je eine große, lustig dekorierte Tasse hing. Noch ein Schmiermesser aus dem Schubfach, fertig. Als Till den Kühlschrank suchte, bemerkte er, dass die Küche sozusagen in zwei verschiedene Jahrhunderte eingeteilt war: Den älteren Teil bildeten der Küchenschrank, eine ebenso hübsche, alte Anrichte, die Essecke mit vier Stühlen und die Ofenbank. Hier gab es auch mehrere Wandregale mit alten, teils seltsamen Küchengeräten und jeder Menge Kräutertöpfchen. Im modernen Teil gab es eine dunkle Holzarbeitsplatte, unter der Spüle, Geschirrspüler, Kühlschrank, Eisschrank und Mikrowelle ihren Platz gefunden hatten. Oberhalb der Arbeitsplatte befand sich ein Fenster, vor dem bunte Geranientöpfe prangten.

Da die Rudloffs ein altes Bauernhaus bewohnten, war die Küche natürlich dementsprechend groß. Hier hatten schon viele Generationen gekocht und gegessen. Till fand den Raum sehr gemütlich. Er nahm Butter und Marmelade aus dem Kühlschrank, setzte sich zu Moritz auf die Bank und ließ es sich schmecken. Unterdessen trommelte draußen der Regen an die Fensterscheiben und Till dachte mit Bedauern an Oma Gertrude, die auf dem langen Weg vom Markt bis zum Haus bestimmt pitschnass werden würde. Nachdem er aufgegessen hatte, räumte er den Tisch ab und nahm seinen Besichtigungsrundgang wieder auf.

Der Grundriss des Rudloffschen Hofes war wie der der meisten aus dieser Zeit stammenden Gebäude. Betrat man das Haus durch den Haupteingang, erreichte man zunächst die Diele, von der aus alle Zimmer des vorderen Wohnbereichs abgingen. Rechts beginnend war das Wohnzimmer, dann kam das Arbeitszimmer und, dem Eingang genau gegenüber, befanden sich Küche und Speisekammer. Till richtete seinen Blick nach links. Dort war die alte, ausgetretene Holztreppe, die zu den oberen Räumen führte und die bei jedem Tritt ächzte, als wolle sie den Benutzer auf ihr ehrbares Alter aufmerksam machen. Unter der Treppe war eine niedrige Tür, die offenbar zum Keller führte, und daneben, wusste Till, die untere Toilette.

Till drückte die alte, eiserne Türklinke, aber der Keller war verschlossen, und da der Schlüssel nicht steckte, ging er weiter. Er würde schon noch eine Gelegenheit zur Erkundung des Kellers finden. Die letzte Tür der Diele führte zu einem geräumigen Abstellraum, in dem sich der Heizkessel und allerlei notwendige Arbeitsgeräte befanden. Till stellte fest, dass Tante Lucie ihn praktischerweise auch zum Wäschetrocknen und Bügeln nutzte. Später erfuhr Till von Oma Gertrude, dass dieser Raum ursprünglich einmal die Futterküche gewesen war. Er hatte einen zweiten Ausgang, der in die Garage und von dort aus auf den Hof führte. Das hübsche Anwesen gehörte einst Oma Gertrudes Großeltern, die noch richtig Landwirtschaft betrieben hatten. Heutzutage hielt man außer Moritz, dem Kater, lediglich noch ein paar Hühner auf dem Hof.

Till steckte den Kopf zur Garagentür hinaus und warf einen sehnsuchtsvollen Blick auf die Scheune und die anderen einladend ausschauenden Nebengebäude. Nein, bei diesem Wetter würde er keinen Fuß vor die Türe setzen, auch wenn ihn die Neugierde noch so plagte.

Das gemütliche Wohnzimmer hatte er gestern Abend schon kennengelernt und das Arbeitszimmer hatte wenig Anziehungskraft für einen Jungen wie ihn. Neben dem Arbeitszimmer war das untere Bad, oder vielmehr die Dusche. Bei so vielen Hausbewohnern waren ein Bad und eine Toilette nicht ausreichend. Till schloss die Tür und stieg die Treppe zum oberen Stockwerk hinauf. Sie führte zu einem hübschen, mit alten Bauernmöbeln und Grünpflanzen eingerichteten Vorzimmer. Gestern, bei seiner Ankunft, war er viel zu müde und niedergeschlagen gewesen, um sich genauer umzublicken. Die Anordnung der Räume im vorderen Wohnbereich glich der des Untergeschosses. Rechts, das helle, große Zimmer gehörte Oskar und ihm selbst, daneben wohnten die beiden Mädchen. Till öffnete die Tür, schaute sich um und entschied, dass dies Lillys Zimmer sein musste. Weit gefehlt, wenn er hier den typischen Mädchenkram erwartet hatte. Es gab weder Himmelbett noch rosa Plüschhasen, dafür aber ein Teleskop, das so groß war, dass es ein eigens dafür gebautes Podest gab.

„Das hätte ich dir gar nicht zugetraut, Cousinchen!“, flüsterte er, während er das Gerät staunend umkreiste. An einer Wand hatte das Mädchen eine riesige Sternenkarte befestigt und die Zimmerdecke war hellblau gestrichen. Till glaubte eine Menge von Sternen zu sehen, die mit phosphoreszierender Farbe gemalt waren, so dass sie im Dunkeln leuchten würden. Fast ehrfürchtig ging er zum Bücherregal und las die Titel auf den Buchrücken, während er mit dem Finger suchend darüber strich. „Du bist, was du liest!“, hatte sein Deutschlehrer immer gesagt. „Astronomie, Geologie, Mondkalender 2010, Geschichtsbücher für Jugendliche und einen Almanach der Zauberwesen! Wer hätte das gedacht!“, murmelte Till beeindruckt.

„Hätte mir auch noch gefehlt, dass ich so eine Zicke zur Stiefschwester bekomme, die nur auf der Suche nach dem nächsten Glitzernagellack ist!“, brummte er. Naja, ein bisschen schräg fand er sie trotzdem, denn mit ihren schwarzen Klamotten und den langen dunklen Haaren hatte sie offensichtlich einen Hang zum Mystischen. Aber was ging ihn das an? Für ihn war sein Aufenthalt hier nur eine Zwischenstation, die sich nicht umgehen ließ.

Das Zimmer hatte zwei Fenster. Während vor dem einen das Teleskop platziert war, stand unterhalb des anderen ein alter Schreibsekretär mit vielen kleinen Schubladen. Till trat näher und betrachtete die aufgeschlagene Seite eines Notizbuches, auf dem die Umlaufbahn des Mondes fein säuberlich aufgezeichnet war. Die Koordinaten waren jeden Tag zur gleichen Stunde festgestellt und aufgeschrieben worden.

„Hm! Das ist interessant!", murmelte Till. „Vielleicht kann ich dabei auch mal mitmachen." Weiterhin hatte sie noch einen hübschen Kleiderschrank, einen Schreibtisch mit Computer und Zubehör und eine gemütliche Schlafcouch mit vielen bunten Kissen im Zimmer. Obwohl es verlockend war, fand Till, dass er nicht das Recht hatte, in eines der Schubfächer zu sehen. Nein, so weit ging seine Neugierde nicht. Er würde auch nicht wollen, dass jemand während seiner Abwesenheit in seinen persönlichen Sachen herumkramte! Dass alle Räume unverschlossen waren, bewies, wie sehr sie ihm vertrauten, und dieses Vertrauen würde er nicht ausnutzen! Das nächste Zimmer gehörte der kleinen Flora und war noch wie ein richtiges Kinderzimmer eingerichtet. Ursprünglich besaß es eine Verbindungstür zu Lillys Zimmer, aber Onkel Phil hatte sie mit einer Holzplatte verschlossen und ein hübsches Regal in den Türrahmen gebaut, in dem jetzt Floras Schätze untergebracht waren. Es gab viele bunte, der Größe nach sortierte Kinderbücher, Bau-, und Legosteine, Malzeug, Kinderkassetten, CDs. Till fand die Dinge irgendwie tröstlich und vertraut, da es ihn an seine eigene Kindheit erinnerte. Mit Vergnügen betrachtete er eine gemütliche Teegesellschaft, die aus ein paar hübschen Püppchen und Stofftieren bestand. Sie waren um einen kleinen Tisch versammelt, der liebevoll mit einem Kinderservice gedeckt war.

„Na meine Damen und Herren, sie werden sich wohl noch ein wenig gedulden müssen, bis ihre Gastgeberin nach Hause kommt!", sagte Till, während seine Aufmerksamkeit von einer hübschen, silbernen Dose angezogen wurde, die mit bizarr verschlungenen Linien und Zeichen verziert war und auf deren Deckel eine winzige Gestalt saß. Es war offensichtlich, dass das Gefäß Floras fehlende Zuckerdose ersetzen sollte.

Till nahm sie in die Hand und spürte eine rätselhafte Wärme von ihr ausgehen. Aufmerksam betrachtete er die anmutige Figur, die einen Flötenspieler darstellte, der so fein gearbeitet war, dass er lebendig zu sein schien. Er schüttelte das Kästchen und hörte, dass sich in seinem Inneren etwas verbarg, aber leider ließ es sich nicht öffnen. Enttäuscht stellte er den Gegenstand wieder auf den Tisch und beeilte sich, den Raum zu verlassen, denn er hörte, wie sich im unteren Flur die Haustür öffnete.

II.
Oma Gertrude

Gleich darauf ertönte Oma Gertrudes freundliche Stimme: „Till, mein Junge, bist du schon aufgestanden? Ich bin zurück! Wenn du willst, kannst du mir mit dem Mittagessen behilflich sein!"

„Ich komme!" Till eilte die Treppe hinab und half der alten Dame, die schweren Einkaufstüten in die Küche zu tragen.

„Weißt du, wie man einen Pudding kocht?", fragte sie, hängte ihre nasse Jacke an den Ofen und band sich eine Schürze um.

„Ja, hab' ich schon gemacht!"

„Gut, dann würdest du mir sehr helfen, wenn du den Schokoladenpudding anrührst, während ich die Fleischbrühe ansetze. Eine Suppe, mag sie noch so lecker sein, ist doch nichts ohne einen süßen Schokoladenpudding!", sagte sie und wischte sich mit einem Taschentuch die Regentropfen von der runzligen Stirn. Sie wollte ihm keine wirkliche Wahl lassen und schob alles Notwendige zu ihm hinüber. Till war froh, etwas tun zu können, denn obwohl er nicht schüchtern war, wusste er im Augenblick nicht, worüber er sich mit der fremden Verwandten unterhalten sollte.

Die Brühe war schnell angesetzt und Oma Gertrude machte sich daran, das Gemüse zu putzen. In der Küche begann es, lecker zu duften und Tills Befangenheit schwand.

„Welche Schalen soll ich für den Pudding nehmen?", fragte er unter eifrigem Rühren, denn er wollte auf keinen Fall, dass der Pudding misslang. Es war schließlich seine erste Aufgabe im Haus.

„Nimm sie dir bitte aus dem Küchenschrank, gleich dort im ersten Fach!", sagte Oma Gertrude und bezweckte damit, dass er sich heimisch fühlte.

Nachdem er die Schalen sorgsam mit kaltem Wasser ausgespült hatte, füllte er den heißen, süß duftenden Pudding hinein. „Du kannst sie zum Abkühlen aufs Fensterbrett stellen, aber gib auf Moritz acht! Er ist ein echtes Schlemmermäulchen!"

Und wirklich, kaum hatte Till die Schalen auf dem Fensterbrett postiert, sprang der kleine Kater mit einem Satz zu ihm hinauf. Mit seiner weichen Nase versuchte er an seiner Hand vorbei zu drängeln, um an die begehrte Süßigkeit zu gelangen, und Till musste über seine Beharrlichkeit lachen. Behutsam nahm er ihn auf die Arme und klappte das Küchenfenster an. Dann kratzte er die Reste aus dem Puddingtopf in Moritz' Fressnapf und freute sich, wie es dem Tier schmeckte.

Oma Gertrude konnte sich gut vorstellen, wie es um Tills Seele stand. Als sie vor ein paar Jahren ihren lieben Mann begraben musste, hatte das Leben lange Zeit keinen Sinn mehr für sie gehabt, und das, obwohl sie eine erwachsene, selbständige und kluge Frau war. Ihr mitleidiges Herz flog dem Jungen geradezu entgegen und da er im Augenblick mehr als empfänglich für jedes gute Wort war, kamen die beiden bestens miteinander aus. Till hatte Moritz kurzerhand in den Garten gescheucht. Nun saß er am Tisch und schnippelte Möhren, Kohlrabi, Blumenkohl und Sellerie in kleine Stücke, während Oma Gertrude sich mit ihm unterhielt.

„Wenn das Wetter etwas besser wird, dann können wir beide Mal hoch zum Waldrand laufen. Ich brauche noch ein paar spätwachsende Kräuter, die ich für den Winter trocknen will."

„Ja, das können wir machen. Ich gehe gern in den Wald, er ist so anders als bei uns an der See. Sieht aus, als wäre es gar nicht weit."

„Nun, da hast du recht. Wenn wir der Straße folgen, dann sind es höchstens 700 Meter, bis wir zu den Feengrotten kommen. Dort beginnt der Wald und dort sind auch die saftigen Wiesen, an deren Rain ich eine gute Stelle weiß!"

„Die Feengrotten? Was ist das? Irgendwie habe ich diesen Namen schon gehört, aber ..."

„Das ist ein Schaubergwerk und es heißt ‚Jeremias Glück'! Es könnte sein, dass du mit deinen Eltern dort warst! Obwohl, ... nein! Das letzte Mal, als ihr hier wart, warst du noch zu klein dafür!"

„Und wonach hat man dort gegraben?"

„Nach Vitriol und Alaunschiefer. Alaun hat man früher zum Gerben und Färben von Leder benutzt, aber das ist schon viele, viele Jahre her. Als sich der Abbau nicht mehr lohnte, hat man das Bergwerk geschlossen und der Natur überlassen, die dort ungestört ein Wunderwerk schaffen konnte."

„Ein Wunderwerk?"

„Aber ja! Weißt du denn nicht, dass die Natur selbst die größte Künstlerin ist?“

„Ja schon, aber bei einem Bergwerk?“

„Im Laufe der vielen Jahre haben sich dort herrliche Tropfsteine gebildet und das Besondere daran ist, dass sie farbig sind!“

„Oh, das interessiert mich!“

„Wusste ich's doch! Du musst mit Lilly oder Oskar hingehen. Es wird dir gefallen. Es ist eine unterirdische Welt voller Geheimnisse und Abenteuer.“ Oma Gertrudes Augen leuchteten vor Begeisterung. „Das ist einer von diesen Plätzen, an dem man die Existenz andersartiger Lebewesen regelrecht spüren kann, weißt du!“

„Du meinst doch nicht etwa Feen und Elfen und so?“, fragte Till und konnte ein Grinsen nicht unterdrücken.

„Doch, doch, genau das meine ich. Der Wald birgt Leben von mannigfaltigster Natur. Du wirst schon sehen! Sei nicht von vornherein zu skeptisch!“, antwortete Gertrude mit einem seltsamen Lächeln und Till wusste nicht, ob sie es ernst meinte oder ihn einfach nur neckte.

„Und weißt du auch, wie man die Tropfsteine nennt?“, fragte sie weiter, froh darüber, ein unverfängliches Gesprächsthema gefunden zu haben.

„Peter, Klaus, Susi, Heinrich ...?“

„Ach du! Die von der Decke nach unten wachsen, die nennt man Stalaktiten und die auf dem Boden, das sind die Stalagmiten“, sagte Oma Gertrude, ohne sich beirren zu lassen.

„Und wenn sie zu einer Säule zusammenwachsen?“

„Dann nennt man sie Stalagnat! Aber das kommt in den Feengrotten noch nicht so häufig vor. Es dauert eben eine lange, lange Zeit, bis so ein Tropfstein auch nur einen Zentimeter gewachsen ist.“

„Wie lange waren die Grotten denn geschlossen?“

„Genau weiß ich das nicht, lange eben. Anfang des 20. Jahrhunderts hat sie der ehemalige Besitzer Adolf Mützelburg erschließen und für Besucher begehbar machen lassen. Man hatte entdeckt, dass das mineralhaltige Wasser der Quellen gesundheitsfördernd ist. Seitdem sind sie ein beliebtes Ausflugsziel für Groß und Klein.“

„So wie du das sagst, klingt es, als ob du das bedauerst“, sagte Till und betrachtete Gertrude nachdenklich.

„Ja, ein bisschen vielleicht. Heutzutage sieht man weder Feen noch Elfen!

Wegen der vielen Touristen. Weißt du, dies hier ist mein Elternhaus. Als ich ein kleines Mädchen war, lebte meine Oma bei uns, so wie ich heute bei meiner Tochter Lucie und ihrer Familie. Sie war eine weise Frau, die mir viel über Kräuter und Pflanzen, aber auch über Elfen und Feen erzählt hat."

„Aber das waren doch nur Märchen!", sagte Till und zog zweifelnd die Augenbrauen hoch.

„Hm? Teils, teils. Weißt du, ich glaube, es gibt einige wenige Menschen, die in der Lage sind, derartige Wesen zu sehen und zu verstehen, aber da die meisten anderen es nicht können, glaubt ihnen keiner. Ich denke, meine Oma gehörte zu den wenigen Auserwählten, die es konnten. Sie hatte ein Gespür für feinstöffliche Wesen."

„Feinstöffliche Wesen? Was in aller Welt ist das denn?"

„Die Naturgeister und Zauberwesen natürlich!"

„Unmöglich!", rief Till, überrascht, dass jemand wie Oma Gertrude an so etwas glaubte.

„Da bin ich anderer Meinung! Oma hat mich oft zum Beerensammeln mitgenommen. Dabei hat sie mir die alten, geheimen Stellen gezeigt, wo man sie beobachten konnte. Und überhaupt, warum zweifeln wir die Existenz von Feen, Elfen, Berg- und Baumgeistern an, obwohl ganze Völkerstämme an Engel und dergleichen glauben."

„Hm? Und diese geheimen Stellen waren in der Nähe der Feengrotten?"

„Aber ja, was denkst du, warum sie so heißen! Elfen und Feen lieben den Tanz. Sie haben ganz besondere Festtage, da konnte man sie beim Reigen beobachten und natürlich lieben sie den Vollmond!"

„Das glaub ich nicht, nee, nee! Bei uns zuhause gibt es auch Geschichten über Wassergeister und Nixen und so, aber das ist nichts als Seemannsgarn!"

„Naja, jeder entscheidet selber, woran er glaubt oder nicht", sagte Gertrude ein ganz klein wenig pikiert darüber, dass Till sich weigerte, ihr zu glauben, doch ihre gute Laune kehrte sofort zurück, als sie einen weiteren Einfall hatte. „Aber du, du bist eigentlich besonders geeignet mit ihnen Kontakt aufzunehmen. Du bist doch ein Sonntagskind, nicht wahr?"

„Ich weiß nicht genau, ich kann mich nicht so gut erinnern", grinste Till übers ganze Gesicht und Gertrude bemerkte die positive Veränderung voll Freude. „Wenn wir ihn gut füttern und recht lieb haben, dann werden die schwarzen Ringe um seine Augen bald verschwinden", dachte sie gutmütig.

„Na, dann finde es heraus. Du hast doch bestimmt auch so einen Computer!"

„Ja, wenn wir meine Sachen holen, bringe ich ihn mit!"

„Apropos Sachen ... Die Suppe köchelt jetzt von allein! Wir räumen schnell auf, decken den Tisch und dann zeige ich dir, wo wir dein Zimmer einrichten werden! Hast du Lust?"

„Ja, klar!", sagte Till ehrlich erfreut, denn er wollte nicht wirklich gern viel länger mit in Oskars Zimmer wohnen. Irgendwie war ihm das unangenehm und ungewohnt. Aber dann fiel ihm wieder ein, dass sein zukünftiges Zimmer ja eigentlich Oma Gertrudes Nähzimmer war und sie vielleicht traurig war, es herzugeben.

„Wird dir dein Nähzimmer denn nicht fehlen?", fragte er besorgt.

„Ach, wo denkst du hin? Für die alte Nähmaschine ist Platz in der ehemaligen Futterküche. Dort ist es auch im Winter schön warm und wenn ich mal Sehnsucht nach dem Raum habe, dann komm ich zum Strümpfe stricken zu dir!"

„Ja, dagegen ist nichts einzuwenden!"

„So, nun decke ich den Tisch und du bist so gut, und holst den Pudding. Der müsste ja inzwischen kalt geworden sein."

„Es hat aufgehört zu regnen!", bemerkte Till, als er das Fenster öffnete.

„Das ist gut. Wollen doch hoffen, dass es noch einen schönen Altweibersommer gibt, dieses Jahr!"

Der Tisch war schnell gedeckt und die beiden gingen nach oben. Till, der immer gleich zwei Stufen auf einmal nahm, musste auf Oma Gertrude warten, die ein wenig außer Atem kam. Die beiden wendeten sich dem Teil des Hauses zu, den Till noch nicht besichtigt hatte. Der lange Flur lag über der alten Futterküche und einem Stück des ehemaligen Schweinestalles. Er hatte rechts und links je zwei Türen, von denen Till nur wusste, dass hinter der ersten das geräumige Bad und die Toilette waren. Die anderen drei Zimmer gehörten Oma Gertrude.

„Dies ist meine kleine Wohnstube. Manchmal will ich auch für mich sein, und dann ziehe ich mich hierhin zurück." Sie öffnete die Tür und Till blickte in ein behaglich eingerichtetes Zimmer. „Als mein Mann noch lebte, da hatten wir Oskars großes Zimmer für uns. Aber mir allein reicht das kleine. Es ist gemütlich hier."

Till fand, dass das Zimmer die gleiche Liebenswürdigkeit ausstrahlte wie Oma Gertrude selbst. Viele Möbel waren nicht vorhanden, aber die brauchte sie ja auch nicht. Für Besucher hatte sie ein kleines Sofa mit einem Couchtisch davor. An der gegenüberliegenden Wand stand ein schönes altes Büfett, in dessen Glasteil Till hübsche Gläser und Sammeltassen entdeckte.

„Siehst du, das ist mein Lieblingsplatz!", sagte sie und zeigte auf einen majestätischen Ohrensessel aus rotem Plüsch, der am Fenster stand. „Von dort kann ich fernsehen oder zum Fenster hinaus schauen! ... Und ich habe das beste Licht zum Stricken oder Stopfen!"

Dass sie dieser Tätigkeit erst kürzlich nachgekommen war, bewies ein Wollkörbchen mit bunter Sockenwolle, in dem ein angefangener Strumpf lag. Damit die Maschen nicht von den Nadeln rutschten, hatte Gertrude sie hochkant in den Wollknäuel gesteckt.

„Jeder hier im Haus bekommt seine Strümpfe von mir", sagte sie stolz. „Kinderfüße wachsen ständig und gute Strümpfe sind teuer! Auf diese Weise kann ich mich nützlich machen!"

Sie ging zum Wollkörbchen und holte ein paar dunkelblaue Strümpfe, die mit einem Band liebevoll zusammengebunden waren und reichte sie Till. „Die habe ich für dich gemacht. Ich hoffe, sie passen!"

„Danke sehr!", sagte Till überrascht.

Für einen kurzen Moment standen die beiden stumm nebeneinander. „Hier, koste einen Keks! Du bist bestimmt schon hungrig", unterbrach Gertrude die unangenehme Stille als Erste. „Wir haben es uns angewöhnt, nach der Arbeit so ein Zwischending zwischen Mittag und Kaffee zu machen. Dafür essen wir dann nicht so viel zum Abendbrot. Aber komm, wir wollten ja eigentlich das Zimmer ansehen!"

Den nächsten Raum, der Gertrudes Schlafzimmer barg, ließen sie unbesichtigt und kamen zum Nähzimmer.

„Die Wände brauchen natürlich einen neuen Anstrich, aber sonst ist hier alles modernisiert worden. Gut, die Fußbodendielen sind alt, aber das wollte Phil so lassen, weil es zum Stil des Hauses passt." Sie blickte sich um. „Im Laufe der Zeit hat sich hier so einiges angesammelt, was auf den Speicher gebracht oder weggeworfen werden kann."

„Ich will aber keine Umstände machen!", sagte Till und zu seinem Ärger spürte er, wie ihm die Tränen in die Augen stiegen. Jetzt bloß nicht heulen! Das wäre zu peinlich. So gut kannte er keinen hier, dass sie ihn beim Heulen sehen sollten.

„Das Besondere an diesem Zimmer ist der kleine Balkon hier. Siehst du?" Oma Gertrude zog die Gardine zur Seite und jetzt sah er, dass der Raum nicht zwei Fenster besaß wie er geglaubt hatte, sondern ein Fenster und eine kleine Tür.

„Früher waren das mal die Gesinderäume und es gab eine Holztreppe zum Stall hinunter. Phil hat das alles erneuert. Du kannst ruhig auf die kleine Balustrade hinausgehen."

„Das ist ja prima! Da wundert es mich aber, dass keiner von den anderen das Zimmer für sich wollte!"

„Naja, Oskar hatte schon ein Auge darauf geworfen, aber Phil und Lucie haben gesagt, du sollst etwas Neues haben, etwas, das extra für dich gemacht worden ist."

Draußen vor dem Haus klappten Autotüren und laute, fröhliche Stimmen wurden hörbar.

„Ah, sie kommen! Dann wollen wir nach unten gehen. Kommst du mit?"

„Ja!" Till lauschte auf das Lachen in der Diele und da war es wieder, dieses unangenehme Gefühl, nicht dazuzugehören. Egal wie nett er sie fand und egal wie viel Mühe sie sich gaben, er gehörte nicht dazu. Da er nicht einmal mehr Großeltern hatte, gehörte er eigentlich nur sich selbst. Dieser Gedanke machte ihm Mut. Warum war er nicht schon früher darauf gekommen. Er gehörte sich selbst. Er brauchte niemanden! Doch noch ehe die harten Gedanken sein Herz verschließen konnten, stapften kleine Füße die Treppe hinauf und Flora kam ihm mit wehenden Zöpfen entgegengerannt.

„Till, Till!", rief sie. „Komm wir wollen essen. Was hast du den ganzen Tag gemacht? Hast du dich gelangweilt?"

„Hallo mein Liebling!", rief Oma Gertrude ihr entgegen. „Nun frag dem Till nicht gleich ein Loch in den Bauch!"

„Ich will aber wissen, was er gemacht hat. Ich habe ihm ein Geschenk gebastelt!" Sie zog ein zusammengefaltetes Stück Papier aus der Hosentasche, das sich als ein Papierdeckchen entpuppte, auf dem mit Pinseldruck ein Muster gearbeitet war. „Eigentlich wollte ich es als Tischdecke für meinen Puppentisch, aber nun sollst du es haben!" Sie streckte ihm das Deckchen entgegen, das er etwas ungeschickt ergriff.

Er betrachtete es und sagte diplomatisch: „Danke sehr, aber im Augenblick habe ich noch keinen richtigen Platz dafür. Wie wäre es, wenn du es so lange für mich aufhebst, bis mein Zimmer fertig ist."

„Gute Idee! Komm! Wir legen es so lange auf den Tisch!"

Sie zog Till kurzerhand hinter sich her in ihr Zimmer, geradewegs zur kleinen Teegesellschaft.

„Hallo meine Lieben!", begrüßte sie die Püppchen und Plüschtiere. „Was habt ihr nur ohne mich gemacht?" Geschickt rückte sie die Tassen und Teller zurecht, um Platz für das Deckchen zu machen. Dabei drückte sie Till die Zuckerdose in die Hand, die dieser nun zum zweiten Mal mit Erstaunen betrachtete, war ihm doch so, als ob sich die kleine Figur gerade bewegt hätte! Aber nein, das war unmöglich. Er hob den Gegenstand unmittelbar vor seine Augen und war wiederum von seiner Schönheit fasziniert, aber sonst hatten ihm wohl seine überreizten Nerven einen Streich gespielt. Und überhaupt, was für ein winziger Mechanismus wäre nötig, um eine so kleine Figur zu bewegen!

Tante Lucie rief aus der Küche und eilig stellten sie Dose und Puppengeschirr wieder an ihren Platz. Ein letzter Blick und sie gingen nach unten.

In der Küche herrschte ein lustiges Tohuwabohu, das bei Tills Eintreten jäh verstummte. Oskar und Lilly, die gemeinsam das Böll-Gymnasium besuchten, hatten ihre Tageserlebnisse ausgetauscht und fanden ihre gute Laune in Tills Gegenwart irgendwie unangebracht.

„Hallo Till!", sagte Tante Lucie, um die unangenehme Stille zu unterbrechen. „Oma Gertrude hat mir erzählt, wie gut ihr den Tag zusammen verbracht habt. Danke für deine Kochhilfe! Setz dich und lass es dir schmecken!"

Während des Essens legte sich die Befangenheit der Kinder und das Gespräch wendete sich wieder den alltäglichen Dingen zu. Till war froh, nicht im Mittelpunkt des Geschehens zu stehen. Normalität war genau das, was er jetzt brauchte. Später am Nachmittag kam Onkel Phil nach Hause. Er hatte einen Anruf aus Hamburg erhalten. Der Hausherr von Tills elterlicher Wohnung hatte bereits einen Nachmieter gefunden und drängte darauf, dass die Wohnung geräumt werden sollte.

„Auf der einen Seite ist es von Vorteil, die Miete nicht länger bezahlen zu müssen", erklärte er Till. „Auf der anderen Seite ist es vielleicht noch zu früh für dich, den Haushalt aufzulösen. Ich kann mir gut vorstellen, dass es dir große Schmerzen bereitet."

„Ich, ich weiß nicht genau ...", stotterte Till.

„Wenn du möchtest, kannst du hier bei Oma Gertrude bleiben, während Lucie und ich nach Hamburg fahren, um die Angelegenheit für dich zu regeln. Du müsstest uns aber sagen, wie wir in deinem Sinne verfahren sollen. Wir wollen, dass alles so ist, wie du es dir wünschst."

„Danke sehr! Ich denke, ich wäre froh, hier zu bleiben. Ich, ich …", antwortete Till mit zitternder, versagender Stimme. Plötzlich brach der Damm und die so lang zurückgehaltenen Tränen bahnten sich ihren Weg. Schluchzend stand er in der Küche und fand sich im nächsten Moment in Tante Lucies Armen wieder. Es dauerte lange, bis sich die einmal geöffneten Schleusen wieder schlossen und danach fühlte sich Till so zerschlagen, dass Tante Lucie ihn mit einer gehörigen Portion Baldriantropfen zu Bett brachte.

Oskar, der eigentlich an seinem Schlagzeug üben wollte, maulte und machte ein saures Gesicht. „Ach Ma, ich hab' doch am nächsten Samstag das Vorspiel!", sagte er vorwurfsvoll, als seine Mutter ihn mit einem Kopfnicken hinausschickte. „Wie soll ich da bestehen, wenn ich nicht üben kann?"

„Darüber sprechen wir später! Jetzt komm, wir wollen Till schlafen lassen." Zärtlich strich sie ihm mit der Hand über das strubblige Haar. „Ruh dich aus, ja, und wenn irgendwas ist, dann rufst du mich!"

Till nickte erschöpft und beschämt. Er wollte einfach nur allein sein und weinen.

„Aber ich brauche meinen Computer!", protestierte Oskar noch einmal. „Kann ich nicht wenigstens leise daran arbeiten?"

„Hast du Hausaufgaben zu machen?"

„Nee! Ich wollte nur chatten."

„Dann gehst du ins Arbeitszimmer und wenn das nicht geht, dann chattest du heute mal nicht. Du sitzt sowieso viel zu oft und zu lange an dem Ding!"

„An Papas Computer kann man nicht gescheit arbeiten. Das Teil ist lahm wie sonst was!", maulte er beim Hinuntergehen. „Am besten wir legen Till mit in Floras Zimmer, die muss sowieso auch gleich ins Bett!"

„Du weißt so gut wie ich, dass dort kein Platz ist. Und außerdem ist es nicht für lange. Sobald Papa Zeit hat, werden wir das Nähzimmer renovieren."

„Wenn er Zeit hat? Na dann dauert es hundert Jahre."

In der Küche trafen sie Lilly, die Moritz auf den Knien hatte und wohlig sein weiches Fell kraulte.

„Oder wir legen ihn so lange mit in Lillys Zimmer. Die zwei sind fast gleich alt und Platz ist genug."

„Du hast wohl ein Rad ab!" Lilly hielt abrupt in ihrer Tätigkeit inne. „Nichts gegen Till, aber kein hirnloses, männliches Wesen wird auch nur einen Tag lang in meinem Zimmer wohnen!", sagte sie aufgebracht. „Er ist doch gut aufgehoben, wo er jetzt ist. Da kann er gleich noch maskulinen Unsinn dazulernen, den er bis jetzt nicht weiß!"

„Und von dir kann er lernen, wie ein emanzipierter Eiszapfen aussieht!", zischte Oskar zurück.

„Aber hallo!" Lucie ging stirnrunzelnd zwischen die beiden Kampfhähne. „Was soll denn das? Könnt ihr eure pubertären Anwandlungen nicht mal für ein, zwei Wochen unterdrücken? Hier ist eine Tragödie geschehen und ihr benehmt euch wie Egoisten! Der Junge hat alles verloren, was ihm lieb war und außer uns hat er niemanden! Ihr solltet euch wirklich schämen!" Beinahe hätte sie vor Wut mit dem Fuß aufgestampft. In der Küche war es still.

„Du hast ja recht", flüsterte Oskar schließlich und sah seine Schwester hilfesuchend an.

„Ja, du hast recht, Ma! Es tut uns leid!", pflichtete diese ihrem Bruder ausnahmsweise bei.

„Ab und zu verstehe ich euch nicht!", fuhr Lucie die Gelegenheit ausnutzend fort. „Wieso seid ihr nur manchmal wie Hund und Katze zueinander?"

„Na weil Lilly alles hasst, was männlich ist! Die ganze Schule weiß es."

„Ja und du bist so ein Frauenversteher! Dauernd werde ich von irgendwelchen Weibern angequatscht. Kannst du mir ein Date mit deinem coolen Bruder vermitteln, Lilly? Hast du nicht ein Bild von ihm? Gib mir doch mal seine Handynummer. Er sieht sooo gut aus. Nicht auszuhalten!", fauchte Lilly zurück.

„Was kann ich dafür? Es gibt halt auch Mädchen, die Kerle wie mich mögen! Und sie mögen meine Musik!" Ärgerlich ging Oskar in die Diele hinaus und zog seine alte Lederjacke über. „Ich esse bei Tom!", sagte er und schlug die Tür zu.

Phil kam aus der Garage und Lilly nutzte die günstige Gelegenheit, sich aus der Gefahrenzone zurückzuziehen.

„Ich hatte das Gefühl, dass der Astra komische Geräusche beim Fahren macht", sagte er, während er zur Spüle ging, um sich die Hände zu waschen. „Ich werde morgen früh zum Autohaus fahren! Die sollen mal nachsehen. Da kann ich gleich fragen, ob wir einen Transporter mieten können und was es kostet. In den Astra passt nicht genug rein."

„Gute Idee, Phil! Du machst das schon."

„Was war denn los? Warum ist Lilly so sauer?"

„Ach, es gab mal wieder einen Bruder-Schwester-Disput. Wir fahren also am Samstag?"

„Tja, in Anbetracht der langen Fahrtzeit und der Wege, die zu erledigen sind, ist es besser, ich nehme eine Woche Urlaub. Wir brauchen bestimmt ein paar Tage vor Ort, denkst du nicht auch?"

„Hm, dann müssen wir Oma Gertrude aber lange mit der ganzen Bande allein lassen. Ob sie das schafft?"

„Ach, deine Mutter hat ein goldenes Händchen, was die Kinder angeht, und die zwei Großen können sich doch verdammt noch mal zusammenneh-men. Wieso gehen die nur andauernd aufeinander los? Von wem haben die das nur?"

„Von niemandem! Es ist nur so eine Phase, die vorübergeht. Wenn es hart auf hart kommt, dann halten sie zusammen, da bin ich mir ganz sicher, Phil!"

„Ja, ich eigentlich auch. Ich würde es auch nicht anders ertragen! Habe so schon genug um die Ohren!"

„Ich weiß! Geh in die Stube und mach es dir bequem. Ich bring Flora ins Bett!"

III.
Krank

Zusammengeringelt wie ein Würmchen lag Till unter der Bettdecke und schluchzte leise. Nur undeutlich drangen die Worte aus der Küche zu ihm, aber er war dennoch in der Lage, zu erfassen, dass es eine Auseinandersetzung gab. Eine Auseinandersetzung seinetwegen! Wie unangenehm! Wohin sollte er sich nur verkriechen? Am besten wäre gewesen, wenn er mit Mama und Papa im Auto gesessen hätte! Dann wäre er jetzt auch tot und müsste nicht hier leben, wo er nur Umstände verursachte.

Und dabei konnte er die anderen durchaus verstehen. Er wäre an Oskars Stelle auch nicht erbaut gewesen, Hals über Kopf einen Mitbewohner zu bekommen, der sein gesamtes Leben umkrempelte. Er war es zeitlebens gewohnt, die Nummer eins im Leben seiner Eltern zu sein, hier war er nur Kind Nummer vier! Stiefkind Nummer vier!

Till stand auf und öffnete das Fenster. Irgendwie fiel ihm das Atmen schwer und in seinem Hals kratzte es. Er kramte in seinem Rucksack und fand den MP3-Player, den er zu seinem letzten Geburtstag bekommen hatte. Sonntagskinder können mit Feen und Elfen kommunizieren, hatte Oma Gertrude gesagt. Sonntagskinder haben immer Glück! Na toll, wenn das Glück sein sollte! Die Metallica-Songs waren noch eingestellt. Er steckte sich die kleinen Kopfhörer in die Ohren und schottete sich von der Außenwelt ab. Zunächst einmal beruhigten ihn die vertrauten Rhythmen, sodass er in tiefen Schlummer fiel, aber später kamen die Träume wieder. Seit dem Tod seiner Eltern hatte er häufig unter Albträumen gelitten, diesmal aber war es besonders schlimm, weil er nicht aufwachen konnte.

Als Oskar spät in der Nacht nach Hause kam, hörte er leises Stöhnen aus Tills Ecke. Auf Zehenspitzen schlich er hinüber, um nachzusehen. Der

Mond, der schon beachtlich rund war, schien geradewegs auf Till und Oskar erkannte, dass er fieberte. Das schmale Gesicht war schneeweiß, die Lippen blutleer und unter den geschlossenen Augen lagen tiefe Schatten. Oskar erschrak. Wie hatte er nur so dämlich überreagieren können? Vorsichtig legte er dem Jüngeren die Hand auf die Stirn, während er die andere auf seine eigene presste. Der Unterschied war erheblich. Sollte er Mutter wecken? Noch ehe er den Gedanken richtig zu Ende gedacht hatte, stand Lucie in der Tür!

„Gott sei Dank, da bist du ja!", flüsterte sie leise. „Alles wieder okay? Du kennst mich doch, ich kann nicht richtig schlafen, wenn ich nicht weiß, wo du bist." Zärtlich streichelte sie ihrem Großen über den Arm.

„Ja, bei mir ist alles in Ordnung, aber mit dem Kleinen stimmt was nicht! Ich glaube, er ist sehr krank!"

„Was?" Lucie fuhr erschrocken herum.

„Ja, als ich rein kam, da hat er so schlimm gestöhnt. Ich dachte, er hat Alpträume und … Ach, sieh lieber selber mal nach ihm. Ich glaube, er hat hohes Fieber."

Vorsichtig beugte sich Lucie über das Bett und schon der erste Blick bestätigte Oskars Vermutung. Der Junge fieberte und warf im Traum den Kopf hin und her.

„Till, mein Junge! Wach auf! Du hast einen bösen Traum!", sagte Tante Lucie leise und fasste seine Hand. „Till, hörst du mich?" Till riss die Augen auf, wusste aber offenbar nicht, wo er war. „Alles ist gut! Du bist bei uns!"

„Mama!", stammelte Till und streckte seine Hand nach Lucie aus.

„Verdammt, Ma!", entfuhr es Oskar. „Der ist ja völlig durcheinander und ich blöder Kerl mach so einen Aufriss wegen dem Zimmer! Was soll ich tun?" Oskar war ehrlich zerknirscht. Seine gesamte Wut gegen die neuen Lebensumstände wandelte sich in Mitleid und Angst. Wie würde er sich an Tills Stelle fühlen?

„Lauf in die Küche und bring mir eine Schüssel kaltes Wasser, ja? Aber nicht eiskalt. Und Handtücher! Und das Fieberthermometer! Ach, und schmeiß den Wasserkocher an!", rief Lucie Oskar nach, der schon in großen Sätzen die Treppe hinunterstürmte. „Und wir ziehen erst mal einen trockenen Schlafanzug an, mein Lieber! Der hier ist ja klitschnass!"

„Es tut mir leid", flüsterte Till, der jetzt zu sich gekommen war. „Ich …"

„Ach Junge! Jetzt hör doch auf mit dem Leidtun!", sagte Tante Lucie mit

Nachdruck. „Dir muss überhaupt nichts leidtun! Wir sind eine Familie, verstehst du?“

„Aber ich wollte Oskar nicht aus seinem Zimmer vertreiben und ...“ „Der Oskar ist manchmal ganz schön doof!“, sagte Oskar, der mit der Schüssel in der Hand am Bettrand erschien. „Mach dir mal keine Gedanken um mich! Ich hab‘ total überreagiert.“ Umsichtig stellte er die Schüssel auf den Boden und half seiner Mutter, Till in die aufgeschüttelten Kissen zu betten.

„Ist jemand krank?“, ertönte Oma Gertrudes Stimme von der Tür.

„Ja Mutter, Till! Kannst du mir helfen? Dann kann Oskar sich in mein Bett legen und ich schlafe hier bei dem Jungen!“

„Selbstverständlich, Lucie! Soll ich Holunderblüten aufgießen?“

„Ja, danke! Das Wasser hat schon gekocht!“

Gehorsam trank Till den warmen Holunderblütentee und ließ auch sonst alles apathisch über sich ergehen. Regelmäßig wechselte Tante Lucie die kalten Umschläge um Arm- und Fußgelenke, aber das Fieber wollte und wollte nicht sinken. Am nächsten Morgen rief Lucie schließlich den Hausarzt der Familie, der auch bald darauf erschien. Stumm standen Philipp und die drei Kinder im Türrahmen, als Doktor Hausmann Till abhörte und untersuchte. Nur das leise Klappern von Oma Gertrude, die in der Küche das Frühstück vorbereitete, durchbrach die Stille.

Endlich legte der Arzt das Stethoskop beiseite und schrieb mehrere Medikamente auf ein Rezept. Stirnrunzelnd betrachtete er Till. „Du musst viel schlafen, Junge! Schlaf ist die beste Medizin. Und versuch, nicht so viel nachzudenken. Das hilft jetzt auch nicht weiter.“ Mitfühlend streichelte er über Tills strubbliges Haar. „Ich komme morgen wieder!“ Der Mediziner stand auf, nahm seinen Arztkoffer und ging zur Tür. „Und ihr lasst euren Cousin schön schlafen, ja? Er ist sehr krank! Wenn es nicht besser wird, müssen wir ihn ins Krankenhaus bringen!“

„Nein, Till soll nicht ins Krankenhaus!“, flüsterte Flora aufgeregt und den Tränen nahe. „Wenn ich ihm etwas schenke, wird er dann schneller gesund?“

„Hm, naja, ich weiß nicht recht!“, antwortete der Arzt mit einem Lächeln. „An was hast du denn gedacht?“

„Meine silberne Zuckerdose! Die mag er so gern. Ich hol sie!“ Flora rannte los und kehrte mit dem Gegenstand in der Hand zurück. Feierlich stellte sie ihn auf den Stuhl neben Tills Liege, den Lucie in Ermanglung eines Nachttisches dorthin gestellt hatte. „Die ist für dich, damit du schnell wieder gesund wirst!", sagte sie und ergriff Tills heiße Hand. „Der kleine Flötenspieler passt auf dich auf, wenn ich gehen muss! Der Onkel Doktor hat gesagt, wir sollen dich schlafen lassen!"

„Na dann kommt mal alle raus hier! Ich will noch kurz mit euren Eltern sprechen."

Erwartungsvoll versammelte sich die Familie um den Küchentisch, wo Doktor Hausmann dankend eine Tasse Kaffee entgegennahm.

„Was genau hat der Junge und warum soll er ins Krankenhaus?", fragte Lucie aufgeregt.

„Zum einen hat er sich eine Bronchitis zugezogen, was ja bei dem Sauwetter keine Kunst ist. Dazu kommt aber, dass sein Immunsystem sehr geschwächt ist. Sein Körper ist damit beschäftigt, das doppelte Seelenleid zu verarbeiten, daher das hohe Fieber. Es sind die Nerven!"

„Ach, dass ist alles so schlimm! Was sollen wir nur tun?"

„Euch nach dem alten Sprichwort richten, dass die Zeit die Wunden heilt! Und wir geben ihm neben dem Antibiotikum Johanniskraut. Das hat keine Nebenwirkungen und hilft der Seele schnell."

„Danke!"

„Schicken Sie ihn bald in die Schule. Es ist nicht gut, wenn er zu viel Zeit zum Grübeln hat. Naja und ihr ...", er wandte sich den Kindern zu, „ihr könnt für Ablenkung sorgen, wenn er wieder gesund ist. Also bis morgen dann und danke für den Kaffee!"

„Tja, damit sind unsere Pläne, nach Hamburg zu fahren, wohl erst mal auf Eis gelegt!", sagte Philipp.

„Das habe ich auch gedacht! Angenommen, Till muss wirklich ins Krankenhaus, dann müssen wir bei ihm sein", antwortete Lucie traurig.

„Oh ja. Aber das ist nicht so schlimm, wir haben schließlich jede Menge zu tun. Zuerst sage ich in Hamburg Bescheid, dass sich unser Besuch verzögern wird, und dann legen wir los!"

„Womit legen wir los?", fragten die Kinder wie aus einem Mund.

„Wir renovieren Tills Zimmer!"

„Au ja, das ist gut, dann hat er was, worauf er sich freuen kann!" Flora klatschte in die Hände.

„Und Oskar kann wieder Schlagzeug üben!"

Gesagt, getan! Binnen zehn Minuten waren alle in alte Jeans geschlüpft und die Aktion „Zimmer für Till" konnte starten. Die Kinder waren mit

Feuereifer bei der Sache und zum Mittag fanden alle, dass sie schon lange nicht mehr so viel Spaß gehabt hatten. Phil fuhr mit Oskar in den Baumarkt, um Raufasertapete und Farbe zu kaufen, während Oma Gertrude, Lucie und die beiden Mädchen sich um die aussortierten Sachen und das leibliche Wohl der Familie kümmerten.

Ungeachtet der vielen Arbeit schlich Lucie mehrmals auf Zehenspitzen zu Till. Der Junge schlief fest und wenn sie ihn weckte, um ihm die Medizin zu reichen, befand er sich in einem angenehmen Dämmerzustand. Gehorsam schluckte er die bitteren Tropfen und fiel dann sofort wieder in bleiernen Schlaf.

Er hatte merkwürdige Träume über Feen, Elfen und Naturgeister, die ihn freundlich beim Namen riefen. Auf verschlungenen Pfaden folgte er Oma Gertrude zum Waldrand, wo sie beobachteten, wie sich die Schönsten der Feen im Reigen drehten.

Ab und an erwachte er und blickte sich im fahlen Mondlicht um. Wo war er nur? Traum und Wirklichkeit verwoben sich zu einem Nebelschleier, der sich über seine Gedanken legte. Was war mit ihm geschehen? Und wieso bewegte sich die kleine Figur des Flötenspielers schon wieder auf ihrem Platz auf der silbernen Dose?

Ein paar Tage und Nächte ging das so fort, bis endlich eine leichte Besserung eintrat. Sein Atem und seine Träume wurden ruhiger, aber merkwürdigerweise sah er dennoch, wie sich der kleine Flötenspieler von Zeit zu Zeit bewegte.

Am Ende der Woche waren alle froh, als Doktor Hausmann kam und feststellte, dass Till über den Berg war. Die starken Medikamente wurden abgesetzt und gegen den schlimmen Husten verordnete er ihm acht Aufenthalte im bewährten Heilstollen, dem sogenannten Emanatorium der Feengrotten.

„Was ist ein Ematorum?", fragte Flora mit großen Augen.

„Emanatorium! Das ist ein Raum, in dem die Luft besonders gut und sauber ist. Menschen, die so einen bösen Husten haben wie Till, werden dort gesund."

„Und was muss man da machen?"

„Man wird schön warm in eine Decke gepackt und muss die gute Luft tief in die Lungen atmen."

„Man kann dabei auch singen, habe ich gehört!“, sagte Oma Gertrude. „Na, das fehlte noch!“, entgegnete Till grinsend. „Dann fallen wahrscheinlich die Tropfsteine vor Schreck von der Decke!“

„Und wenn man ganz schön singt, kommt die Feenkönigin und erfüllt drei Wünsche!“, flüsterte Flora aufgeregt.

„Diesen Unsinn hat dir doch Oma Gertrude beigebracht“, lachte Oskar. „Das hat sie mit uns auch probiert. Deswegen hat Lilly ihr Teleskop gekauft, damit sie die Elfen beobachten kann!“

„Mann, bist du doof!“, antwortete diese und funkelte ihren Bruder böse an.

„Ja, und da Oskar dich begleiten wird, könnt ihr sogar im Duett singen!“, unterbrach Lucie den Disput, noch ehe er richtig begonnen hatte.

„Was, ich soll da mitgehen?“

„Na wenigstens beim ersten Mal. Ich weiß ja nicht, ob man Begleitpersonen mit hineinlässt, aber es wäre überaus nett von dir!“ Der Blick, den sie auf ihren Großen richtete, ließ keinen Zweifel aufkommen, sodass er nur still nickte. „Papa und ich, wir müssen endlich nach Hamburg fahren, um die Wohnung aufzulösen.“

„Ja, am Samstag geht's los! Und damit wir wissen, wohin wir deine Sachen tun können, haben wir eine Überraschung für dich, Till.“

Bei diesen Worten hüpfte Flora freudig in die Höhe. Seit zwei Tagen quengelte sie schon, weil sie Till endlich sein Zimmer zeigen wollte.

„Zieh aber besser den Bademantel über!“, sagte Tante Lucie besorgt.

Gehorsam und mit zitternden Knien folgte Till der Aufforderung. Verwundert blickte er in die vor Vorfreude glänzenden Augen seiner neuen Familie. Was hatten sie mit ihm vor? Als sich die kleine Prozession dem hinteren Flur näherte, dämmerte es ihm. Sie hatten doch nicht etwa sein Zimmer …?

Doch sie hatten!

„Sieh nur! Sieh nur, Till!“ Flora hüpfte wie ein kleiner Troll in dem völlig leeren Zimmer umher.

„Wann habt ihr das denn gemacht?“, fragte er und schaute sich ungläubig um. Der Raum hatte sich wirklich zu seinen Gunsten verändert und wenn erst einmal seine eigenen Möbel da wären, würde er ein behagliches Jugendzimmer haben.

„Ich hoffe, die Farbe ist für dich okay!“, sagte Oskar nicht wenig stolz, weil er so viel geholfen hatte. „Wenn's nach Papa gegangen wäre, dann hättest du jetzt Blümchentapete! Aber ich schätze, darauf machen sich deine Metallica-Poster nicht so gut!"

„Von wegen Blümchentapete!"

Nach längerem Überlegen hatten sie sich auf ein helles Ocker geeinigt und die Wand mit dem Fenster und der Balkontür dunkler abgesetzt.

„Ja, es sieht klasse aus. Danke! Ich weiß gar nicht, was ich sagen soll!" Oma Gertrude bemerkte den Kloß, der in Tills Hals wuchs. Verständlicherweise war er in letzter Zeit nah am Wasser gebaut, darum eilte sie ihm zu Hilfe. „Du brauchst gar nichts zu sagen, Junge. Hauptsache, es gefällt dir. Wir werden auch noch was für den Fußboden finden, damit du nicht auf den blanken Dielen gehen musst!"

„Jetzt aber wieder ab in die Koje!", meinte Onkel Phil, „Wir wollen ja nicht, dass du einen Rückfall bekommst!"

Fröhlich löste sich die kleine Versammlung auf, während sich Till seltsam zufrieden wieder auf seine Liege legte. Durch das weit geöffnete Fenster flutete sanfter, goldener Sonnenschein.

Wie sich Oma Gertrude gewünscht hatte, war der Sommer noch einmal zurückgekehrt und es gab jede Menge im herbstlichen Garten zu tun. Er lauschte auf die fröhlichen Stimmen von draußen, als Flora noch einmal zu ihm kam.

„Wenn du willst, dann sehen wir uns einen Film an!", sagte sie hoffnungsvoll zu Till. Sie genoss es, dass er nicht so barsch reagierte, wie ihre eigenen Geschwister, wenn sie nicht mit ihr spielen wollten. „Ich habe ‚Tom Sawyer' von Oskar bekommen, aber der hat sowieso nie Zeit, ihn mit mir zu sehen!"

„Hm, okay! Aber wie …?"

„Ich geh' und hole Papas Laptop!"

Noch ehe Till etwas dagegen sagen konnte, sauste die Kleine davon. Till baute unterdessen eine Rückenstütze aus Kissen. Irgendwie fühlte er sich verändert und freute sich sogar auf diesen Kinderfilm! Die unkomplizierte Gesellschaft seiner kleinen Cousine tat ihm gut. „Sie is' ein lieber, kleiner Kumpel!", sagte er zur Flötenspielerfigur, die daraufhin unmerklich nickte, sodass Till erschrocken die Hand vor den Mund legte und die Dose anstarrte.

Flora, die soeben zurückgekehrt war, hatte seine Reaktion bemerkt. „Hast du gesehen, wie er sich bewegt?", fragte sie flüsternd und legte das Notebook vor Till auf die Bettdecke. „Du brauchst keine Angst zu haben, er ist ganz lieb!"

„Dann ist es also doch ein Mechanismus?“ Till wollte erleichtert aufatmen, aber die kleine Figur und Flora schüttelten gemeinsam den Kopf! „Das gibt’s doch nicht! Ich glaube, ich habe immer noch Fieber!“, flüsterte er vor Aufregung und fasste an seine Stirn.

„Nee!“ Flora schaute sich vorsichtig um, ob sie auch niemand hörte. „Die anderen sehen das nicht! Ich habe es Mama und Papa schon oft gesagt, aber sie glauben mir nicht. Sie sagen, das kommt von den vielen Feenmärchen, die Oma Gertrude immer erzählt und sind sauer. Also sag lieber nichts darüber zu ihnen!“

„Trotzdem, ich verstehe das nicht. Ist es eine Spieluhr oder so was?“ Till nahm die Dose vorsichtig in die Hand, um sie noch einmal genauer zu betrachten.

„Nein, Oma Gertrude behauptet, dass sie verzaubert ist und ich glaube ihr.“

„Verzaubert?“ Till sah, wie der Flötenspieler ganz leicht mit dem Kopf nickte. „Wer in aller Welt sollte sie denn verzaubert haben?“

„Die böse Fee natürlich!“ Für Flora war das ganz eindeutig. „Weißt du denn nicht, dass es auch böse gibt?“

„Ja, im Märchen! Das weiß doch jedes Kind!“

„Nein, Feen gibt es nicht nur im Märchen, sondern auch bei uns. Oma Gertrude hat sie gesehen, als sie Kräuter und Beeren gesammelt hat. Auf den Wiesen hinter den Feengrotten. Dort treffen sie sich, wenn der Mond scheint. Sie sind wunderhübsch wie Prinzessinnen.“

„Hm?“, machte Till wieder, da er nichts sagen wollte, was die Kleine verletzte. Omas Geschichten hatten offensichtlich einen allzu tiefen Eindruck hinterlassen. „Und was ist in der Dose drin? Wieso kann man sie nicht öffnen? Sie hat ja nicht einmal ein Schlüsselloch!“

„Hat sie doch!“, rief Flora aufgeregt, „aber nicht jeder kann und darf es sehen!“

„Es ist schon spät“, sagte Till leise, um von dem merkwürdigen Thema abzulenken, „wir wollen lieber mit dem Film beginnen, wenn du ihn noch vor dem Abendbrot fertig sehen willst!“

„Na gut!“, meinte Flora und hielt die Dose mit ihren kleinen Händen umfangen. „Du glaubst mir nicht, aber ich weiß es besser, weil Alrick mir das Schlüsselloch selbst gezeigt hat!“

„Und wer ist Alrick?“

„Na Alrick, der kleine Flötenspieler. Er ist ein Elf!“

„Ach so!", sagte Till schnell und drückte die Starttaste, um dem heiklen Thema zu entkommen. Bei den spannenden Abenteuern von Tom Sawyer und Huckleberry Finn waren Dose und Flötenspieler fürs Erste vergessen und danach wurden die beiden zum Abendessen gerufen. Obwohl Till sich noch immer befangen fühlte, war er nach der langen Bettruhe froh, zum Essen wieder am Tisch zu sitzen. Die Befangenheit war nicht nur auf seiner Seite, dies merkte er wohl, aber er konnte es den anderen nicht verübeln. Sie gaben sich ehrlich Mühe, dennoch gab es nur wenige gemeinsame Gesprächsthemen, wenn man das Hauptthema seines erlittenen Verlustes und alles, was damit zusammenhing, meiden wollte.

Tante Lucie und Onkel Phil hatten für jedes Kind einen Aufgabenzettel vorbereitet, den sie während ihrer Abwesenheit abarbeiten sollten. Oma Gertrude würde sich um das Kochen und Waschen kümmern, aber Dinge wie Einkaufen und Saubermachen mussten unter ihnen aufgeteilt werden. Till war keine Ausnahme, auch er hatte einen Zettel erhalten und seine tägliche Aufgabe war, Flora aus dem nahe gelegenen Kindergarten abzuholen. Lilly und Oskar hatten außerdem den Auftrag erhalten, Till zu den Feengrotten zu begleiten. Großherzig versprachen sie, sich um alles zu kümmern, denn in Anbetracht der 14 Tage sturmfreien Bude waren die beiden guter Dinge.

Eigentlich war es ein angenehmer Abend, der schließlich damit endete, dass Till den Schlüssel für sein neues Zimmer bekam.

„Bitte warte noch mit dem Umziehen!", sagte Tante Lucie. „So ein leeres Zimmer ist ungemütlich und da bist du so allein!"

„Na gut, dann warte ich auf meine Möbel, aber eigentlich macht es mir nichts aus. Ich bin es gewohnt, allein zu sein."

„Ist doch nur für ein paar Tage!"

„Komm Till! Du hast versprochen, mit mir fernzusehen!", rief Flora.

Lucie blickte den Kindern nach.

„Du glaubst nicht, wie sehr ich mir wünsche, dass der Junge sich hier wohlfühlt!", sagte sie zu ihrer Mutter. „Und dabei weiß ich eigentlich gar nicht so richtig, wie ich mich verhalten soll. Ich kenne ihn ja kaum!"

„Er ist ein guter Junge und er ist stark. Hast du gewusst, dass er ein Sonntagskind ist?"

„Ach Mutter, ein Sonntagskind! Wenn dies das Glück ist, das Sonntagskindern blüht, dann könnten sie gut darauf verzichten, oder?"

„Du musst ein wenig weiterdenken, Lucie. Nicht nur oberflächlich und nicht nur bis zum heutigen Tag. Natürlich ist es ein Unglück, was mit seinen Eltern geschehen ist, aber was ihm hier widerfährt, das ist pures Sonntagsglück!"

„Was meinst du?"

„Das Böse hat ihm genommen, was ihm lieb und wertvoll war, aber das Schicksal hat den Schlag gemildert, indem es ihn zu uns gebracht hat. Er gehört jetzt hierher. Er wird bald merken, dass er Geschwister hat und ..." „Ach Mutter! Ich weiß ja, du meinst es gut, aber denkst du, es ist hilfreich, wenn du ihm zu all dem Neuen auch noch den Kopf mit deinen Feenmärchen verdrehst? Die gute Fee, die den Zauber der bösen Fee mildert? Bist du nicht schon ein wenig zu alt für so was?"

„Schon gut, schon gut! Ich sag ja nichts mehr, aber ich bin nicht blind und du bist es eigentlich auch nicht."

„Und wirst du zurechtkommen, wenn wir weg sind?", wechselte Lucie das Thema. Sie hatte jetzt nicht die Nerven, die Grillen ihrer Mutter zu ertragen. Schuldbewusst blickte sie zu Gertrude, die einen Berg Apfelstücke geschnitten hatte. „Mit deinem weißen Haarknoten und mit der bunten Schürze siehst du wie Urgroßmutter aus!", sagte sie. „Das waren noch Zeiten! Das Haus war alt und zu klein für alle, wir hatten nicht viel Geld, aber wir waren trotzdem glücklich miteinander! Warum war das so?"

Oma Gertrude legte das kleine Küchenmesser beiseite und lächelte ihre Tochter liebevoll an. „Weil kindliche Unwissenheit und unbegrenztes Vertrauen ein Segen sind!" Während sie sich daran machte, die Apfelstücke in gleichmäßigen Reihen auf dem Teig zu verteilen, sagte Lucie seufzend: „Das Auflösen der Hamburger Wohnung wird schwer für Phil. Er sagt es nicht, aber der Tod seines Bruders und seiner Schwägerin hat ihn sehr getroffen."

„Ich weiß, aber wenn ihr das erst hinter euch gebracht habt, können wir alle nach vorne blicken und es Till hier so schön wie möglich machen", sagte Oma Gertrude zuversichtlich.

„Wenn du recht hast, hast du recht!", lächelte Lucie und fühlte sich etwas besser. „Komm, ich habe die Küchenuhr gestellt. Wir können ein bisschen fernsehen, bis der Kuchen fertig ist.

Nach einem leckeren, gemeinsamen Frühstück brachen Lucie und Phil am Samstagvormittag auf. Lucie winkte aus dem Transporter und freute sich über die vier Kinder, die zufälligerweise der Größe nach am Straßenrand standen. Die fünfjährige Flora kämpfte ein bisschen mit den Tränen, während Lilly und Oskar im Stillen schon ihre Pläne für den Samstagabend machten.

Solange es ging, hing Tills Blick an den roten Punkten der Rücklichter. Seine Gedanken flogen über das graue Band der Autobahn nach Hamburg in die elterliche Wohnung, in sein Zimmer, in das gemeinsame Wohnzimmer ... „Stopp!", dachte er und schalt sich im Stillen einen Narren. „Das führt zu gar nichts! Sei froh, dass du hier bleiben kannst. Du gehst jetzt auf Papas Schule und machst ein super Abi und dann, dann gehst du zurück und wirst ein noch besserer Schiffsbauer als er es war!"

Diesen Samstag hatten die Kinder Glück, denn im Haus war bereits alles blitzsauber und das Sonntagsessen schon vorgekocht, sodass jeder von ihnen seinen Hobbys nachgehen konnte. Oma Gertrude war zu ihren Rommé-Freundinnen gegangen und würde erst am Abend heimkommen.

Während Oskar immer wieder die gleichen Rhythmen auf dem Schlagzeug übte, saßen Till und Flora in der gemütlichen Küche und bastelten an einem Papierdrachen, den Flora am Montag mit in den Kindergarten nehmen wollte.

Die Kleine war begeistert über Tills Hilfe, der sich, wie er selbst fand, nicht dumm anstellte. Kurz vor dem Abendbrot kam Lilly zu ihnen und half, den langen Drachenschweif mit bunten Stoffschleifen zu verzieren, die Oma Gertrude aus ihrem unerschöpflichen Vorratsschatz gezaubert hatte.

„Das haben wir gut hinbekommen, findet ihr nicht?", sagte sie und kletterte auf einen Küchenstuhl, um den Drachen in voller Größe und Schönheit zu betrachten. „Nun müssen wir aber noch ausprobieren, ob er auch wirklich fliegt!"

„Aber ja fliegt er!", rief Flora siegessicher. „Till hat alles gemacht, wie es auf dem Zettel stand!"

„Das bezweifle ich ja gar nicht, aber kann doch sein, dass das, was auf dem Zettel steht, nicht richtig ist!"

„Wirklich? Dürfen die da was Falsches draufschreiben?" Flora schaute ihre

Schwester skeptisch an. Sie wusste, dass sie allzu gern Schabernack mit ihr trieb.

„Nicht absichtlich natürlich, aber es kommt gelegentlich vor." Till nickte und als er Floras enttäuschtes Gesicht sah, fügte er hinzu: „Ich denke, es geht bei dem Wettbewerb um die Schönheit des Drachens und dieser hier ist jedenfalls der schönste!"

„Ja und morgen probieren wir ihn aus. Ich frag' die Oma, ob wir zur Wiese am Waldrand gehen können!"

„Kommt darauf an, wie das Wetter ist!" Lilly schnitt eine Scheibe Brot ab und nahm sich dazu eine Knacker aus dem Kühlschrank. Sie hatte es eilig, mit ihrer Freundin ins Kino zu gehen. „Aber wahrscheinlich haben wir Glück, denn morgen beginnen die drei Vollmondtage und da sind die meisten Nächte klar und die Tage windig."

„Hast du das mit deinem Teleskop beobachtet?", fragte Till beeindruckt.

„Ja, habe ich. Und ich habe es auch dokumentiert!"

Till nickte. Beinahe hätte er gesagt, dass er es gesehen hatte, aber er wollte nicht verraten, dass er in Lillys Zimmer gewesen war. „Und wieso drei Vollmondtage?", fragte er stattdessen.

„Weil man halt immer drei zählt. Den Tag davor und den unmittelbar danach auch. Der Mond ist dabei schon oder noch ganz rund!"

„Das ist interessant!"

„Ja, aber ich muss jetzt gehen! Wenn du willst, dann zeige ich dir mal, was ich gemacht habe!", rief sie vergnügt und war schon zu Tür hinaus. Es dauerte nicht lange, da klappte die Tür ein weiteres Mal und die Ruhe im Haus verriet den beiden, dass auch Oskar zu seinen Freunden gegangen war. Das Telefon klingelte und Tante Lucie meldete ihre gute Ankunft in Hamburg. Kurz darauf kam Oma Gertrude nach Hause und die drei verbrachten einen lustigen Abend mit „Mensch ärgere dich nicht".

Lilly hatte mit dem Wetter recht behalten. Ein lustiger Herbstwind zerzauste den vier Wanderern das Haar und zupfte an Jacken und Hosen, als sie am Sonntagnachmittag, einer hinter dem anderen, zum Waldrand hinauf stapften. Die goldene Herbstsonne schien am strahlend blauen Himmel und die vereinzelten Wolken sahen wie riesige Haufen Zuckerwatte aus. Der steile

Pfad führte an einem reifen Maisfeld entlang und Till fand Gefallen am geheimnisvollen Rascheln der Halme im Wind. Er dachte an Zuhause und an die wogenden Wellen der See, die dem lauschenden Seefahrer unverständliche Worte in einer rätselhaften Sprache zuraunten.

Allen voran, auf einen knorrigen Wanderstock gestützt, ging Oma Gertrude. Sie hatte die braune Strickjacke bis oben zugeknöpft und der Wind peitschte ihr den langen Rock um die Beine. In der freien Hand trug sie eine alte Milchkanne, die sie mit Brombeeren füllen wollte, und auf dem Rücken hatte sie eine zum Bündel gerollte Decke. Hinter ihr lief Lilly, die wie immer ganz in schwarz gekleidet war. Ihre beste Freundin war heute zu einer Familienfeier eingeladen und so hatte sie entschieden, mitzukommen. Vorsichtig trug sie den bunten Drachen vor ihrer Brust, der bereits bei jeder Windböe ungeduldig in ihren Armen zappelte. An seinem Schweif hing Flora. Das Mädchen hüpfte vor Freude über den schönen Tag von einem Bein aufs andere, wobei sie sorgsam achtgab, dass der Drachenschweif sich nicht im Buschwerk verfing.

Till bildete den Schluss und hatte noch etwas Mühe, mit den anderen Schritt zu halten. Seine Beine hatten die alte Ausdauer noch nicht wiedergefunden und von Zeit zu Zeit musste er hart husten, aber er war überzeugt, dass ihm die frische Luft gut tun würde. Er trug einen leichten Rucksack, in den Oma Gertrude selbstgemachte Zitronenlimonade und Plätzchen eingepackt hatte.

Auf einer kleinen Anhöhe blieb Oma Gertrude stehen, um zu rasten. Als Till herantrat, zeigte sie mit dem Stock ins Tal, in dem Till zwischen den Bäumen viele Menschen und einen Parkplatz erkannte.

„Da ist der Eingang zu den Feengrotten, siehst du? Wir haben eine Abkürzung über den Berg genommen, aber morgen, wenn du zur Behandlung gehst, dann kommst du von dort die Straße herauf. Es ist wirklich nur ein Katzensprung!“

„Ja, ein Moritz-Sprung!“, jauchzte Flora.

„Das finde ich schon!“

„Lucie hat Oskar und Lilly beauftragt, mit dir zu gehen, also werden sie das auch tun. Wir müssen uns jetzt weiter links halten. Dort sind die Brombeersträucher und unterhalb ist auch ein guter Platz, um den Drachen steigen zu lassen.“

„Lilly, kennst du ein Drachenlied?“, fragte die Kleine.

„Nee, nicht dass ich wüsste, aber Herbstlieder kennst du doch selber."

„Jaaa! ‚Ihr Blätter wollt ihr tanzen?' oder ‚Wind, Wind fröhlicher Gesell!'"

Und schon stapfte die muntere Gruppe unter Floras und Lillys Gesang weiter ihrem Ziel entgegen.

Oma Gertrude hatte nicht zu viel versprochen. Unterhalb des Waldes war eine riesige Wiese, wo der Bauer das Futtergras bereits auf den Heuschober gestapelt hatte. Die Kinder breiteten die Decke aus und legten den Rucksack ab. Dann hielt sie nichts mehr und während Oma Gertrude den Rest des Weges bis zum Waldrand zurücklegte, rannten und sprangen sie über die Wiese und versuchten, den Drachen fliegen zu lassen.

War das eine Tollerei, ein Lachen und Jauchzen, als er endlich von unsichtbaren Flügeln in die Höhe getragen wurde. „Surr" machte die Schnur und rollte geschwind vom Rädchen, bis das Ende erreicht war. Aber Tollerei, Lachen und Jauchzen machen hungrig und so kehrten die drei Kinder schließlich zur Decke zurück. Till band das Ende der Drachenschnur fest an den Heuschober, sodass er nicht davonfliegen konnte, und gemeinsam machten sie sich über die Leckereien her. Als Oma Gertrude mit der gefüllten Milchkanne zurückkam, lagen sie mit verschränkten Armen unterm Kopf auf dem Rücken und schauten dem wilden Tanz des Drachens zu.

„Ach je, Kinder, nun muss ich mich aber auch etwas ausruhen, bevor wir heimlaufen können!", sagte sie und setzte sich zu ihnen.

„Siehst du, wie gut er fliegt, Oma?", fragte Flora mit vollem Mund.

„Aber ja, Kind. Ich habe ihn schon von dort oben bewundert. Und eure Ausdauer vor allen Dingen. Till muss ganz müde sein."

„Naja, ich merke schon, dass ich noch nicht ganz gesund bin, aber es hat riesigen Spaß gemacht!"

„Und jetzt betrachten wir den Drachen und du erzählst uns die Geschichte vom Alrick Flötenspieler, der dunklen Fee und dem Elfenkönig, so wie du sie von deiner Urgroßmutter gehört hast."

„Ach, du meinst wie die kleine Figur auf die silberne Dose kam?"

„Ja, ja! Genau die meine ich."

„Also gut, aber du weißt schon, dass ich nicht die gesamte Geschichte kenne. Ich kann euch nur berichten, was ich von Urgroßmutter weiß!"

„Fang an, Oma!"

„Ja, erzähl uns was! Till kennt ja diese Geschichte noch nicht!"

Oma Gertrude nahm einen großen Schluck Zitronenlimonade und knabberte nachdenklich an einem Plätzchen, während die Kinder geduldig warteten. Dann rückte sie sich zurecht und begann zu erzählen.

„Vor vielen, vielen Jahren, zum Anbeginn aller Zeit, als Gott die Erde geschaffen hatte, da wollte er diesen wunderbaren Ort mit Lebewesen besiedeln. Er dachte lange Zeit darüber nach, wie sie wohl beschaffen sein sollten und was ihre Aufgabe auf der Erde wäre. Er überlegte hin und her, fand dies wunderschön und jenes praktisch und konnte sich nicht auf eine Lebensform festlegen. Eines Tages hatte er die rettende Idee! Auf einem so großen und schönen Planeten war schließlich Platz für viele verschiedenartige Geschöpfe mit vielen unterschiedlichen Begabungen, und so ließ Gott seiner Phantasie freien Lauf. Wie ihr wisst, gestaltete er die Tiere und teilte ihnen eigene Lebensräume zu: den Fischen das Wasser, den Vögeln die Luft und dem Rest die Erde. Dass ihm dies noch nicht genügte, ist uns klar, denn er erschuf die Menschen in verschiedenen Rassen und mit unterschiedlichen Fähigkeiten. Sie sollten sich die Erde zur Heimat machen, sie hegen und pflegen und sich darauf wohlfühlen. Gott merkte, dass der Mensch allein mit dieser Aufgabe überfordert war und darum erschuf er die Geister der Natur, die dem Menschen zur Hand gehen sollten, ihn beraten und erfreuen sollten. Ich bin sicher, ihr habt ihre Namen schon gehört, denn da sie sich in ihrer Wesensart von den Menschen unterscheiden, gibt es vielerlei Märchen und Geschichten über sie. Was ich meine sind die lustigen Kobolde, die Zwerge, die in Höhlen und dunklen Gängen leben, oder die wunderschönen Dryaden, auch Baumgeister genannt. Ach, es gibt so viele! Manche von ihnen sind in der Menschenwelt besonders bekannt, weil sie sich durch bestimmte Ereignisse einen Namen gemacht haben. Jeder von uns kennt die Heinzelmännchen, den Klabautermann und Undine, den jungfräulichen Wassergeist, oder Rübezahl, den Geist des Riesengebirges."

„Ja, den kenne ich! Darüber habe ich ein Bilderbuch!", jauchzte Flora und erntete ein strafendes „Pst!" von Lilly dafür.

„Nun, unser Till, der könnte uns bestimmt Geschichten über Undine oder den Klabautermann erzählen, denn ihr Reich ist ja das Wasser. Wir hier in Thüringen, wir haben besonderen Kontakt zu den Geistern des Waldes, den Elfen und den Feen. Die Elfen sind ein lustiges Völkchen, die sich gern auf bunten Blumenwiesen, duftenden Heidelandschaften, an Seen und Waldquellen aufhalten. Sie sind verspielt und manchmal sogar leichtsinnig, da sie von Natur aus keine Falschheit kennen. Sie sind liebliche, zarte Wesen, die Musik und Tanz lieben."

„Ja, Oma, und auf dem Heimweg können wir an der hübschen Quelle anhalten, wo du sie immer gesehen hast, als du klein warst!" Flora war so von Gertrudes Geschichte gefangen, dass sie ihren Vorschlag nur zu flüstern wagte. Aber auch die beiden großen Kinder hingen an Oma Gertrudes Lippen und ihre neugierigen Blicke forderten sie auf, weiterzusprechen.

„Gern meine Lieben, wenn ihr noch laufen mögt!", sagte sie und erzählte weiter. „Ihre Liebe gilt der Natur und darum schmücken sie sich gern mit wohlriechenden Blumen. Ja und die Feen, liebe Kinder, das sind die wunderbarsten und klügsten aller Zauberwesen. Sie beschäftigen sich mit dem uralten Wissen über Magie, Heil- und Kräuterkunde, und dienen dem Elfenkönig. Sie sind wunderschön, müsst ihr wissen, haben langes, seidiges Haar und tragen feine, schimmernde Gewänder, die sie zart umhüllen wie Schleier. Sie achten auf die Elfen, die Zwerge und alle anderen Waldgeister und natürlich auch auf die Menschen. Sie wollen, dass alle liebevoll miteinander umgehen. Unordentliche, böse oder faule Menschen mögen sie nicht und fühlen sich in ihrer Nähe traurig und verletzt."

„Und können sie mit uns reden? Und können wir sie besuchen?", fragte Flora wieder.

„Aber ja, sie können unsere Gedanken lesen und uns in den Träumen erscheinen. Wenn jemand in Not ist und sie um ihre Hilfe bittet, dann bringen sie Glück. Man nennt sie nicht umsonst die Glücksfeen!"

„Schön wär's", sagte Till leise zu sich selbst, aber Oma Gertrude hatte es gehört.

„Warte nur ab, mein Junge! Sie werden auch dein Glück nicht vergessen!"

„Und was hat deine Urgroßmutter nun über die silberne Dose gesagt?" Lilly hatte sich auf die Ellenbogen gestützt. So cool sie immer gern wirken wollte, die Geschichte ihrer Oma hatte sie in den Bann gezogen.

„Nun ja, leider war ich zu dieser Zeit noch sehr klein und habe wohl vieles von dem, was sie mir berichtete, vergessen, doch ich weiß ganz genau, dass sie mir von dem Zauber erzählt hat."

„Von einem Zauber?"

„Ihr müsst wissen, dass Elfen und Feen eigentlich unsterblich sind. Ja wirklich! Das Einzige und das Schlimmste, was einem Naturgeist geschehen kann, ist die lebenslange Gefangenschaft. Die Verbannung in ein Exil oder die Verzauberung in einen scheinbar leblosen Gegenstand! Unter den Feen gibt es einige mit großer Macht und Zauberkraft. Unser kleiner Flötenspieler auf der Dose, der hat wohl Pech gehabt oder war jemandem im Wege. Deshalb hat man ihn auf die silberne Dose verbannt, wo er nun darauf wartet, befreit zu werden. Und da er ja unsterblich ist, wird das eines Tages auch geschehen!"

„Das ist aber gar nicht schön!", jammerte Flora. „Irgendwann müssen sie ihn doch wieder befreien!"

„Reg dich nicht auf, ist doch nur ein Märchen, du Dummerchen!", sagte Lilly, aber ihre Augen blieben ernst.

„Trotzdem, jemand muss ihn retten! Kannst du es nicht, Oma?"

„Leider nein, aber eines Tages wird ein Sonntagskind kommen und ihn befreien. So heißt es jedenfalls in dem alten Kinderreim, den meine Urgroßmutter mir immer aufgesagt hat!"

„Sprich ihn mal für uns! Bitte, bitte!" Floras Trauer über den verzauberten Elf war schon versiegt.

„Ich weiß nicht, ob ich die Verse noch kenne", überlegte Gertrude.

Torwächter vom Feenland,
Farzanah dich ans Silber band,
ohne deiner Flöte Lied,
kein Mensch das Feenland mehr sieht.

Großen Schmerz es dir bereitet,
denn du weißt dein König leidet,
aber nur ein Sonntagskind
eines Tages den Schlüssel find!

Huckeduûster Grindelwarz,
seine Seele ist so schwarz,
seine Leidenschaft ist Gier
und der Schlüssel seine Zier!

Suche ihn im dunklen Berg,
fang dir diesen geizigen Zwerg,
reiche Alrick deine Hand
und betritt das Feenland!

„Oma, du bist die Größte!", staunte Lilly. „Ich merke mir nie Gedichte!"

„Naja, die Geschichte hat mich als kleines Mädchen sehr beeindruckt und meiner Urgroßmutter zuliebe habe ich es gelernt. Aber kommt, wir müssen los. Der Himmel sieht dunkel aus und wenn wir an der Quelle entlanglaufen wollen, dann müssen wir jetzt aufbrechen. Kannst du den Drachen einholen, Till? Übrigens, danke, dass du Flora dabei geholfen hast! Ihr habt ihn großartig hinbekommen!"

„Kein Problem. Papa und ich bauen oft … haben oft Sachen gebaut", sagte Till leise und wickelte die Drachenschnur vorsichtig auf das Rädchen.

Die Sachen waren schnell gepackt und die vier machten sich auf den Heimweg. Flora hüpfte von einem Bein aufs andere und sang in einem fort: „Huckeduûster Grindelwarz, Huckeduûster Grindelwarz …!"

„Seine Seele ist so schwarz, seine Leidenschaft ist Gier und der Schlüssel seine Zier!", stimmte Lilly fröhlich mit ein.

„Daher also hatte Flora gewusst, dass der kleine Flötenspieler Alrick heißt!", dachte Till. „Sie hat diese Geschichte nicht zum ersten Mal gehört. Man könnte glauben, es sei etwas Wahres daran!"

Der Weg führte sacht bergab und sie kamen zügig voran. Till war so in Gedanken versunken, dass er erstaunt aufblickte, als sie den kleinen Weiher erreicht hatten. Was für ein malerischer Ort! Das kleine Gewässer lag geschützt hinter einem Birkenwäldchen, inmitten einer wunderbar duftenden Blumenwiese. Es wurde durch einen kleinen Bach gespeist, der sich seinen kurvenreichen Weg von den nahe gelegenen Gartenkuppen ins Tal hinab bahnte. Sein steiniges Ufer war von Schilf gesäumt, in dessen Schutz sich mannigfaltiges Leben abspielte. Insekten tummelten sich über der silbrigen Wasseroberfläche und bunte Libellen bahnten sich ihren Weg durch die wogenden Schilfrohre. Bei ihrem Näherkommen verstummte der Gesang der Frösche, die mit unmutigem Quaken ihr Heil in der Flucht suchten. Ohne Frage hatte dieser Ort etwas Zauberhaftes an sich.

„Also laut meiner Urgroßmutter ist dies der Tanzplatz der Feen und Elfen. Etwas Schöneres kann man sich kaum vorstellen, nicht wahr? Wenn die Feen und Elfen ihr Reich hinter den Feengrotten verlassen wollten, dann kamen sie in lauen Vollmondnächten zum Reigen hierher."

„Dann kommt der Name ‚Feengrotten' also wirklich daher, dass die Menschen früher glaubten, der Eingang zum Feenreich sei dort?", fragte Till.

„Aber ja! Vielleicht glaubten sie es, aber vielleicht wussten sie es auch!", antwortete Oma Gertrude mit einem seltsamen Lächeln.

„Und was genau haben sie hier gemacht?"

Lilly war viel zu sehr Wissenschaftlerin, als dass sie sich mit einer vagen Aussage zufrieden geben konnte.

„Sie haben sich ihres Lebens erfreut. Sie haben die Natur und die Gemeinschaft untereinander genossen, denke ich. Sie haben mit dem Wind gesungen und sich im Tanz gedreht."

„Und hier auf diesem Stein haben sie ihre Haare gekämmt", sagte Flora, die einen großen flachen Stein erklettert hatte und etwas in die Höhe hielt, das aus der Entfernung wie feine Zwirnsfäden aussah. „Sieh nur Oma Gertrude! Ich habe solche Haare gefunden wie Papa an den Weihnachtsbaum macht."

„Was? Zeig mal bitte!" Oma Gertrude war mit einem überraschend behänden Satz bei ihr. „Was hast du da aufgesammelt? Nein tatsächlich, du hast recht. Es sieht beinahe wie Lametta aus, nur viel zarter. Tja, dann hast du wohl wirklich Feenhaar gefunden, mein Kind!"

„Und darf ich es mitnehmen?", flüsterte die Kleine mit großen Augen.

„Aber ja! Urgroßmutter hat gesagt es schützt vor Unglück, wenn man es in einem Kettenanhänger trägt oder sich um den Finger wickelt."

„Omi", sagte Lilly mit leisem Vorwurf. „Denkst du nicht, dass du die Feensache mit Flora ein wenig übertreibst? Wenn Ma das mitkriegt, dann schimpft sie bestimmt."

„Ach, die Menschen heutzutage wollen nur noch an das glauben, was sie sehen! Aber der Glauben allein kann auch schon Berge versetzen!"

In diesem Augenblick zuckte die Lichtgabel eines Blitzes über die Berge. „Wir sollten uns jetzt wirklich sputen, sonst ist das Gewitter schneller als wir!", rief Gertrude in den aufkommenden Wind. Die beiden Mädchen fassten sich an den Händen und alle gemeinsam liefen sie nach Hause, so schnell sie konnten. Kaum war die Haustür hinter ihnen ins Schloss gefallen, trommelten die ersten Regentropfen an die Fensterscheiben.

IV.

Alrick Flötenspieler

Der Regen und das Gewitter ließen auch in der Nacht nicht nach. Es war beinahe Mitternacht, als Till von einem enormen Donnerschlag erwachte. Schlaftrunken stand er auf und ging zum weit geöffneten Fenster, um es zu schließen. Sein Blick fiel gerade auf den runden Mond, der ab und zu hinter den schwarzen Wolken hervorlugte, als er das Tapsen nackter Füße über den Boden hörte.

„Ach Flora, was machst du denn hier? Hast du dich vor dem lauten Donner erschreckt?"

Die Kleine stand mit ihrem Teddy im Arm da und schaute Till verschlafen an.

„Ich habe Angst! Kann ich bei dir schlafen? Mama ist nicht da und Oskar schläft doch bei seinem Freund."

„Hm?" Till wusste nicht, wie man sich in so einer Situation verhält, aber Flora setzte sein Einverständnis einfach voraus und krabbelte unter Oskars Bettdecke. Schulterzuckend klappte Till das Fenster an und wollte seinerseits ins Bett zurückgehen, als ihn Flora um etwas zu Trinken bat. Till reichte ihr das Glas, das neben seinem Bett stand. „Hier hast du, aber dann müssen wir schlafen. Du musst morgen wieder in den Kindergarten."

„Aber nicht so früh wie sonst immer, hat Oma gesagt. Wir können gemütlich frühstücken und ich bin noch gar nicht müde!"

„Ach so! Hm, aber ich bin schon müde", sagte Till, der nicht wusste, worüber er mit Flora reden sollte.

„Ach jetzt habe ich das Feenhaar vergessen, ich hole es schnell! Das wird mich vor dem Gewitter beschützen!", sagte die Kleine und wollte schon wieder aus dem Bett klettern.

„Nee, lass mal. Ich mach das schon und dann wird geschlafen. Du brauchst keine Angst vor dem Gewitter haben. Siehst du, Alrick schläft auch!", sagte Till, aber der Flötenspieler schüttelte deutlich verneinend den Kopf. „Vielleicht bin ich übermüdet oder so was?", dachte Till erstaunt und holte das

Gewünschte für Flora. „Hier, aber wickle es nicht so fest um deinen Finger, sonst stirbt er ab." Till reichte ihr die feinen, geringelten silbernen Fäden. Was immer es auch sein mochte, Lametta war es jedenfalls nicht! „Gute Nacht!"

„Gute Nacht! ...Till?"

„Schlaf jetzt, ich bin müde!"

„Denkst du, dass wir die Feen irgendwann einmal sehen werden?"

„Keine Ahnung!"

„Oder den Zwerg?"

„Ich weiß es wirklich nicht! Warum fragst du?"

„Weil mir der arme Alrick so leid tut!" Ehe Till etwas sagen konnte, stand Flora bereits wieder neben seinem Bett und hielt die silberne Dose, die auf Tills provisorischem Nachttisch gestanden hatte, in der Hand. „Schau mal, wenn er wirklich hier drin gefangen ist, dann müssen wir ihm doch helfen, herauszukommen. Wir dürfen ihn nicht im Stich lassen!" Flora strich mit den Fingern über die kleine Figur. „Er sitzt darauf, weißt du", sagte sie unvermittelt zu Till, der die Augen bereits wieder geschlossen hatte.

„Wer sitzt worauf?", murmelte er und hoffte, die Kleine würde von allein wieder zu Bett gehen.

„Na Alrick, auf dem Schlüsselloch!"

„Ach was, du spi... du irrst dich! Wie sollte das denn gehen?"

„Nein, ich irre mich nicht! Er hat es mir gezeigt, aber das ist schon lange her."

„Hm?" Till hatte sich angewöhnt, lieber nichts zu sagen, als jemand anderen einen Lügner zu nennen.

„Komm, wir sagen ihm das Gedicht auf! Vielleicht zeigt er es dir dann."
„Morgen, ja? Ich bin schon so müde und kann mich nicht erinnern."

„Bitte, bitte! Nur einmal, ja?"

Langsam dämmerte es Till, warum Lilly Flora immer einen Quälgeist nannte. Na gut. Damit ich meine Ruhe habe. „Aber nur einmal und dann wird geschlafen! Versprochen?"

„Ja, versprochen! Lass mich unter deine Decke!"

„Nee, du gehst in dein ... in Oskars Bett und wir sagen es zusammen, klar?"

So weit war er nun wirklich noch nicht, dass er sie mit in sein Bett nehmen wollte.

Flora stellte die Dose auf den Stuhl zurück, wo sie im fahlen Mondlicht schimmerte.

„Bei drei fangen wir an! Eins, zwei, drei!"

„Torwächter vom Feenland,
Farzanah dich ans Silber band,
ohne deiner Flöte Lied,
kein Mensch das Feenland mehr sieht."

Flora hatte den Text schon nach der zweiten Zeile vergessen, aber Till wusste zu seiner eigenen Verwunderung den gesamten Vers aufzusagen. Seine Augen waren fest auf die kleine Figur gerichtet.

„Großen Schmerz es dir bereitet,
denn du weißt dein König leidet,
aber nur ein Sonntagskind
eines Tages den Schlüssel find!"

Täuschte er sich, oder war die kleine Figur gerade aufgestanden? Weiter!

„Huckeduûster Grindelwarz,
seine Seele ist so schwarz,
seine Leidenschaft ist Gier
und der Schlüssel seine Zier!"

Heiliger Klabautermann! Nein, er täuschte sich nicht! Bei dem Namen „Grindelwarz" stampfte der Flötenspieler wütend mit dem Fuß auf und Till konnte deutlich ein winziges Schlüsselloch unter seinem Schuh sehen. Vor Entsetzen hätte er den letzten Vers beinahe nicht herausgebracht, aber die Figur forderte ihn mit heftigem Winken auf weiterzusprechen.

„Suche ...",

er stotterte und verhedderte sich in den Worten.

„Suche ihn im dunklen Berg,
fang dir diesen geizigen Zwerg,
reiche Alrick deine Hand
und betritt das Feenland!"

Ein weiterer gewaltiger Blitz erhellte die Dunkelheit und Till war für einen Augenblick geblendet. Er spürte, wie Flora ihm die Ärmchen um den Hals legte und als sich seine Augen wieder an das Halbdunkel gewöhnt hatten, hätte er vor Schreck fast laut geschrien. Der kleine Flötenspieler stand, jetzt eher etwas größer als er selbst, unmittelbar vor seinem Bett und reckte und streckte seine Glieder. Als er Tills und Floras entsetzte Gesichter sah, musste er herzlich lachen und Till bemerkte, dass einer seiner Schneidezähne ein wenig abgebrochen war. Das gab seinem Grinsen eine sympathisch-freche Note.

„Beim allmächtigen Feenzauber, das wurde aber auch Zeit! Ich dachte schon, ich muss für immer hier drin bleiben!"

Till hatte sich mit Mühe im Bett aufgesetzt. Flora hing noch immer so fest an seinem Hals, dass er sich fast nicht bewegen konnte. Träumte er? Nein, das konnte nicht sein. Träume gehen nicht im Doppelpack!

„Hallo Till!", sagte der Flötenspieler, als wäre es das Normalste auf der Welt und streckte Till eine silbrige Hand entgegen. „Hallo kleine Flora!" Im Gegensatz zu Till ergriff Flora schweigend die Hand. „Das muss euch merkwürdig vorkommen, aber bitte habt keine Angst. Ich bin Alrick, der Wächter aus dem Feenreich, und ich brauche eure Hilfe! Wir haben nicht viel Zeit!"

„Aber ..." Till fand nur langsam seine Sprache wieder. „Aber haben wir dir nicht schon geholfen?" Er starrte Alrick an. Der Flötenspieler war noch immer aus durchscheinendem Silber. Till sah, dass er sich bewegen konnte und hörte seine Stimme, aber es dämmerte ihm langsam, dass dies noch nicht die Erlösung des Elfen war.

„Ja und nein! Mit dem Spruch habt ihr mir die Möglichkeit gegeben, in den Vollmondnächten mit euch zu sprechen. Wir haben von Mitternacht bis ein Uhr Zeit. Dann bin ich wieder auf die Dose gebannt."

Till schaute auf seine Uhr. „Dann haben wir noch eine halbe Stunde! Woher kennst du unsere Namen?"

„Ich bin weder blind noch taub! Aber das sind Nebensächlichkeiten. Über solche Dinge können wir sprechen, wenn ich erlöst bin!"

„Können wir dich denn erlösen?", fragte Till, da Flora es vorzog, Alrick einfach nur anzustarren.

„Wir brauchen den Schlüssel. Wir müssen den Zwerg finden!"

„Du meinst, es gibt diesen ‚Huckeduûster Grindelwarz' wirklich?", fragte Till.

„Hast du vor fünf Minuten geglaubt, dass es mich gibt?", Alrick grinste wieder schelmisch und Till fühlte sich irgendwie ertappt.

„Nein, ehrlich gesagt, nicht! Entschuldige!"

„Und dabei habe ich mir die allergrößte Mühe gegeben, deine Aufmerksamkeit zu erringen. Beim allmächtigen Feenzauber, was habe ich nicht alles für Grimassen gezogen, aber viel Bewegungsfreiheit ist mir nicht erlaubt. Welches Menschenjahr haben wir?"

„2010!"

„Allmächtiger Feenzauber! Dann habe ich ja fast 100 Jahre verloren! Wir müssen etwas tun! Wie weit sind wir vom Eingang entfernt?"

„Die Haustür ist unten. Das sind ..."

„Ich meine doch nicht den Eingang zu eurem Haus. Den Eingang zum Feenreich natürlich! Die Grotten, wie weit sind sie von hier entfernt?"

„Die Grotten? Ach so, du meinst die Feengrotten! Ungefähr 15 Minuten Fußmarsch, aber die sind jetzt sowieso zugeschlossen!"

„Die Zeit ist zu knapp! Was meinst du mit ‚zugeschlossen'?"

„Na die Tür ist doch nachts abgeschlossen. Sie lassen doch so ein Schaubergwerk nicht offenstehen, damit jeder darin herumspazieren kann!"

„Ein Schaubergwerk? Was ist das denn?"

„Etwas Schönes, aber wir haben nicht genug Zeit, um es dir jetzt zu erklären." Tills Lebensgeister waren erwacht und weigerten sich nicht mehr, Alricks Existenz anzuerkennen. Er sah auf die Uhr. Noch zehn Minuten. „Die Vollmondnächte sind drei, nicht? Kann ich dich morgen wiedersehen?"

„Ja, Sonntagskinder können mich mit diesem Reim zu jedem Vollmond sehen. Es gibt halt nur nicht so viele in 100 Jahren, die sonntags geboren sind und außerdem den Spruch kennen. Fast eine Unmöglichkeit. Fast!"

„Das ist gut zu wissen. Und hast du eine Ahnung, wo ich diesen Zwerg finden kann? Ich meine, ich muss ihn doch finden, um dich zu befreien, oder gibt es einen anderen Weg?"

„Nein, ich glaube nicht! Farzanah hat genau gewusst, was sie tat, als sie ihm den Schlüssel gab! Er wird ihn nicht freiwillig hergeben!"

„Wer ist eigentlich diese ‚Farzanah'?"

„Oh, das ist eine wirklich lange Geschichte, aber eines kannst du dir merken: Sie ist böse und gefährlich. Es ist besser, du bekommst sie niemals, wirklich niemals zu Gesicht!"

„Wo finde ich diesen Zwerg und wie erkenne ich ihn?"

„Wie viele Zwerge hast du schon gesehen?"

„Soll das ein Witz sein? Außer im Fernsehen oder in Büchern keinen natürlich!"

„Es gibt Bücher über Zwerge? Doch ja, in der Bibliothek von Arwarah habe ich schon mal eines gesehen, aber ..."

„Ich will ja auch alles über Arwarah und so wissen, aber wie finde ich den Zwerg und was mache ich mit ihm? Wir haben drei Minuten!" Till hatte sich vor Aufregung aus Floras Armen befreit und war aufgestanden. Er stand Alrick jetzt genau gegenüber und konnte jede feine Linie in dessen Gesicht sehen. Er bemerkte die kleinen spitzen Ohren, die aus dem langen, feinen Elfenhaar hervorschauten und die schmalen, scharf geschnittenen Augenbrauen. Alrick überlegte.

„Es ist beinahe 100 Jahre her, dass ich ihn zum letzten Mal sah! Er ist klein und runzlig würde ich sagen, hat filziges, langes, strubbliges Haar und einen Bart." Das durchsichtige Bild Alricks begann vor Tills Augen zu flimmern. „Er hat eine riesige, krumme Nase und lange gelbe Zähne. Er ist schmutzig vom Erdreich. Früher trieb er sich immer am Tor herum. Er kann ohne die Hilfe einer Fee oder eines Elfen nicht hinaus." Wieder flimmerte die Erscheinung und Alrick wurde zusehends blasser.

„Er liebt alles, was glitzert! Ich will nicht zurück!", rief er. Till versuchte, seine ausgestreckte Hand zu fassen, aber er griff ins Leere.

Eine Wolke schob sich vor die leuchtende Kugel des Mondes und als das fahle Licht zurückkehrte, saß Alrick wieder bewegungslos auf der Zauberdose. Till nahm das Gefäß ganz vorsichtig in die Hände und hielt es dicht vor seine Augen. Alles schien wie zuvor und doch war es anders. Till konnte den Schrecken und die Verzagtheit über seine Rückverwandlung deutlich in Alricks Gesicht sehen.

„Hab keine Angst, wir sehen uns morgen um die gleiche Zeit. Vielleicht weiß ich dann schon mehr!" Er stellte die Dose auf ihren Platz zurück und wollte Flora trösten, die sicherlich noch immer Angst hatte, aber als er sich seinem Bett zuwandte, war sie bereits eingeschlafen.

„Na toll!", schmunzelte er. „Und wohin soll ich jetzt?" Floras Bett war entschieden zu klein, also blieb ihm nichts anderes übrig, als unter Oskars Decke zu schlüpfen. Er war so aufgeregt, dass er glaubte, niemals Schlaf zu finden, aber noch ehe er diesen Gedanken zu Ende gedacht hatte, war auch er eingeschlafen.

Vergebens tastete Till nach dem schrillenden Wecker, der am Morgen durch seine wirren Träume schellte. Verwundert öffnete er die Augen und nach und nach kehrte die Erinnerung zurück. Natürlich, er schlief in Oskars Bett, weil Flora zu ihm gekommen war. Alrick! Mit einem Satz war er auf den Beinen. Er nahm die Dose und flüsterte leise: „Habe ich das alles nur geträumt oder werden wir uns wirklich heute Nacht wieder sehen?“ Deutlich sah er die Reaktion in Alricks Gesicht und er konnte es noch immer nicht fassen.

„Müssen wir jetzt aufstehen?“, fragte Flora und richtete sich auf.

„Ja, klar! Heute ist doch der Drachenwettbewerb!“ Till hoffte, die Kleine damit von Alrick abzulenken, aber sein Versuch schlug fehl.

„Hallo lieber Alrick!“, rief sie und drückte die Dose an ihr Gesicht. „Am liebsten würde ich dich mit in den Kindergarten nehmen!“

„Oh nein!“, rief Till schnell. „Das geht auf gar keinen Fall! Alrick ist unser Geheimnis, verstehst du? Du darfst niemandem etwas von ihm erzählen. Kannst du das?“

„Ja, aber warum denn nicht?“

„Weil … weil es dir sowieso niemand glauben würde! Verrate es nicht, bis wir ihn erlöst haben, dann können wir mit ihm gemeinsam beraten, ob er mitgehen will oder nicht!“ Till hoffte, die Kleine zu überzeugen und er hatte Erfolg.

„Ja, Lilly und Oskar haben mir auch nie geglaubt. Jetzt habe ich Hunger, kommst du mit?“

„Ja klar! Geh schon vor. Oma Gertrude ist bestimmt schon in der Küche. Ich gehe hier oben ins Bad. Okay?“

„Okay!“ Flora sauste die Treppe hinab.

„Wir sehen uns später“, sagte Till zu Alrick und eilte ins Bad. Er war mehr als aufgeregt. Heute würde er in die Feengrotten gehen und wer wusste, was es da zu sehen gab? Er hoffte nur, dass es ihm gelingen würde, allein zu gehen.

Nachdem er Flora zum Kindergarten gebracht hatte, bat ihn Oma Gertrude, ihr beim Kuchenbacken zu helfen. Die gesammelten Brombeeren mussten verarbeitet werden. Da konnte er sich nur schlecht drücken, aber die ganze Zeit über waren seine Gedanken bei Alrick und dem, was er erzählt hatte. Sollte er Oma Gertrude einweihen? Nein, noch nicht. Dafür wäre immer noch Zeit. Ach du meine Güte! Jetzt hätte er beinahe die doppelte Menge Zucker in den Teig gerührt, als er sollte. So ein Mist, er hatte Wichtigeres zu tun!

„Was ist denn heute mit dir los, Till?" Oma Gertrude schaute ihn liebevoll an.

„Ach nichts weiter, ich … ich habe nur schlecht geschlafen, weil … weil ich dauernd husten musste."

„Ich verstehe, aber heute beginnt ja deine Kur in der Hustengrotte. Wenn Oskar zurück ist, dann muss er gleich mit dir hingehen."

Das war der Augenblick, auf den Till gewartet hatte. Er wischte ein Mehlstäubchen von seiner Nase und schaute Gertrude fragend an.

„Kann ich nicht allein dort hingehen? Ich meine jetzt, wenn wir hier fertig sind? Ich bin doch kein Baby mehr!"

„Hm, Lucie hat es gut gemeint, als sie dich nicht allein gehen lassen wollte!"

„Das ist mir schon klar, aber ich kann das wirklich allein machen. Ich bin Selbständigkeit gewohnt! … Und außerdem haben weder Oskar noch Lilly wirklich Lust, mitzugehen."

Oma Gertrude überlegte eine Weile. Eigentlich war es gut, wenn der Junge eigenständig war. Andererseits sollten die Kinder zusammenwachsen. Gestern beim Drachensteigen hatte es schon gut geklappt. Vielleicht sollten die Erwachsenen sich nicht so viel einmischen? Ach, wer konnte schon wissen, was in so einer Situation richtig war?

„Den Weg kann ich nicht verfehlen und wenn irgendetwas ist, dann komme ich eben wieder und Oskar begleitet mich."

„Na gut! Dann gehst du jetzt, aber wisch dir das Mehl aus dem Gesicht. Ich kann den Rest hier allein machen."

„Danke sehr! Ich bin ja eigentlich auch fertig."

Till hatte den Teig schon auf dem vorbereiteten Kuchenblech ausgerollt und die Beeren darauf verteilt. Oma nahm ihm lächelnd den Kochlöffel aus der Hand.

„Ich weiß schon, das ist keine richtige Männerarbeit! Dann lauf! Und erzähl mir, wie dir das Reich der Feen gefallen hat."

„Mach ich!", versprach Till und rannte die Treppe hinauf, um das Rezept und seine Jacke zu holen.

„Hey, Alrick, ich gehe jetzt in die Feengrotten. Wir sehen uns dann!", rief er der kleinen Figur zu und dabei fiel ihm mit Schrecken ein, dass Oskar ja heute Nacht wieder in seinem Bett schlafen würde. Ein Problem nach dem anderen, dachte er und sauste die Treppe wieder hinunter. „Also bis dann, Oma Gertrude!" Und schon war er zur Tür hinaus.

Draußen empfing ihn die warme Herbstsonne und er kam bei seinem schnellen Marsch den Berg hinauf beinahe ins Schwitzen. Der Weg war nicht zu verfehlen, denn es gab eigentlich nur einen, und an der Kreuzung war ein großes Hinweisschild aufgestellt. Von dort war es nur noch ein Katzensprung. Die Straße führte unter den ausladenden Ästen alter Bäume entlang, deren Blätter sich schon herrlich bunt verfärbt hatten. Till wählte den Fußweg an der kleinen Schokoladenfabrik entlang. „Hm, wie gut es hier riecht", dachte er, aber seine Neugierde trieb ihn weiter. Später wäre auch noch Zeit, um hier einzukaufen, jetzt war erst einmal der Vollmond auszunutzen.

Er überquerte den Besucherparkplatz und schaute sich um. Rechts von ihm war ein wunderschönes altes Fachwerkhaus, das mit herrlichen Schnitzereien verziert war, und linker Hand führte eine breite Treppe den Berg hinauf. Er betrachtete das faltige Gesicht eines alten Knappen, der kunstvoll in Eiche geschnitzt worden war, und folgte dann dem allgemeinen Besucherstrom die Treppe hinauf.

Der Weg führte zunächst an einem Spielplatz vorüber, von dem lautes Lachen und fröhliches Treiben herüberklangen, und dann zum sogenannten Handwerkerhof, in dem man einem Edelsteinschneider und einem Glasbläser bei der Arbeit zusehen und ihre Waren kaufen konnte. Till ging zur Kasse und fragte die freundliche Angestellte, wie er vorgehen solle.

„Ah, ein Rezept hast du. Ja, das ist ganz einfach. Du kommst jeden Tag zu mir, damit ich es abstempeln kann. Dann bekommst du von mir eine Eintrittskarte, mit der gehst du zu einem der Grottenführer, der bringt dich dann ins Emanatorium."

„Danke sehr!"

„Am besten du wartest mit den anderen Besuchern, bis die nächste Führung aufgerufen wird. Das ist in ungefähr 15 Minuten."

„Danke, auf Wiedersehen!" Till nahm seine Karte und schaute sich neugierig um. Das Erste, was ihm ins Auge fiel, waren die Zwerge und Wichtelmänner, die hier überall in den lustigsten Varianten zum Kauf angeboten wurden.

„Wissen sie denn von Grindelwarz?", fragte er sich. „Wahrscheinlich nicht wirklich, aber das liegt laut Oma Gertrude daran, dass die Menschen im Allgemeinen die Wahrnehmung für Naturgeister und Zauberwesen verloren haben. Doch die Geschichten darüber, die sind geblieben."

Aus einem kleinen Café duftete es nach selbstgebackenem Kuchen und Kaffee, doch Till verspürte keinen Hunger. Interessiert betrachtete er die Auslagen in einem kleinen Souvenirgeschäft namens „Grottenlädchen", in dem es jede Menge hübscher Dinge gab. Er mustere die zierlichen Nachbildungen der Feen und Elfen und fand, dass sie Alrick in ihrer Zartheit durchaus ähnelten.

Am Sammelpunkt für die Führungen warteten schon einige Besucher, zu denen Till sich gesellte. Von diesem Platz aus hatte er einen guten Blick auf den „Feenweltchen-Park", der eine weitere Attraktion für Kinder darstellte. Schon der Eingang, der über eine geschwungene Brücke führte, sah abenteuerlich aus. Plötzlich ertönte der Aufruf zur nächsten Führung aus dem Lautsprecher und Till folgte dem Besucherstrom zum Grotteneingang.

Ein junger Mann in einer traditionellen Bergmannsuniform schickte die Besucher zum Mantelverleih. Er erklärte, dass die herabfallenden Tropfen Flecken auf der Kleidung verursachten und half jedem der Gäste, einen passenden Mantel überzuziehen. Till zeigte ihm seine Karte, woraufhin der Mann ihn bat, neben der Tür stehen zu bleiben und auf eine Kollegin zu warten, die er über ein Funkgerät herbeirief. In der Zwischenzeit stellten sich die gut gelaunten Besucher zu einem Erinnerungsfoto auf, das jeder von ihnen am Ende der Führung kaufen konnte. Till trat vor Ungeduld von einem Bein aufs andere. Seine Gedanken weilten nur bei Alrick und natürlich bei Huckeduûster Grindelwarz. Was, wenn ich im Heilstollen nicht allein bin? Was, wenn ich den Zwerg bei diesem Gewusel von Menschen nicht finde? Was, wenn alles nur ein Traum ist? Je mehr Till das bunte Treiben der Touristen beobachtete, umso mehr begann er daran zu zweifeln, dass hier der Eingang zum Feenreich war. Unmöglich! Wie sollte hier in aller Öffentlichkeit etwas so Geheimes verborgen bleiben? Hunderte von Augenpaaren wanderten tagtäglich durch die alten Gänge, unmöglich etwas vor ihnen zu verstecken!

„Bist du der Junge fürs Emanatorium?"

Till schrak aus seinen Gedanken. „Ja, hallo!"

„Du bist heute der einzige Patient", sagte die junge Frau. „Wirst du dich auch nicht fürchten? Es dauert eineinhalb Stunden!"

„So lange ..." Till jauchzte innerlich. Damit musste sich doch etwas anfangen lassen! Er zog seinen MP3-Player aus der Tasche und die junge Frau verstand.

„Na dann kann's ja losgehen. Komm, wir brauchen nicht warten, bis die Leute hier auf die Sicherheitsvorkehrungen hingewiesen wurden." Mit klopfendem Herzen folgte Till der jungen Frau in den Eingangsstollen. Es dauerte eine Weile, bis sich seine Augen an das Halbdunkel im Berg gewöhnt hatten. Till atmete die klare kühle Luft und war froh, einen dicken Pullover angezogen zu haben.

„Du darfst dich nicht aus dem Heilstollen entfernen, klar? Wer den Weg nicht kennt, der kann sich hier unten verlaufen!"

„Ja!" Till kreuzte zwei Finger hinter dem Rücken.

„Und du darfst nicht an den Lichtschaltern spielen."

„Ja", sagte Till wiederum und fühlte nach der kleinen Taschenlampe in seiner Hosentasche.

Am Eingang war die Öffnung ein wenig erweitert worden, aber je weiter sie gingen, umso niedriger und enger wurde der Stollen. Was für eine Arbeit, dem Fels diesen Durchgang abzuringen! Kein Wunder, dass die Bergleute ihn nicht größer als unbedingt nötig gemacht hatten. Der Weg war nass und führte sacht bergab. Till hätte gern gefragt, wie tief hinein sie gehen würden, aber die junge Frau kam ihm zuvor:

„Warst du schon einmal in den Feengrotten?"

„Nein, ich bin erst vor Kurzem von Hamburg hierher gezogen. Dann wurde ich krank und man hat mir das Rezept gegeben!"

„Ja, ich habe schon an deinem Dialekt gehört, dass du nicht aus Thüringen bist. Na, wenn es dir gefällt, dann kannst du ja mal eine Eintrittskarte kaufen. Die Heilgrotte ist oben auf der obersten Sohle des Bergwerks. Es gibt drei und die schönsten Tropfsteine sind natürlich in der ältesten und am tiefsten gelegenen. Man nennt sie den ‚Märchendom' mit der Gralsburg. Es ist wunderschön."

„Und gibt es auch Lebewesen in den Grotten?", fragte Till vorsichtig.

„Nein, hier ist es für jegliches Leben zu dunkel."

„Hm, ja!"

Inzwischen hatte sich der enge Gang zu einer großen Höhle geweitet.

„Siehst du, hier beginnt die Führung. Sie geht dort drüben weiter, am Barbarastollen vorbei durch die ‚Adolf-Mützelberg-Grotte'. Die heilige Barbara ist die Beschützerin der Bergleute, weißt du?"

„Und wohin führt diese Treppe hier?" Till beugte sich über die steinerne Absperrung und schaute hinab.

„Das ist die Treppe zu den drei Quellgrotten auf der mittleren Sohle, aber wir müssen hier rechts hinüber. Komm!", rief sie, weil Till noch einen Augenblick verweilte.

Sie führte ihn durch eine schmiedeeiserne Tür in einen abseits gelegenen Stollen. Nach ungefähr 20 Metern erreichten sie die Heilgrotte und die junge Frau knipste das Licht an. Till sah sechs bequeme Liegen, die in einem Kreis aufgestellt waren und erst jetzt bemerkte er, dass die junge Frau eine dicke Decke unter dem Arm trug.

„Auf welche Liege möchtest du? Du hast die freie Auswahl heute!"

„Dann nehme ich die. Da kann ich die Tür im Auge behalten", sagte Till.

Die junge Frau breitete die Decke auf der Auflage aus und forderte Till auf, sich hinzulegen.

„Wenn du husten musst, hier sind Taschentücher und hier ist ein Abfalleimer dafür. Ich brauch dir nicht zu sagen, dass du die Tropfsteine, die hier und da gewachsen sind, nicht berühren darfst, oder?"

„Nee!"

„Sie sind ganz zerbrechlich, weißt du? Ein falscher Tritt und viele Jahre Arbeit der Natur gehen kaputt!"

„Alles klar!"

„Musik hast du ja selber und das Licht lasse ich auf voller Stärke. Wenn etwas nicht stimmt, dann drückst du diesen Knopf hier. Das ist ein Notsignal und dann kommt sofort jemand, um nach dir zu sehen."

„Ja, verstanden! Ich glaube nicht, dass ich das brauche!"

„Kommst du zurecht?"

„Aber ja!"

„Gut, dann bin ich um 12.30 Uhr wieder bei dir! Gutes Gelingen und lass dich nicht von den Feen und den Elfen holen!"

Till lag bis zum Hals in die warme Decke gewickelt und dachte grinsend: „Nee, aber ich hoffe, dass ich mir was holen kann!"

Nachdem die Schritte der Grottenführerin verklungen waren, blieb Till noch eine Weile ruhig liegen und lauschte in die unergründliche Tiefe des Berges hinein. Ihm war recht seltsam zumute, so allein hier unten. Außer dem steten Tropfen des Sickerwassers war nichts zu hören. Wie lockt man nun einen Zwerg, an dessen Existenz man vor ein paar Stunden noch gezweifelt hat, aus seinem Versteck und wie nimmt man ihm den Schlüssel ab, wenn man ihn gefunden hat?

Tills anfänglicher Übermut wandelte sich in Verzagtheit. Wo und wie sollte er beginnen? Zunächst einmal wickelte er sich aus der Decke und zog die kleine Lampe hervor. Sofort erkannte er, dass man damit nicht sehr weit kam. Er hatte die absolute Dunkelheit in einem Bergwerk bei Weitem unterschätzt. Till leuchtete in die ohnehin hellen Ecken des Heilstollens und rief leise: „Huckeduûster Grindelwarz, bist du hier irgendwo? Komm hervor, ich will dich sehen!"

Aber statt einer Antwort hörte er den dumpfen Ton näher kommender Fußstapfen und die klare Stimme des Grottenführers. Die Besuchergruppe hatte ihren Rundgang begonnen. Till überlegte nicht lange. Dies war seine Chance! Ein letzter Blick in die hell erleuchtete Heilgrotte und er war sicher, dass er Grindelwarz hier nicht finden würde. Nein, der Eingang zum Feenreich musste tiefer im Berg sein, verborgen vor den neugierigen Augen der Besuchergruppen.

Till schaute auf die Uhr. 12.30 Uhr müsste er wieder hier sein, sonst würde es Ärger geben!

Er öffnete die Tür einen Spalt und spähte hinaus. Niemand sah ihn, die Besucher waren bereits ein kleines Stück weiter gegangen.

„Werte Gäste, die Feengrotten sind ein altes verlassenes Alaunschieferbergwerk mit dem schönen Namen ‚Jeremias Glück!'", hörte er den Grottenführer sagen. Till sah um die Ecke. Die Gruppe hatte sich im Halbkreis in der blau-grünen Grotte aufgestellt und lauschte den Ausführungen des jungen Mannes. „Vor hunderten von Jahren hatte man hier damit begonnen, den blau-schwarzen Alaunschiefer abzubauen. Das Gestein wurde mühsam zu Tage befördert ..."

„Hunderte von Jahren!", dachte Till. Da haben wir es ja. In hunderten von Jahren, da kann wahrlich viel geschehen und keiner von den Leuten hat wohl je geahnt, dass hier ein noch viel größerer Schatz als Alaunschiefer zu finden ist.

Als sich die Gruppe zum nächsten Anlaufpunkt begab, schlich Till aus seinem Winkel hervor. Er hatte beschlossen, ihr in einiger Entfernung zu fogen und dabei nach dem Zwerg Ausschau zu halten. Wenn alles gut ginge, dann würde er mitsamt dem Schlüssel am Ende des Rundganges wieder pünktlich in der Heilgrotte sein! Heilende, keimfreie Luft war hier schließlich überall! Wieder leuchtete Till mit der Taschenlampe in alle Ecken und auch ein Stück in den Barbarastollen hinein. Dieser Stollen war vielversprechend, da er nicht zum Rundgang gehörte, aber Till traute sich nicht, den offiziellen Weg zu verlassen. Was wäre, wenn er sich verliefe? Ein beklemmendes Gefühl!

Er kam an einen abgesperrten Schacht, der sehr geheimnisvoll aussah. „Huckeduûster Grindelwarz! Zeig' dich mir! Ich bin gekommen, um mit dir zu reden!", rief Till leise. „Grindelwarz komm' heraus, Alrick schickt mich!" Er hoffte, dass sich der Zwerg beim Namen des Elfen zeigen würde, aber nichts geschah. Alles, was Till hörte, war die Ankunft der nächsten Besuchergruppe hinter ihm und er musste sich beeilen, vorwärts zu kommen. Mit klopfendem Herzen folgte er dem Weg weiter und weiter in den Berg hinein. Er passierte die kleine Mützelberg-Grotte und erreichte gerade die Treppe zur zweiten Sohle, als das Licht plötzlich gelöscht wurde.

„Donnerlittchen!", entfuhr es ihm, denn es war so dunkel, dass er nicht die Hand vor Augen sehen konnte. Was nun? Für den Augenblick war das Feenreich vergessen und er tastete sich im spärlichen Licht seiner Lampe Stufe für Stufe die steile Treppe hinab. Von unten hörte er die gedämpfte Stimme des Grottenführers. Ganz langsam und ganz vorsichtig ging er weiter. Seine rechte Hand umklammerte das Geländer während seine Füße sicheren Halt suchten. „Grindelwarz", flüsterte er, „bist du hier irgendwo?"

Wechselnder Lichtschein signalisierte ihm, dass er die Quellgrotten erreicht hatte. „Ah, sie zeigen den Besuchern die Tropfsteine bei verschiedener Beleuchtung!", dachte er und mischte sich ganz unbemerkt unter die Zuschauer. Ein Blick auf die Uhr sagte ihm, dass erst eine halbe Stunde vergangen war. Hier auf der mittleren Sohle gab es drei Grotten, von der eine schöner war als die andere, fand Till. Bei diesem Anblick vergaß er den Zwerg für einen Moment und war tief beeindruckt von der farbigen Vielfalt der Tropfsteine und von den sogenannten Sinterterrassen, die sich wie Vorhänge an den Seitenwänden gebildet hatten.

Als der Grottenführer mit seinen Ausführungen für diesen Teil des Rundganges am Ende war, versteckte sich Till im Dunkel der Treppe und wartete darauf, dass die anderen weiter gingen. Als alles still war, kam er hervor und lief noch einmal suchend an den drei Grotten entlang. Wieder rief er den

Zwerg, aber seine Hoffnung war eigentlich schon versiegt. Hier waren entschieden zu viele Menschen unterwegs, als dass sich eine zufällige Begegnung ergeben würde. So ein Zwerg war sicherlich von scheuer Natur! Till leuchtete mit der Taschenlampe in einen alten Gang, der mit einem Eisengitter verschlossen war und den der Grottenführer in der Bergmannsprache als „Alten Mann" bezeichnet hatte. „Grindelwarz? Huckeduûster Grindelwarz, bist du hier? Zeig dich endlich!", rief er hinein und erschrak über den Schall seiner eigenen Stimme in der Dunkelheit. Plötzlich überkam ihn die Angst und er lief den anderen nach, in den „langen Stollen" hinein.

Der „lange Stollen" hatte seinen Namen zu Recht erhalten, denn er war niedrig und vor allem sehr, sehr lang. Till war klein genug, dass er an fast allen Stellen aufrecht gehen konnte. Wieder verspürte er Mitleid mit den Menschen, die einst ihr täglich' Brot hier unten verdient hatten. Er lief schnell und dennoch brauchte er einige Minuten bis er die Gruppe wieder vor sich hörte.

Nach und nach machte er sich Gedanken darüber, wie er wohl wieder zum Heilstollen zurückkommen sollte. Irgendwie hatte er nicht den Eindruck, dass der Rundgang wirklich ein Rundgang war und wieder an der gleichen Stelle enden würde, an der er begonnen hatte. Was dann?

Der Stollen machte eine scharfe Kurve und Till fand eine steile Treppe, die ein weiteres Mal tiefer hinab führte. Unten angekommen, wusste er einen Moment lang nicht, welche Richtung er einschlagen sollte, aber zum Glück hörte er die gedämpften Stimmen der Besuchergruppe links von sich. Der Stollen führte in eine weitere Grotte und Till musste abrupt stehen bleiben, weil er die Besuchergruppe eingeholt hatte. Gott sei Dank bemerkte ihn niemand!

Die Leute kamen so langsam voran, weil der Weg jetzt über eine steile Eisentreppe wieder nach oben führte. Till wartete geduldig, bis auch der Letzte hinaufgeklettert war und der Grottenführer die Absperrkette vorlegte. Der herabscheinende Lichtkegel war ausreichend, damit Till sich ungestört umsehen konnte. Der junge Mann hatte diesen Platz „Butterkeller" genannt und Till sah deutlich die grau-gelblichen Minerale, aufgrund derer dieser Teil des Schaubergwerkes so bezeichnet wurde. Eine Ablagerung, die die Bergleute früher „Bergbutter" genannt hatten.

„Werte Gäste!", hörte Till den Grottenführer sagen, „Am Ende unseres Rundganges sind wir nun am ältesten und schönsten Teil der Saalfelder

Feengrotten angelangt. Dem Märchendom mit der Gralsburg." Das „Ah!" und „Oh!" der Besucher bestätigten die Worte des jungen Mannes und Tills Neugier wuchs mit jeder Minute. Interessiert lauschte er der Geschichte über die Entdeckung dieses außergewöhnlichen Naturwunders und der Sage über die Fee, die ihn den Menschen gezeigt hatte.

Aufgeregt trat Till von einem Fuß auf den anderen. Es musste ein bedeutender Ort sein, wenn er sogar Menschen wie Richard Wagner in seinen Bann gezogen hatte. „So, so, der berühmte Komponist hat dieses Motiv also als Bühnenbild für seine Oper Tannhäuser verwendet?", dachte er verwundert. Beeilt euch, beeilt euch! Ich muss zurück! Beim Klang der „Herr der Ringe"-Musik betrachteten die Besucher die Grotte in verschiedener Beleuchtung und Tills Nervosität steigerte sich mit jedem Ruck seines Uhrzeigers. Schon dachte er daran, die Sache abzublasen, als hörte er, wie sich der Grottenführer endlich von den Besuchern verabschiedete.

„Beim allmächtigen Feenzauber!", zitierte er Alrick. „Das wurde aber auch Zeit!"

Zum Glück für Till verließen die Besucher den Märchendom auf einem anderen Weg und als der Letzte endlich gegangen war, konnte er die Leiter erklimmen.

Wie gebannt blieb er stehen. Was für eine Märchenwelt offenbarte sich ihm! Tropfsteine in hunderterlei warmen, braun-roten Farbtönen, so fein und bizarr, hingen zu tausenden von der gewölbten Decke herab. Unterhalb hatte man das Tropfwasser in einem künstlichen See aufgefangen, in dessen geheimnisvoll glänzender Oberfläche sich die Herrlichkeit widerspiegelte. Ab und zu erzitterte das Bild ringförmig von einem der herabfallenden Tropfen und die Kreise glitten lautlos weiter, bis sie sich schließlich am Ufer der Gralsburg auflösten.

Die Burg selbst war ein übergroßer Stalagmit, der sich aus der Vielzahl der über ihm hängenden Tropfsteine gebildet hatte und der aufgrund der vielen kleinen Tropfsteintürmchen dem Grundriss einer Burg sehr ähnlich sah. Ja, jetzt konnte Till verstehen, dass dieser Anblick den Musiker bezaubert hatte. Dieser Anblick musste einfach jeden beeindrucken und jetzt glaubte er Alrick auch, dass sich hier irgendwo der Eingang zum Feenreich befand!

Der Gedanke an Alrick erinnerte ihn daran, warum er hier war und auch daran, dass höchste Eile geboten war.

„Huckeduûster Grindelwarz!", rief er vorsichtig über das Wasser und lauschte auf den Widerhall seiner Stimme. „Komm heraus, ich weiß, dass du hier bist!"

Das Licht im Märchendom war gedämpft, aber mithilfe der Taschenlampe konnte Till die Wände ableuchten. Irgendwo musste ein Spalt oder eine Nische sein. Nichts!

„Grindelwarz, komm heraus, ich habe etwas für dich!"

Erschrocken hielt Till inne, denn er hatte von Weitem Stimmen gehört. Die nächste Besuchergruppe würde jeden Augenblick auftauchen und er hatte nichts erreicht.

„Verdammt noch mal!", flüsterte er und fühlte sich auf einmal schwach und allein. Er legte die brennende Taschenlampe auf die kleine Staumauer und lief zur Treppe, um nach den Ankommenden zu sehen. Ihm war klar, dass er nicht durch den Butterkeller zurückgehen konnte, ohne gesehen zu werden. „Wenn ich den anderen Weg gehe, dann müsste ich eigentlich wieder an die Treppe zum langen Stollen kommen", überlegte er und eilte zur Mauer zurück, um seine Lampe zu holen.

„Herrjemine! Was war denn das?" Wie angewurzelt blieb er stehen und starrte mit weit aufgerissenem Mund auf einen fast unsichtbaren Spalt, in dessen Inneren gerade der letzte Lichtschein seiner Lampe verschwand. Täuschte er sich oder hörte er krächzendes Lachen und tapsige Schritte aus dem Berg heraus? Grindelwarz! Er hatte ihn gefunden, der Zwerg existierte! Nun gut, der Erfolg war etwas zweifelhaft, da Till der Beraubte war und nicht Grindelwarz, doch das trübte seine Hochstimmung nicht. Alles war wahr! Alrick konnte gerettet werden!

Die näherkommende Besuchergruppe mahnte Till, sein Glücksgefühl später auszukosten, denn wenn er nicht rechtzeitig zurück war, wäre er es, der gerettet werden müsste! Schon hörte er die freundliche Stimme der Grottenführerin unterhalb der Treppe. Es war die junge Frau, die ihn zum Emanatorium gebracht hatte. Er wusste: Wenn sie hier fertig war, würde sie zu ihm kommen und er würde alles tun, damit sie ihn auch vorfände! Panik wollte sich seiner bemächtigen, aber die konnte er nicht gebrauchen. „Sei ruhig und überlege objektiv!", hatte sein Vater in solchen Stresssituationen immer geraten. „Hole erst mal tief Luft!"

Seine Befürchtung, der Weg durch das Bergwerk sei in Wirklichkeit kein Rundgang, hatte sich also bewahrheitet. Der Ausgang lag im Quellenhaus, ungefähr 150 Meter vom Eingang entfernt. Die junge Frau würde außen herum gehen, während Till den gleichen Weg zurückeilen musste, den er gekommen war. Und das möglichst unentdeckt! Wenn er schnell rannte, wäre es vielleicht zu schaffen.

Gesagt, getan! Er lief zum langen Stollen und horchte. Glücklicherweise war die nächste Besuchergruppe noch nicht hineingegangen, denn darin gab es kein Versteck. So weit das spärliche Licht reichte, rannte er vorwärts, aber dann umgab ihn die Finsternis des Berges. „Grindelwarz, du mieser Zwerg", dachte er. „Wenn ich mir deinetwegen den Kopf stoße!"

Stolpernd und tastend hastete er zurück und versuchte, laute Geräusche zu vermeiden. Soweit er sich erinnerte, war der Weg eben. Beide Hände nach rechts und links ausgestreckt, sodass er den feuchten Fels spürte, Meter für Meter kam er voran. Mit Mühe unterdrückte er die aufkommende Panik, bis er nach unendlich scheinenden Minuten einen schwachen Lichtschein wahrnahm. Gleichzeitig mit den beeindruckten Besuchern einer neuen Gruppe erreichte er die Quellgrotten und mischte sich mit klopfendem Herzen unter sie.

Die staunende Menge nahm ihn gar nicht wahr und so nutzte er das Licht und rannte die Treppen zur obersten Sohle hinauf. Längst hatte er sein Zeitgefühl verloren und war ehrlich überrascht, als Erster am Emanatorium anzukommen. Hastig schlug er die Tür zu und wickelte sich in die mollige Decke. Sein Atem ging keuchend vor Anstrengung und Aufregung und starker Husten quälte seine Lungen, als die Tür geöffnet wurde.

„Na, alles klar?", fragte die junge Frau freundlich. „Du siehst ein wenig erschöpft aus. Geht es dir gut?"

„Aber ja! Es ist nur der Husten! Der bringt mich ganz aus der Puste."

„Das ist ja Sinn und Zweck des Ganzen. Und, willst du morgen wiederkommen?"

„Ja, insgesamt habe ich acht Behandlungen!"

„Na dann sehen wir uns morgen!"

„Danke sehr! Auf Wiedersehen!"

Obwohl Till den Schlüssel noch nicht hatte, fühlte er sich so beschwingt wie lange nicht mehr. Wie würde sich Alrick über die gute Nachricht freuen! In seinem Alter ziemte es sich nicht mehr zu hüpfen und zu springen, aber er lief leichtfüßig nach Hause. Schon von Weitem sah er Oma Gertrude im Garten und sprang kurzerhand über den niedrigen Zaun.

„Na, mein Junge, das sieht ja so aus, als ob dir die Behandlung gutgetan hat."

Wie zur Antwort musste Till bellend husten, bis ihm die Augen tränten. „Ja!", sagte er prustend. „Es hat gut geklappt. Die Leute sind hilfsbereit und freundlich. Morgen soll ich wiederkommen."

„Und, hast du ein bisschen was von den Grotten gesehen?"

„Nicht viel!" Es widerstrebte ihm, die alte Dame anzulügen. „Ich muss mir wohl oder übel mal eine Eintrittskarte kaufen, um den Rundgang mitzumachen."

„Auf dem Küchentisch steht frischer Kuchen! Ich denke, du hast dir ein extra Stück verdient. Flora bleibt heute über Mittag im Kindergarten. Du weißt schon, wegen des Drachenfestes!"

„Okay, dann hole ich sie später!"

„Ja, ich dachte ..." Oma Gertrude zögerte ein wenig, bevor sie weitersprach. „Ich dachte, wir essen und dann gehen wir beide zum Friedhof! Wir müssen die Blumen richten und nach dem Rechten sehen. Danach werden wir Flora abholen. Denkst du, du könntest das schaffen?"

Mit Bedauern sah Gertrude, wie der neu gewonnene Glanz aus Tills Augen schwand und am liebsten hätte sie die Worte zurückgenommen, aber Lucie und Dr. Hausmann hatten gemeint, es sei nötig, dass der Junge den Weg zum Friedhof fand. Sie waren sich einig gewesen, dass er lernen musste, den Tod seiner Eltern zu akzeptieren. Schritt für Schritt. Dann könnte der Heilungsprozess beginnen.

„Ja gut", antwortete er tonlos. „Es ist ja eigentlich meine Aufgabe."

„Oh nein! Da bist du aber ganz und gar schief gewickelt!" Gertrude stellte die Schüssel mit den roten Äpfeln beiseite. „Das ist die Aufgabe der ganzen Familie!" Sie legte Till tröstend den Arm um die Schultern und gemeinsam gingen sie ins Haus.

Aus dem ersten Stock erklang laute Heavy Metal-Musik und Schlagzeugrhythmen, sodass Till spontan beschloss, nicht ins Zimmer zu gehen, bis Oskar mit dem Üben fertig wäre. Da Gertrude mit dem Essen auf Lilly warten wollte, folgte Till ihrem Rat, stibitzte ein großes Stück Kuchen und beschloss, in seinem eigenen Zimmer zu warten. Onkel Phil hatte ihm einen alten Schaukelstuhl auf den kleinen Balkon gestellt und mit Freude bemerkte er beim Eintreten, dass er auch einen kleinen Teppich erhalten hatte.

„Wenn ich auf dem Balkon sitze, kann ich sehen, wenn Lilly kommt. Also könnte ich ..." Er stellte den Teller auf die Brüstung und eilte zum Bücherregal in Lillys Zimmer. „Almanach der Zauberwesen" – er zog zufrieden den schweren Band hervor und ging damit auf den Balkon zurück.

Beinahe ehrfürchtig strich Till mit der Hand über den kunstvollen Ledereinband des alten Buches. Obwohl es offensichtlich fürsorglich behandelt worden war, wies es einige Gebrauchsspuren auf. Also war er bei Weitem nicht der einzige Mensch, der sich mit Zwergen, Feen und Elfen beschäftigte. Till öffnete den schweren Buchdeckel und fand ein hübsches Exlibris auf dem Vorsatzpapier. „Eigentum von: Anna Herrmann" stand da in gleichmäßigen, schnörkeligen Buchstaben geschrieben. Till überlegte, wer Anna Herrmann war und kam zum Schluss, dass es Gertrudes Mutter oder Oma gewesen sein könnte.

Egal! Till blätterte die alten Seiten vorsichtig um, bis er das Inhaltsverzeichnis fand. „Du meine Güte!" Er staunte über die Vielzahl der aufgeführten Zauberwesen und Naturgeister mit ihren wunderlichen Namen. Sein Finger glitt über die Liste, bis er zu den Zwergen kam. Auch da gab es verschiedene, mal abgesehen davon, dass sie in den unterschiedlichen Ländern natürlich auch unterschiedliche Namen hatten.

Er fand Wichtel, Heinzelmännchen und Bergmännchen. Ihre Charaktere wurden meist als gutartig beschrieben, aber natürlich hatte der Autor auch die Ausnahmen nicht vergessen.

Till meinte, dass Grindelwarz zu den Bergmännchen zählen musste. Schließlich lebte er in einem Bergwerk und wenn er mehrere hundert Jahre alt werden konnte, dann hatte er vielleicht schon gelebt, als dort noch Alaunschiefer abgebaut wurde. Zwerge lebten in kleineren Kolonien, die durch ein Netzwerk von Gängen miteinander verbunden waren. Die meisten ihrer Behausungen lagen unter der Erde, aber es gab auch Siedlungen von Baumzwergen, die ihre Katen im Schutz alter Bäume zu errichten pflegten und sich um deren Wohlergehen bemühten.

Er las, dass Zwerge die Schätze der Erde seit Urgedenken als ihr Eigentum betrachteten. Jeder, der sich an ihrem vermeintlichen Besitztum vergriff, zog ihren Zorn auf sich. „Wenn es um Besitztum geht, sind sie geizig und streitsüchtig und lieben es, den Menschen Streiche zu spielen. Zu ihren Schätzen zählen besonders Dinge, die glitzern und funkeln, wie Edelsteine, Gold und Silber. Im Laufe ihres langen Lebens trachten sie danach, so viele Kostbarkeiten wie möglich zu sammeln und schrecken auch vor Diebstahl nicht zurück!", las Till laut vor sich hin. Ja, das hatte er gesehen und da er annahm, dass Alricks silberner Schlüssel auch glitzerte, würde es schwer werden, ihn freiwillig von Grindelwarz zu bekommen.

„Zwerge besitzen nur eine geringe Zauberkraft und sind in dererlei Dingen auf höher entwickelte Zauberwesen angewiesen, aber sie haben die besondere Gabe, sich und ihre Wohnorte unsichtbar machen zu können." Auch diese beiden Merkmale stimmten mit Grindelwarz überein! Obwohl Till sich aufmerksam im Märchendom umgeschaut hatte, hätte er den Spalt ohne den Lichtschein der gestohlenen Taschenlampe niemals entdeckt und Alrick hatte gesagt, dass der Zwerg ohne Hilfe der Elfen nicht in oder aus dem Feenreich gelangen konnte. Anscheinend war dazu ein größerer Zauber notwendig.

Till betrachtete die Illustrationen und musste herzlich über die verschiedenen Zwergenbilder lachen. Egal, welchem Land oder Stand die Zwerge angehörten, sie waren alle kleinwüchsig und hatten unverhältnismäßig große Gliedmaßen, was ihnen ein drolliges, ungelenkes Aussehen gab. Die meisten waren strubblig, hatten lange Bärte und große, rote Nasen, auf denen einer sogar eine Kerze vor sich hertrug. Die männlichen unter ihnen besaßen Handwerkzeuge, wie Äxte, Hämmer und Brecheisen, während die Zwerginnen scheinbar mit Vorliebe rote Kappen trugen. Er staunte, als er las, dass manche der Bilder sogar auf das 15. Jahrhundert zurückgingen.

Till hatte sich so in seine Lektüre vertieft, dass er Lilly nicht bemerkt hatte. Das Mädchen war schon vor einiger Zeit nach Hause gekommen und gerade als er vom Kapitel der Zwerge zu den Elfen wechseln wollte, stand sie mit verschränkten Armen vor ihm in der Balkontür. „Schon mal was von Privatsphäre gehört? Von Fragen hältst du wohl nichts?"

Till schrak ertappt auf und hätte das kostbare Buch beinahe fallenlassen. Er fühlte, wie er rot wurde und seine Verlegenheit steigerte sich noch.

„Ich ... äh! Ich wollte Oskar nicht beim Üben stören und in meinem Zimmer war nicht allzu viel Auswahl!"

Mit einem entschuldigenden Lächeln zeigte er in sein leeres Zimmer hinein und bemerkte erleichtert den Wechsel in Lillys Stimme.

„Na gut, aber zur Gewohnheit solltest du das nicht werden lassen!"

„Ja, logisch! Bitte entschuldige!"

„Du sollst jetzt essen kommen und dann gehen wir zum Friedhof!" Nun war es Lilly, die sich verlegen fühlte. „Wenn du möchtest, kannst du das Buch eine Weile behalten. Ist super interessant, oder?", fügte sie einlenkend hinzu. „Und wenn du etwas Besonderes wissen möchtest, ich habe es schon ausgelesen."

Tills Füße fühlten sich an wie aus Blei. Je näher sie dem Friedhof kamen, umso schwerer wurden sie. Die traurige Realität, die er mehr oder weniger erfolgreich zu verdrängen suchte, kehrte mit jedem Meter in sein Bewusstsein zurück, aber da war auch etwas Tröstliches, das er noch vor ein paar Tagen nicht bemerkt hatte. Ein Ziel, eine Aufgabe, die seinem Leben einen neuen Sinn gaben. Alricks Rettung! Alrick war durch das Unrecht, das ihm von Farzanah zugefügt wurde, zu einem Leidensgefährten geworden. Er würde seinen Schmerz besser verstehen als sonst einer, den er kannte! Er würde für immer sein Freund sein und schon heute Abend konnte er ihm mitteilen, dass er bei der Lösung des Zaubers einen Schritt vorangekommen war. Er hoffte, dass Alrick den Zwerg gut genug kannte, um ihm einen Tipp bei der Jagd nach dem Schlüssel zu geben.

Oma Gertrude und Lilly hatten Till seinen Gedanken überlassen, aber nun, da sie die alte, schmiedeeiserne Friedhofspforte öffneten, nahmen sie ihn automatisch in ihre Mitte. Gemeinsam schritten sie die lange Allee entlang und Till empfand ihre stille Anteilnahme als wohltuend. Worte waren hier einfach unangebracht. Sein Vater hatte immer gesagt, dass man die Dinge aussprechen muss, damit sie heilen können, aber wollte er das überhaupt? Würde er seine Eltern der Vergessenheit preisgeben, wenn er zuließe, dass sich die Wunde in seinem Herzen schloss?

Ein Schauer lief über Tills Rücken, als er schließlich vor den beiden frischen Erdhügeln stand. Die Leute vom Beerdigungsinstitut hatten die zahlreichen Blumen und Kränze dekorativ angeordnet und Till las die Inschriften auf den Schleifen. Am Begräbnistag selbst war es ihm nicht aufgefallen, wie viele Menschen Anteil genommen hatten. Für ihn waren es Namen ohne Bedeutung, weil er keinen davon kannte! Dessen ungeachtet mischte sich auch Stolz unter die Bedeutungslosigkeit, denn offensichtlich hatten diese Menschen seine Eltern geschätzt. Eine Wertschätzung, die sie erlangt hatten, bevor er geboren war. Onkel Phil und Tante Lucie hatten darauf bestanden, die beiden hier beizusetzen, damit Till jederzeit zu ihren Gräbern gehen konnte und jetzt, da er hier stand, begann er langsam zu begreifen, wie recht sie damit hatten. Das Wenige, das er noch tun konnte, konnte er nur von hier aus tun.

Till nahm Lilly die schwere Gießkanne aus der Hand und half ihr, die Vasen mit frischem Wasser zu füllen, während Oma Gertrude die welken Blüten aussortierte.

„Mama, Papa, es geht mir gut!", begann er ein stilles Zwiegespräch. „Ich war krank, aber das ist schon so gut wie vorbei. Etwas ganz Außergewöhnliches ist mir begegnet, etwas, das man mit Worten nicht erklären kann! Ach, ich wünschte so sehr, ich könnte es euch zeigen! Aber vielleicht ist das gar nicht nötig?", grübelte er weiter. „Wenn es Feen und Elfen in einer anderen Welt gibt, wieso nicht auch das Paradies für die Verstorbenen?" So viel war Till auf einmal klar: Nur ein bisschen an die Anderswelt glauben, das geht nicht. Hier heißt es entweder ganz oder gar nicht und er hatte sich in diesem Augenblick für ganz entschieden!

Im Kindergarten herrschte ein lustiges Tohuwabohu. Schon von der Straße aus war der Spaß nicht zu überhören. Kaum war Till hinter Lilly und Oma Gertrude in den großen Garten getreten, rannte Flora herbei und sprang in seine Arme.

„Wir haben gewonnen! Wir haben eine Medaille gewonnen! Du und ich!" Sie hüpfte im Kreis um den verlegenen Till herum und wirbelte eine selbst gebastelte Silbermedaille um ihren Finger. Im Nu kamen auch die anderen Kinder herbei und Till wurde von der freundlichen Erzieherin begrüßt.

„Hallo Till, ich bin Sabine, eine Schulfreundin deines Vaters. Du hast offenbar sein Konstruktionstalent geerbt, denn Floras Drachen war der Einzige, der geflogen ist. Eigentlich hätte er den ersten Platz verdient, aber die Kinder haben sich für einen Spongebob-Drachen entschieden. Nun ja, was soll man sagen?"

„Wirklich?" Till, den die Erwähnung seines Vaters diesmal eher stolz als traurig machte, war ehrlich überrascht. „Na ja, so ein Spongebob-Drachen ist natürlich nicht zu verachten. Der zweite Platz ist ein guter Platz, nicht wahr Flora? Da sind wir beide mächtig stolz!"

Obwohl es Till drang, seine Lektüre über Feen und Elfen fortzusetzen, waren sie gezwungen, noch eine Weile im Kindergarten zu bleiben. Oma Gertrude, die eine gute Beobachterin war, bemerkte mit innerer Freude, wie Till nach und nach auftaute und sich sogar fachmännisch mit Lilly über Drachen und Ballons unterhielt.

Der Nachmittag verging wie im Flug und die Sonne war bereits rot, als die vier nach Hause gingen.

Mit geschlossenen Augen wartete Till darauf, dass Oskar endlich das Licht im Zimmer löschte. Es war bereits nach 23 Uhr und die Zeit drängte. Er hatte seinen MP3-Player unter der Bettdecke angeschlossen und die harten Rhythmen von „Heaven Shall Burn" hielten ihn wach. Endlich überzeugte ihn das gleichmäßige Heben und Senken von Oskars Rücken, dass er eingeschlafen war. Als die Zeit gekommen war, nahm er die silberne Dose vom Stuhl und schlich in sein eigenes Zimmer. Er ließ sich im Schneidersitz auf dem Teppich nieder und stellte das Gefäß vor sich in den hellen Lichtkegel des Mondes, der zum Fenster hereinschien. Obwohl ihn keiner hören konnte, fühlte er sich ein wenig beschämt, als er den Zauberspruch aufsagte.

„Torwächter vom Feenland,
Farzanah dich ans Silber band,
ohne deiner Flöte Lied,
kein Mensch das Feenland mehr sieht …"

Diesmal ging alles wie von selbst. Kaum hatte er den letzten Satz beendet, als Alrick im durchscheinenden Silber vor ihm stand und seine steifen Glieder reckte.

„Beim allmächtigen Feenzauber, du hast Wort gehalten, Erdenmensch!"

„Hast du denn daran gezweifelt?"

„Entschuldige, aber die letzten Jahre waren nicht gerade erbaulich. Man wird ein wenig wunderlich, wenn man zu lange auf eine silberne Dose gebannt ist." Grinsend ließ er sich neben Till auf dem Teppich nieder. „Und Till, was hast du herausgefunden?"

Er sah Till so erwartungsvoll an, dass dieser sein Vorhaben, die gute Nachricht auszukosten, sofort fallen ließ.

„Ich habe ihn gesehen!", sprudelte er hervor. „Oder besser gesagt, ich habe ihn gehört!"

„Na was denn nun? Bist du dir auch wirklich sicher?"

„Aber ja!" Vor Aufregung vergaß Till die Stimme zu senken und ehe die beiden wussten, wie ihnen geschah, stand Lilly im Zimmer! Ihre Augen waren so groß wie Untertassen und entgegen ihrer sonstigen Art hatte es ihr gründlich die Sprache verschlagen.

„Sei gegrüßt, Lilly!" Alrick war aufgesprungen und stand der blassen Lilly unmittelbar gegenüber. „Es freut mich, dich endlich kennenzulernen und wenn ich mir zu sagen erlauben darf, du siehst sehr liebreizend aus heute Nacht!"

„Wer ...? Das gibt's doch nicht! Du bist ... Dann ist die alte Geschichte also wahr! Und ich dachte immer, es wäre nur ein Ammenmärchen!"

„Ich bin Alrick, der Flötenspieler, Vertrauter und Freund des Königs von Arwarah. Setz dich zu uns und höre Tills Bericht, wie er mich erweckt und dann den Huckeduûster Grindelwarz ausfindig gemacht hat." Galant reichte er der verblüfften Lilly die Hand und führte sie zu Tills kleinem Teppich, auf dem die drei nun im Kreis beieinander saßen.

„Also darum hast du den Almanach so intensiv studiert!", stotterte sie und fand erst nach und nach ihre gewohnte Fassung wieder. „Aber wieso du?"

„Ich bin ein Sonntagskind und ich hatte Glück! Doch hört zu, wie ich den Grindelwarz gefunden habe. Die Zeit läuft uns davon und noch haben wir nicht wirklich was erreicht!"

Alrick und Lilly lauschten Tills kurzem Bericht.

Danach war Alrick überzeugt, dass es sich bei dem Dieb wirklich um Grindelwarz gehandelt hatte und dass es nun nötig war, ihm an jener Stelle der Grotte aufzulauern und den Schlüssel zu erbeuten. Der Gedanke, endlich wieder frei zu sein, verursachte ihm weiche Knie.

„Wir dürfen das nicht verderben", sagte er bittend zu Till und Lilly. „Es würde mir endgültig das Herz brechen, weitere Jahre an diese Dose gefesselt zu sein. Ich muss endlich wissen, was aus meinem König geworden ist. Doch sollten wir den Grindelwarz nicht unterschätzen! Er ist voller Hinterlist und ohne Magie nicht leicht zu fangen. Sprecht, habt ihr schon einen Plan, wie ihr vorgehen wollt?"

„Ihr?" Till sah Lilly fragend an.

„Aber ja!", sagte sie ohne zu zögern. „Oder willst du die Verantwortung ganz allein übernehmen?"

„Nein, auf keinen Fall. So ist es mir sogar lieber. Zwei erreichen mit Sicherheit mehr als einer!"

„Und wann wollen wir es tun?"

„Uns bleibt nur die morgige Nacht, sonst müssen wir ja auf den nächsten Vollmond warten!"

„Gut! Wenn du morgen zum Heilstollen gehst, fragst du die Grottenführerin nach der letzten Führung aus. Du kaufst zwei Karten für uns. Wir besuchen die Führung und wir lassen uns einschließen."

„Wir lassen uns einschließen?"

„Na klar, oder denkst du, wir können dem Zwerg den Schlüssel zwischen zwei Führungen abnehmen?"

„Nee, eigentlich nicht! Aber ..."

„Was aber? Hast du etwa Angst?", fragte Lilly herausfordernd.

„Nicht wirklich, aber wie kommen wir dort wieder raus, damit wir um Mitternacht bei Alrick sind?"

„Hm, daran habe ich nicht gedacht", gab Lilly kleinlaut zu.

„Die Tür zu den Grotten hat außen einen Knauf und innen eine Klinke. Wenn wir Glück haben, können wir einfach hinausgehen und die Tür hinter uns zuziehen. Aber wahrscheinlich ist abgeschlossen und wir sind gezwungen, auf die erste Führung zu warten, um uns unbemerkt anzuschließen. Wenn wir richtig großes Pech haben, gibt es eine Alarmanlage und wir sind im A... Eimer!"

„Quatsch, daran sollten wir nicht mal denken. Nicht auszumalen, wenn das passiert!"

„Aber wieso denn so viele Umstände? Wie wäre es, wenn ihr mich einfach mitnehmen würdet, oder ist das Tragen von silbernen Dosen in den Grotten nicht gestattet?"

„Beim allmächtigen Feenzauber! Wieso sind wir da nicht drauf gekommen!", ahmte Till Alricks Lieblingsspruch nach und alle drei mussten herzlich lachen. „Genau so machen wir's!"

„Gut, dann wäre das geklärt und natürlich bringe ich euch auch aus dem Berg! Aber nun müssen wir uns einen Plan zurechtlegen. Grindelwarz ist ein geiziger, hinterhältiger Kerl. Er und sein Klan sind ... waren Verbündete von Farzanah. Er wird den Schlüssel niemals freiwillig hergeben. Wir müssen ihm eine magische Falle stellen", sagte Alrick. „Wie viel Erfahrung habt ihr denn mit Magie?"

Till und Lilly sahen sich verblüfft an und schüttelten gleichzeitig den Kopf.

„Du sagtest, dass Zwerge alles lieben, was glitzert, und das habe ich auch im Almanach gelesen." „Oh, ja. Die meiste Zeit ihres sinnlosen Daseins verbringen sie mit dem Sammeln von Schätzen", sagte Alrick verächtlich. „Aber das hilft uns nicht weiter!"

„Du bist nicht gerade gut auf sie zu sprechen, was?", fragte Lilly.

„Es mag Ausnahmen geben, aber die, die ich näher kennenlernte, sind niedrigen Charakters. Wenn wir ihm den Schlüssel abgenommen haben, wird er nicht zögern, die nächste Gelegenheit zu nutzen, um uns bei Farzanah zu verpetzen."

„Etwas Glitzerndes!? Okay, aber wir werden wohl kaum Diamanten auftreiben. Das Einzige, was mir einfällt, sind die Goldtaler aus dem Süßwarenladen." Till hatte eigentlich im Spaß gesprochen, aber Alrick ging auf seine Idee ein: „Süßigkeiten sind sowieso gut. Da man sie für gewöhnlich unter der Erde nicht findet, sind Zwerge ganz wild darauf."

„Na, dann sollten wir es damit versuchen. Aber ihn hervorzulocken, bedeutet noch nicht, dass wir ihn auch fangen können. Wie baut man denn eine magische Falle?"

„Es gibt mehrere Möglichkeiten, Zwerge zu bannen. Eine relativ einfache ist ein Bannkreis aus Salz und Kerzen. Aber um einen Kreis um ihn ziehen zu können, müssen wir ihn an einer Stelle festhalten und das wird nicht einfach sein, zumal er sich unsichtbar machen kann."

„Na toll!" Till war aufgesprungen und lief aufgeregt im Zimmer auf und ab. „Die Zeit ist bald um. Denkt nach, denkt nach!"

„Ich hole das Buch", flüsterte Lilly und schlüpfte leise zur Tür hinaus. Als sie mit dem Werk unter dem Arm zurückkehrte, blätterte Till hastig die farbigen Seiten des Almanachs um. Seine Augen suchten nach einem Absatz, in dem beschrieben war, wie man unerwünschte Zauberwesen von Haus und Hof vertreiben könnte, aber sie fanden nichts, was ihnen in ihrer Situation wirklich weitergeholfen hätte.

„Wenn wir nur einen Spiegel hätten, dann könnten wir Grindelwarz erstarren lassen", sagte Alrick.

„Einen Spiegel?", fragten Lilly und Till gleichzeitig.

„Ja, ein Zwerg erstarrt für kurze Zeit, wenn er sein eigenes Spiegelbild erblickt! Aber wir …"

„Nichts leichter als das!“ Wieder flitzte Lilly in ihr Zimmer und kam triumphierend mit einem silbernen Handspiegel zurück. „Der ist schon von meiner Ururgroßmutter, schau! Würde der ausreichen?“

„Der ist perfekt! Was für ein Glück, ein so seltenes Stück zu haben. Wer immer ihn erhalten hat, muss ein guter Freund der Feen und Elfen gewesen sein! Siehst du die Feensymbole hier?“

„Feensymbole?“

„Ja, offensichtlich hat hier schon früher jemand versucht, Zauberwesen zu bannen. Wenn ihr den Kreis um den Zwerg zieht, dann malt diese starken Symbole hinein und stellt vier Kerzen für die Himmelsrichtungen auf. Der Kreis wird wirksam bleiben, so lange die Kerzen brennen.“

Alrick war nachdenklich aufgestanden. Er hielt den Spiegel in der Hand und betrachtete traurig sein silbernes Abbild. „Ich bin schon so lange Zeit nicht am Tor zu Arwarah gewesen! Ich ... ich habe Angst vor dem, was ich vorfinden werde! Was wird aus meinem König geworden sein und was aus meinen Freunden, aus unserem Land?“

„Sorge dich nicht“, sagte Lilly sanft. „Jetzt denken wir erst mal an dich. Auch wir sind deine Freunde, du bist nicht allein!“

Ruckartig blickte Alrick auf. „Ich danke euch aufrichtig für eure Hilfe! Ich weiß, sie ist nicht selbstverständlich. Ich wünschte, ich könnte etwas tun. Bitte gebt auf euch acht! Die Zeit ist um, ich fühle, dass ich schwinde!“ Wie am Tag zuvor begann Alricks Bild plötzlich zu flackern und löste sich im nächsten Augenblick schließlich ganz auf.

Im Zimmer war es still. Spontan nahm Lilly die Dose in die Hand und strich liebkosend über die kleine Figur.

„Oma hat mir so viele Geschichten über Zauberwesen erzählt. Ich habe alle möglichen Bücher gelesen und im Internet recherchiert und es doch nicht geglaubt. Selbst jetzt, da die Wahrheit so offensichtlich ist, kann ich es kaum fassen!“

„Ja, es dauert eine Weile, bis man sich daran gewöhnt, aber dafür haben wir jetzt keine Zeit. Wie machen wir das mit der vermaledeiten Falle? Und wie kommen wir von zuhause los? Sollen wir Oma Gertrude einweihen?“

„Nee! Auf keinen Fall! Ich sage ihr, dass du mit zu meinen Freunden gehst. Ich schlafe dort öfter mal. Sie wird's schon glauben!“

„Hm, ich belüge sie nicht gern, aber wir haben wohl keine andere Wahl!“

„Die Idee mit den Goldtalern ist gar nicht so schlecht! Vielleicht können wir ihn damit an einen geeigneten Ort für den Bannkreis locken."

„Hm", machte Till leise. „Wir brauchen Licht! Zuerst mal, damit wir selbst etwas sehen. Es ist stockdunkel da unten, kannste glauben! Und dann, damit er sich im Spiegel sehen kann. Ein Spiegel nützt einem im Dunkeln nämlich nicht viel."

„Es klang wohl einfacher als es wirklich ist, oder?"

„Na ja, und was ist, wenn der Grindelwarz sich unsichtbar macht, bevor wir ihn mit dem Spiegel bannen? Dann sieht er sich ja nicht! Wirkt der Zauber dann auch?"

„Du meine Güte, Till! Daran haben wir überhaupt nicht gedacht. Wir brauchen definitiv auch ein bisschen Glück!"

„Ein bisschen mehr wäre mir lieber!"

„Wie groß ist der Grindelwarz eigentlich und wie stark?", fragte Lilly leise. „Kann er uns was tun?"

„Ich habe keine Ahnung! Ich hab nur meine Lampe verschwinden sehen, aber der Spalt war nicht wirklich groß."

„Also gut, was brauchen wir alles? Den Spiegel, Taschenlampen, Kerzen, Salz und Schokoladentaler."

„Die Taler oder etwas Ähnliches bekomme ich bestimmt im Werksverkauf der kleinen Schokoladenfabrik."

„Und ich bring' Salz und Kerzen vom Supermarkt mit. Taschenlampen haben wir im Haus. Dann lass uns jetzt schlafen! Ich muss morgen früh raus. Noch drei Tage bis zu den Herbstferien!"

„Gute Nacht! Ach ... und Lilly?"

„Ja?"

„Ich bin froh, dass du uns erwischt hast!"

„Danke! Hier nimm Alrick mit ins Jungszimmer! Mir ist nicht ganz klar, wie gut er in diesem Zustand sehen kann, und ich möchte mich morgen früh gern unbeobachtet anziehen." Grinsend reichte sie Till die silberne Dose und er glaubte, ein leichtes Bedauern auf den zarten Zügen des Flötenspielers zu sehen.

Den Almanach auf den Knien hatte es sich Till auf dem Balkon gemütlich gemacht, und während er die spannende Lektüre über Feen und Elfen las, sah er von Zeit zu Zeit zum Tor, in der Hoffnung, Lilly würde hereinkommen.

Den leichten Teil hatte er bereits erledigt. Die Eintrittskarten und die Schokoladentaler waren gekauft. Hoffentlich klappte alles! Nicht, dass er das Abenteuer fürchtete, nein, aber der Ärger, den Tante Lucie und Onkel Phil bekommen würden, wenn die Sache misslang, der bereitete ihm arge Kopfschmerzen.

Till betrachtete die verschiedenen Abbildungen von Elfen und fand, dass sie Alrick nicht sonderlich ähnlich waren. Gut, er hatte den jungen Elfen noch nicht leibhaftig gesehen, aber sein durchsichtiges Abbild war groß, schlank und anmutig gewesen. Sein Gesicht war fein, aber nicht mädchenhaft. Die Nase kühn und gerade, die Augenbrauen energisch geschwungen und natürlich hatte Till ab und an die spitzen Ohren durch das lange Haar blitzen sehen. Gerade las Till einen Abschnitt über den Mut und die Kühnheit der Elfen, als Lilly winkend am Tor erschien. Triumphierend schwenkte sie eine Beuteltasche in die Höhe, was wohl so viel wie „Ich habe alles bekommen" heißen sollte.

Till klappte das Buch zu und eilte ihr entgegen.

„Hi! Alles klar bei dir?", flüsterte Lilly, während sie ihren Rucksack absetzte. „Ja, ich hab' die Karten. Die letzte Führung ist um halb sechs. Schokotaler habe ich auch und noch 'nen Beutel voller Kugeln, die in buntes Silberpapier gewickelt sind!"

„Prima, ich habe zwei große Schachteln Salz. Das teure, man weiß ja nie! Und Kerzen. Vier große und einen Beutel Teelichter."

„Ah, da seid ihr ja!" Oma Gertrude hatte ihre Stimmen gehört. „Oskar hat angerufen, er kommt heute nicht zum Essen. Also sagt Bescheid, wenn ihr so weit seid!"

„Na wenn's nach mir geht, dann können wir gleich essen. Ich habe einen Mordshunger!", sagte Lilly und folgte ihrer Großmutter in die Küche. „Was gibt's denn Gutes?"

V.
Huckeduûster Grindelwarz

Die Zeit bis zur Führung schien unendlich langsam zu verrinnen. Sowohl Till als auch Lilly hatten ein schlechtes Gewissen, Oma Gertrude zu hintergehen, besonders weil sie ihr angesehen hatten, wie sehr sie sich darüber freute, dass die beiden Kinder etwas Gemeinsames unternahmen. Kurz bevor sie sich auf den Weg machten, überprüften sie noch einmal die Liste der mitzunehmenden Dinge und waren heilfroh, an Streichhölzer und vor allem an Alricks silberne Dose gedacht zu haben.

„Du meine Güte, wir sind vielleicht Helden. Beinahe hätten wir die Hauptperson vergessen."

„Ja, wir sollten unseren Grips zusammennehmen! Hast du dich warm genug angezogen?"

„Zwei Pullover übereinander und die Jacke, das müsste doch genügen!"

„Na dann los!"

Sie verabschiedeten sich von Oma Gertrude und von Flora, die aber kaum Notiz von ihnen nahm, da sie gerade aus ihrem Lieblingsmärchenbuch vorgelesen bekam. Schweigend gingen die beiden die Straße entlang und bogen bald in den Weg zu den Feengrotten ein. Auf dem Parkplatz standen nur wenige Autos und auch sonst war der große Besucherandrang vorbei.

„Lilly, was machen wir, wenn nur drei oder vier Leute zur Besuchergruppe gehören? Dann können wir auf keinen Fall verschwinden. Sie würden es merken!"

„Mann, daran habe ich überhaupt noch nicht gedacht! So ein Mist! Komm, wir gehen derweil zum Glasbläser. Wir wollen doch nicht auffallen."

Mit bangem Herzen stellten sich die beiden in den Arbeits- und Verkaufsraum des Glasbläsers, aber sie waren nur halbherzig bei der Sache und hörten der freundlichen Verkäuferin nur mit einem Ohr zu.

Ganze zehn Personen hatte Till am Sammelpunkt gezählt. Das waren eindeutig zu wenig, um zwei davon zu verlieren.

„Komm, wir gehen ein Stück den Weg zum Wald hinauf. Ich glaube nicht, dass sie die Tür zwischen den Führungen abschließen. Vielleicht können wir hineinschlüpfen!"

„Na gut! Ist ja ein offizieller Weg! Kann uns ja niemand verwehren."

So schnell sie konnten, liefen sie den Weg bis zum Grotteneingang hinauf, aber das Glück war ihnen nicht hold. Die Tür war verschlossen.

„Was machen wir denn jetzt? Das Risiko ist viel zu groß!", sagte Lilly verzweifelt.

In diesem Augenblick hatte sie die Grottenführerin vom Sammelpunkt aus erspäht und rief ihnen liebenswürdig zu: „Hallo ihr zwei! Ihr gehört wohl schon zu der Schulklasse, die heute ihre Nachtwanderung hier beginnen will? Dann kommt mal herüber. Die Führung beginnt hier!"

„Hast du das gehört, Lilly? Eine ganze Schulklasse in unserem Alter! Mein Gott, etwas Besseres hätte uns nicht passieren können! Welcher Engel hat uns denn da geholfen?"

„Welche zwei Engel müsstest du sagen und eigentlich solltest du wissen, wie sie heißen." Lilly klatschte vor Freude in die Hände und Till fiel auf, dass sie Flora in diesem Moment sehr ähnlich sah. „Wollen nur hoffen, dass sie von einer anderen Schule sind und mich nicht kennen. Los, gehen wir zurück!"

Kaum begaben sich die beiden wieder zum Sammelpunkt, als sie durch lautes Lachen und munteres Getöse auf die Ankunft der Schüler aufmerksam gemacht wurden. Till zählte ungefähr zwanzig Jugendliche in ihrem Alter und raunte Lilly zufrieden zu, dass sie gerettet seien. Es war eine Leichtigkeit, sich unter sie zu mischen und die Grottenführerin kontrollierte nicht einmal ihre Eintrittskarten.

Für Till war das Mantelritual bereits Routine, aber Lilly verfolgte jedes Wort der jungen Frau mit Interesse. Till war heilfroh, dass es eine ihm unbekannte Grottenführerin war, denn schon morgen würde er wieder zur Behandlung ins Emanatorium gehen müssen.

„Bleib immer dicht bei mir am Ende der Gruppe", flüsterte er Lilly zu. „Sobald sich eine günstige Gelegenheit ergibt, bleiben wir zurück!"

Eine ganze Weile mussten die beiden auf ihre Chance warten, weil die Lehrerin der fremden Klasse immer am Ende der Gruppe ging.

Als sie die Quellgrotten erreichten, war Lilly von ihrer Schönheit so gefesselt, dass sie erschrak, als Till sie leise zu sich auf die Treppe rief. „Komm, wir gehen zurück. Das ist unsere Chance! Die machen gleich das Licht aus, wenn sie in den langen Stollen gehen. Halte deine Taschenlampe bereit."

Das Geländer fest umklammernd, tasteten sich die beiden ein Stück weit die Treppe wieder hinauf und hofften, dass keiner der gut gelaunten Besucher ihr Weggehen bemerkte. In absoluter Dunkelheit warteten sie, bis die dumpfen Stimmen im Berg unter ihnen verklangen und knipsten dann erleichtert ihre Taschenlampen an.

„Du meine Güte, das nenne ich dunkel!", sagte Lilly und konnte nicht verhindern, dass ihre Stimme vor Aufregung zitterte. „Bist du auch sicher, dass du den Weg findest?"

„Ja, hab keine Angst. Ich habe mir alles genau eingeprägt. Nur die Lichtschalter, die kenne ich nicht und die möchte ich auch gar nicht benutzen. Man weiß ja nicht, ob sie vielleicht mit einem Rechner vernetzt sind. Keine Ahnung!"

„Wollen wir uns verstecken, oder gehen wir den anderen nach?"

„Am liebsten würde ich ein, zwei Stunden im Barbarastollen abwarten. Ich habe so eine Ahnung, dass sie einen Kontrollgang machen werden."

„Du meinst, sie sehen nach, ob sich jemand einschließen lässt?", fragte Lilly und Till konnte nur an ihrem Tonfall ahnen, dass sie grinste.

„Genau das! Lass uns gehen!"

Tills weise Voraussicht erwies sich als richtig, denn gerade als sie es sich im dunkelsten Winkel des Stollens bequem gemacht hatten, hörten sie die Stimmen zweier Angestellter, die offensichtlich mit dem Kontrollgang begannen. Die beiden erledigten ihre Aufgabe gewissenhaft und leuchteten mit starken Taschenlampen in alle Ecken, sodass Lilly und Till, die dicht aneinander gekuschelt im Dunkeln hockten, kurz von ihrem Lichtschein gestreift wurden. Unbewusst stockte beiden der Atem, bis die Fußtritte nicht mehr zu hören waren.

Die zeitlose Ewigkeit schien angebrochen zu sein. Till starrte mit weit aufgerissenen Augen in die undurchdringliche Dunkelheit. Vor seinem geistigen Auge erschien das Bild der blumengeschmückten Grabhügel und brannte sich schmerzlich in seine Seele. Seine Sinne waren aufs Äußerste gespannt. Es schien, als würde der Berg im Rhythmus seines Herzschlags pulsieren. Er glaubte das Geräusch jedes Tropfens zu hören, der unabhängig von Licht oder Schatten zu Boden fiel. Er spürte das Wachstum der Tropfsteine und die Kraft, mit der die Bäume ihre Wurzeln fest im feuchten Erdreich verankerten, um voller Dankbarkeit die lebenspendende Flüssigkeit aufzusaugen. „Unendlicher Zyklus von Leben und Tod, von Nehmen und Geben", raunten die jahrtausendealten, schwarzen Felsen geheimnisvoll. Die kleinen Haare auf Tills Haut standen zu Berge und seine Nase sog die kalte, reine Luft prüfend ein, wie die Nüstern eines Raubtiers, das auf der Lauer liegt. „Bin ich wirklich? Oder bin ich ein Traum?", schoss es ihm durch den Sinn. „Wenn ich einfach hier sitzen bleibe, dann werde ich ein Teil dieses Berges, ein Teil dieses Zyklus und aus mir würde irgendwann neues Leben wachsen! Nichts, was sich auf diesem Planeten befindet, vergeht für immer!"

Lilly, die nichts von seinen schweren Gedanken und seiner neuen Erkenntnis ahnte, hatte sich vertrauensvoll an seine Seite gelehnt. Er hörte ihren gleichmäßigen Atem und spürte die Wärme ihres Körpers durch seine Jacke. „Wie nett von dir, meine Eltern als Engel zu bezeichnen", flüsterte er leise.

„Aber ja, daran glaube ich ganz, ganz fest!"

„Komm! Ich denke, wir haben lange genug gewartet!" Till war froh, dieses Thema nicht weiter verfolgen zu müssen. „Lass uns gehen, wir haben einen Elfen zu retten!"

„Ja, lass uns lieber etwas tun. Die Dunkelheit bedrückt mich mehr, als ich zugeben möchte! Wie spät ist es eigentlich?"

„Wir haben noch Zeit, es ist erst acht Uhr! Wie wäre es mit einer Privatführung, mein Fräulein?"

„Nun ja, da uns der Weg sowieso an den wundersamsten Sehenswürdigkeiten vorbeiführt, habe ich nichts dagegen, ein wenig in die Bergwerksgeschichte eingewiesen zu werden."

„Dann bitte ich Sie, mir zu folgen. Haben Sie alles?"

War es die unheimliche Dunkelheit oder die Aufregung vor ihrer Mission, die die beiden nur leise sprechen ließ?

Vorsichtig, Schritt für Schritt tasteten sie sich über die unebenen Wege. Die Finsternis schien das Licht ihrer Lampen förmlich zu verschlucken, denn es reichte nicht weiter als ein oder zwei Meter. Entgegen ihrer sonstigen Art fasste Lilly Tills freie Hand.

„Du bist dir doch mit dem Weg sicher, oder?"

„Ja, glaub mir, man kann sich hier unten nicht wirklich verirren!", antwortete er tapfer, obwohl er gerade überlegte, ob der Weg links oder rechts abbiegen würde. Sie brauchten beinahe eine Viertelstunde, bis sie die Quellgrotten wieder erreichten. Till erzählte Lilly, was er bei seinem Rundgang über die Minerale und Tropfsteine gelernt hatte. Dabei genossen sie den einzigartigen Anblick ihrer Lichtkegel auf den farbigen Sinterterrassen.

„Jetzt noch den langen Stollen und dann sind wir schon fast am Ziel."

„Ich glaube, ich erinnere mich."

„Es ist nicht schwierig, es geht immer nur geradeaus. Zieh vorsichtshalber den Kopf ein, aber ich glaube nicht, dass du groß genug bist, um dich zu stoßen."

„Okay."

„Hier können wir nicht nebeneinander gehen", sagte Till und bedauerte, Lillys Hand loslassen zu müssen. „Möchtest du vor oder hinter mir gehen?"

„Wenn es dir nichts ausmacht, dann gehe ich vorne weg!"

„Na dann los! Wir wollen lieber nicht noch mehr Zeit vergeuden. Wer weiß, wie lange es dauert, bis sich Grindelwarz zeigt."

Till hatte recht behalten. Das Laufen durch den Stollen stellte sich als relativ einfach heraus und wohlbehalten erreichten sie die Treppe, die zur untersten Sohle und in den Butterkeller führte.

„Hier herum! Siehst du, das ist die sogenannte Bergbutter. Ich hätte jetzt auch gern ein schön belegtes Brot", sagte er mit Bedauern.

„Na, da kann ich abhelfen! Brote habe ich nicht, aber Knacker und Semmeln dazu."

„Lilly, du bist die Beste! So, nur noch die Eisentreppe hoch und wir sind am Ziel."

Behände kletterten die beiden die Stufen hinauf. Sie blieben stumm am Eingang stehen und leuchteten die Grotte vorsichtig ab, aber das Licht ihrer Lampen war nicht ausreichend, um bis zum Märchendom zu scheinen.

„Keine Spur von ihm!", flüsterte Till. „Wie wollen wir es machen?"

„Wo ist denn der Spalt?" Lilly trat vorsichtig an die kleine Staumauer und leuchtete über den glatten Fels. „Nichts zu sehen!"

„Ganz genau kann ich es nicht sagen, aber es war nicht weit von der Mauer entfernt. Hier hatte ich die Lampe abgestellt."

„Dann ist also der Eingang zum Feenreich auch hier?"

„Es scheint so", meinte Till.

Lilly zog den Beutel mit Teelichtern hervor und begann, eine Reihe auf die Mauer zu bauen, die sie dann auf dem Boden verlängerte. „Ich lege in die

Nähe von jedem Licht ein paar bunte Schokokugeln und einen Taler. Wenn er der Spur bis zur Mitte der Felswand folgt, ist er zu weit von der Spalte entfernt, um schnell wieder darin zu verschwinden!"

„Ja! Schade, dass wir sie nicht hinter ihm zumachen können!"

„Okay, lass uns mal so tun, als wärst du er!"

Grinsend ging Till zur gegenüberliegenden Seite und lief die Mauer entlang, wobei er so tat, als ob er die Süßigkeiten esse. Er blieb alle zwei Meter stehen und rieb sich genüsslich den Bauch. Dann kam er zur Wand und Lilly hielt ihm plötzlich den Spiegel vors Gesicht.

„Da ist nicht wirklich was zu sehen! Wir dürfen nicht vergessen, ihn mit den Lampen zu blenden", sagte er.

„Mir wäre es lieber, wenn du den Spiegel nimmst, Till! Ich nehme die Päckchen mit dem Salz." Vorsichtshalber öffnete Lilly die Verpackungen an der Seite, sodass beim Schütten ein dicker Strahl zu Boden rieseln würde. „Die Kerzen stelle ich griffbereit hier hin und die Streichhölzer stecke ich in meine Tasche!"

„Was machen wir mit Alrick?"

„Hier ist ein kleiner Vorsprung, da können wir ihn hinstellen. Ich an seiner Stelle würde gern sehen, was hier vor sich geht!"

„Ich auch!"

Nachdem Lilly die Kerzen angezündet und die Süßigkeiten verteilt hatte, hockten sie sich rechts und links neben Alricks Dose auf den Boden.

„Nun können wir nur noch abwarten! Sieh nur wie feierlich die Lichter aussehen!"

„Ja, dies ist ohne Zweifel ein magischer Ort!" Bei dem Wort „Magie" fielen ihm die Feensymbole vom Spiegel ein. „Wirst du auch die Zeichen mit dem Salz richtig hinbekommen?"

„Oh ja! Ich habe den ganzen Vormittag in meinem Matheheft geübt! Ich glaube, ich könnte sie auch im Traum aufzeichnen."

Stille breitete sich über den Ort und Lilly und Till hingen ihren Gedanken nach. Ab und an stand einer von ihnen auf, um die taub werdenden Glieder zu strecken. Ungeduld war auf ihren Gesichtern zu lesen. Ungeduld und Aufregung!

„Was, wenn er nicht kommt? Dann war alles umsonst!", sagte Lilly.

„Ich weiß auch nicht, was wir machen sollen. Wie wäre es, wenn ich ihn mit einer Melodie locke? Mit Rufen will ich noch warten." Bevor Lilly fragen konnte, was er meinte, zog Till eine kleine Mundharmonika aus der Hosentasche. „Ein Geschenk von meiner Mama", sagte er leise. „Bei uns an der Küste wird sie oft gespielt."

Er setzte das Instrument an die Lippen und spielte eine leise, fröhliche Melodie. Die Klänge der Mundharmonika hallten vielfach von den Wänden wider, sodass der Eindruck eines ganzen Orchesters entstand.

„Mir ist ganz weihnachtlich zumute", sagte Lilly und grinste von Herzen, als Till „Oh Tannenbaum, oh Tannenbaum" anspielte. Gerade wollte Lilly in die Melodie einstimmen, als sie ein leises Rumoren von der Stelle hörten, wo sie die Felsspalte vermuteten. Erschrocken hielt Till im Spiel inne und knipste die Taschenlampe aus. Der Schein der Teelichter reichte nicht bis zu ihnen, sodass die Dunkelheit sie völlig verbarg.

Wieder rumpelte es und kurz darauf war das Tapsen nackter Füße zu hören. Ein sanfter Lichtschein fiel aus der Spalte und kurz darauf erschien ein runder, struppiger Kopf.

Beinahe hätten die Kinder laut gelacht, denn der Zwerg trug tatsächlich eine brennende Kerze auf seiner langen, krummen Nase. „Wahrscheinlich ist die Batterie meiner Lampe nun leer", dachte Till und spürte, wie sein Herz vor Aufregung raste.

„Himmeldonnerwetter noch einmal!", fluchte der Zwerg mit einer knarrenden, unangenehmen Stimme. „Was haben diese nichtsnutzigen Menschen nun wieder hier liegenlassen? Nichts Wertvolles für den Huckeduûster, befürchte ich!"

Dem strubbligen, bärtigen Kopf folgte eine kleine Schaufel, die polternd zu Boden fiel und dann der Zwerg selbst. Behände landete er auf der Mauer und sah sich prüfend um. Da er im Schatten stand, konnten die Kinder sein Gesicht nicht sehen, stattdessen hörten sie ihn beständig vor sich hin brabbeln, husten und prusten.

„Dummes Gesindel, haben Feuer im Berg angezündet. Pöbel und Lumpenpack, kommen gleich nach den vermaledeiten Elfen, ... Aber halt, was haben sie hier verloren?" Neugierig bückte er sich und hob einen Goldtaler vor seine Nase. „Gold! Das ist Gold!", rief er mit vor Gier heiserer Stimme und ließ die Münze im Licht der Flamme funkeln. Doch nun, da er die Süßigkeit so dicht vor seiner Nase hatte, roch er wahrscheinlich den feinen Schokoladenduft, denn er drehte und wendete das Goldstück so lange, bis er die glänzende Hülle entfernt hatte. „Hähähää!", krächzte er. „Das ist ein

Schatz von besonderer Art!" Plötzlich sah er sich misstrauisch um. „Das ist meiner, verdammt!", rief er und war, schwups, nicht mehr zu sehen.

„Wo ist er denn hin?", flüsterte Lilly aufgeregt.

„Gar nicht weg. Siehst du wie die Taler einer nach dem anderen verschwinden? Er ist unsichtbar. Jetzt müssen wir auf der Hut sein!"

Und wahrhaftig war es schaurig anzusehen, wie die Taler von Geisterhand in die Höhe gehoben wurden und dann plötzlich im Nichts verschwanden.

„Er steckt sie in seine Hosentasche und weil er selber unsichtbar ist, werden es die Taler auch."

Näher und näher kam der Zwerg. Lilly und Till konnten seine tapsigen Schritte und seinen rasselnden Atem hören.

„Wenn er den letzten nimmt, dann leuchten wir ihn an und ich halte ihm den Spiegel vor. Bist du bereit?"

„Ja!"

„Eins, zwei, drei!"

Till und Lilly sprangen gleichzeitig nach vorn und knipsten ihre Lampen an. Aber zu ihrem Schrecken blieb der Zwerg vollkommen unsichtbar. Was nun?

„Verdammtes Lumpenpack! Bettlergesindel! Wollt mir den Schatz rauben!", hörte Till den Zwerg fluchen und da ihm nichts Besseres einfiel, ließ er sich kurzerhand dort niederfallen, wo er ihn vermutete. Seine Berechnung war aufgegangen, denn er spürte das wild zappelnde Geschöpf direkt unter sich. „Lilly, Lilly, ich hab ihn! Aber wie soll ich ihn packen, wenn ich ihn nicht sehen kann?"

„Was soll ich denn tun?"

„Licht, wir brauchen mehr Licht!", rief er und packte fester zu. Was er erwischte fühlte sich stachlig an wie Borsten und er begriff, dass er den Zwerg am Bart gepackt hielt.

Der Kleine schimpfte und strampelte wie verrückt. Till schrie auf, als er in die Hand gebissen wurde, doch er ließ nicht los. Im selben Augenblick zuckte ein Lichtblitz durch das Halbdunkel der Grotte und Till sah, wie Grindelwarz ihm die langen, gelben Zähne in die Hand trieb. Ein neuer Blitz aus Lillys Kamera. Till schnappte sich den Spiegel und hielt ihn dem fassungslosen Zwerg vors Gesicht. Mit wutverzerrter Mine erstarrte der Unhold zur Bewegungslosigkeit.

Während Lilly behutsam den Bannkreis zog, nutzte Till die Starrheit des

Wichtes, um sein schmutziges Wams zu durchsuchen. Gerade noch rechtzeitig löste er den winzigen Schlüssel vom Hals des Zwerges, als dieser seine Beweglichkeit wiedererlangte.

„Verdammter Habenichts, Dummsack!“, schrie der Zwerg außer sich vor Zorn, wobei ihm der Geifer aus dem aufgerissenen Mund lief. „Gleich werd ich's dir zeigen ...!“

Er griff nach Lillys Haaren und riss und rupfte daran, doch das mutige Mädchen zündete unbeirrt die vierte Kerze an, als sie sah, dass der Bannkreis seine Wirkung nicht verfehlte. Der Zwerg war gefangen!

Erschöpft ließen sich die beiden an der Wand nieder, während Huckeduûster Grindelwarz weiterhin alles Böse auf ihre Häupter herab schwor.

„Lilly“, sagte Till mit zitternder Stimme, „wir haben ihn! Kannst du es glauben? Wir haben ihn wirklich gefangen!“

„Ja! Und du warst klasse! Wie du dich auf ihn gestürzt hast! Woher wusstest du nur, wo er war?“

„Er hat sich durch sein ständiges Fluchen verraten. Aber du warst auch nicht von Pappe! Zeig mal, hat er dir viele Haare ausgerissen?“

„Ach, die wachsen nach! Hast du den Schlüssel?“ Lillys Augen hingen wie gebannt an Tills Lippen.

„Jaaa“, sagte er grinsend und hielt den winzigen Gegenstand in die Höhe. Wahrscheinlich hätte er das nicht tun sollen, denn als Grindelwarz den Schlüssel sah, fing er geradewegs an zu heulen. Wie Rumpelstilzchen hüpfte er im Bannkreis auf und nieder und seine kleinen Äuglein sprühten zornige Funken.

„Jetzt hat er gemerkt, woher der Wind weht! Wie lange noch bis Mitternacht?“, fragte Lilly bange.

„Eine halbe Stunde. Komm wir packen derweilen unsere sieben Sachen zusammen! Sobald wir Alrick erlöst haben, verschwinden wir von hier!“ Er stand auf und begann die ausgebrannten Lichter einzusammeln. Als er

am Kreis vorüberkam, hörte er, dass der Zwerg seine Beschimpfungen eingestellt hatte und stattdessen in einen immer wiederkehrenden Singsang verfallen war. Till achtete nicht darauf, bis Lilly plötzlich aufschrie und wie wild um sich schlug.

„Igitt, igitt! Ratten!“, rief sie und stampfte mit den Füßen. „Sieh' doch nur! Sie kommen von überall her!“

Mit einem Satz war Lilly auf der Mauer. Sie wollte nicht zickig sein, aber als sich der Boden mehr und mehr mit quiekenden Ratten füllte, kroch eine Gänsehaut ihren Rücken hinauf.

Till war sprachlos vor Staunen. Wie war das nur möglich? Woher kamen die auf einmal? Aus der Kanalisation? Unmöglich! Im Gegensatz zu Lilly ekelten ihn die fetten Viecher nicht. Viel zu oft hatte er sie am Hafen gesehen und er wusste, dass sie im Grunde feige Kreaturen waren. Er war sich fast sicher, dass der Zwerg die Ursache für ihr Erscheinen war und befürchtete, dass ihre flinken Füßchen den Bannkreis zerstören könnten. Mit zusammengepressten Lippen bahnte er sich einen Weg durch das Gewimmel, nicht ohne den einen oder anderen Rattenschwanz zu treffen. Unaufhörlich war sein Blick auf den Zwerg gerichtet und wahrhaftig wurde ihm klar, dass der bösartige Unhold die Tiere heraufbeschwor und leitete. Aber nicht der Bannkreis war sein Ziel. Nein, der schien auch für die Ratten unantastbar zu sein. Vielmehr hatte er es auf Alricks silberne Dose abgesehen, die er mit Sicherheit wiedererkannt und die seine Gier und seinen Hass erweckt hatte.

Obgleich schon die gesamte Grotte mit wuselnden Ratten gefüllt war, purzelten und zappelten immer mehr aus allen Ecken und Ritzen hervor. Jetzt hatte eine besonders fette Alricks Dose erreicht und trug sie im Maul vor sich her. Gleich würde sie die Mauer erreichen, auf der Lilly noch immer bewegungslos mit bleichem Gesicht hockte. „Was in aller Welt machen die denn da?“, wunderte sich Till und versuchte näher zu treten. „Sie wollen tatsächlich übereinander klettern!“ Und plötzlich wurde ihm klar, dass der Zwerg vorhatte, die Dose in den Spalt bringen zu lassen. Schon sah er, wie sich der Fels weitete und die ersten Ratten darin verschwanden.

„Lilly!“, rief er und seine Stimme überschlug sich vor Angst, da die Ratte mit Alrick den Spalt schon beinahe erreicht hatte. „Lilly, nimm ihnen Alrick weg!“

„Nein, nein, du Ausgeburt der Hölle!“, tobte der Zwerg in seinem Kreis. „Er ist mein, du bekommst ihn nicht. Hast du den Schlüssel, kriegst du die Dose nicht! Lumpengesindel, Pöbel, Schmarotzer! Denkst, du kannst Huckeduûster Grindelwarz austricksen!“

Till, der nicht weit weg vom Bannkreis war, platzte der Kragen. Kurz entschlossen drehte er sich um, zog den Spiegel aus seiner Jacke und hielt ihn dem Zwerg ein zweites Mal unmittelbar vors Gesicht. Im Licht der vier Kerzen erstarrte der Zwerg erneut und die magisch herbeigerufenen Ratten lösten sich eine nach der anderen auf. Lilly erhaschte die silberne Dose gerade noch rechtzeitig, bevor sie in der dunklen Masse des aufgestauten Wassers versank.

Alles war wieder wie zuvor. Till vergewisserte sich, dass der Bannkreis unversehrt war, und würdigte den nun wieder tobenden Zwerg keines Blicks. Er schaute auf die Uhr. Noch zehn Minuten bis Mitternacht.

„Jetzt hätte ich nichts gegen eine Knacker einzuwenden", sagte er zu Lilly und half ihr, von der Mauer zu steigen. „Ein-, zweimal abbeißen schaffen wir noch!"

Erschöpft ließen sich die beiden auf ihre Jacken nieder und Lilly packte die Semmeln aus. Sie hatten Alricks silberne Dose nah zwischen sich gestellt, sodass ihm in den letzten Minuten kein Unheil mehr zustoßen könnte. Keiner von ihnen achtete auf den wütenden Zwerg, der nicht aufhörte, sie aufs Ärgste zu beschimpfen und wütend in seinem unsichtbaren Gefängnis auf und nieder zu hüpfen.

„Das glaubt uns kein Mensch!", sagte Till, die guten Manieren missachtend, mit vollem Mund redend. „Nicht, dass ich die Absicht habe, jemandem davon zu erzählen, aber selbst wenn ... Das würde uns niemand glauben!"

„Da hast du wohl gleich zweimal recht!", antwortete Lilly. „Dies ist ein Geheimnis, das wir niemandem preisgeben dürfen!"

„Nicht mal der Familie?"

„Das können wir später entscheiden! Ich finde, Alrick hat dabei auch ein Mitspracherecht!"

„Apropos Alrick", sagte Till und schaute auf die Uhr. „Eine Minute bis Mitternacht!"

Alricks silberne Dose vor sich, hatten sich die beiden auf den Boden gekniet. Instinktiv fasste Lilly Tills Hand und gemeinsam rezitierten sie den Spruch.

Das letzte Wort war kaum gesprochen, als Alricks silbernes Abbild in voller Lebensgröße vor ihnen auftauchte. „Abscheulicher Unhold!" Seine ersten Worte in dieser Nacht waren an den Zwerg gerichtet, der nun, da er Alrick vor sich sah, seine Beschimpfungen eingestellt und eine unterwürfige Haltung eingenommen hatte. Seine roten Äuglein aber blitzten listig und wütend unter den buschigen Augenbrauen hervor.

„Mit dir rechne ich später ab!", rief Alrick ihm zu. „Zuerst meine Freunde, wollen wir den bösen Zauber beenden!" Er hatte sich Lilly und Till zugewandt, die gebannt jede seiner Bewegungen verfolgten. „Hast du den Schlüssel, Till?"

„Ja, was soll ich tun?"

„Öffne mein Gefängnis. Diese Ehre gebührt allein dir!"

Ehrfürchtig ergriff Till die Dose und jetzt, da Alrick sich nicht darauf befand, konnte er das winzig kleine Schlüsselloch sehen. Mit zitternden Fingern steckte er den Schlüssel in die Öffnung. Das Schloss knackte und im selben Augenblick erhob sich ein pfeifender Wind in der Grotte, der geflüsterte Worte einer fremden Sprache mit sich führte. Das Kerzenlicht flackerte und warf bizarre Schatten auf die kantigen Felswände. Es sah aus, als ob ein Schwarm riesiger Rabenvögel seine Schwingen ausgebreitet hätte und ins Innere des Berges flog.

Alrick stieß einen Schrei aus und wiederum fing sein silbernes Abbild zu flackern an. Diesmal jedoch löste es sich nicht auf, sondern manifestierte sich zu dem jungen Elf, der schließlich in seiner ganzen jugendlichen Schönheit vor ihnen stand. Ein weiß schimmerndes Licht ging von ihm aus, das seine Andersartigkeit bezaubernd unterstrich. Er nahm dem sprachlosen Till die Dose aus der Hand und öffnete sie. Im Inneren befanden sich die zwei Teile einer silbernen Flöte, die er sogleich miteinander verband und mittels einer silbernen Kette um seinen Hals legte.

„Meine Freunde, ich danke euch von Herzen!", sagte er zu Till und Lilly und verbeugte sich anmutig, wobei er die schlanke rechte Hand auf sein Herz legte. Über einem dunkelgrünen Hemd trug er ein langes samtblaues Wams, das ihm fast bis zu den Kniekehlen reichte. In seinem Gürtel steckte ein Messer und seine Füße waren mit bequemen, kniehohen Stiefeln aus feinem Leder bekleidet. Er war groß und schlank, hatte langes, goldbraunes Haar und trug, einem Jäger gleich, Langbogen und Köcher auf dem Rücken.

„Und was machen wir als Nächstes?", fragte Lilly. „Du kommst doch wieder mit uns nach Hause?"

Alrick lächelte über ihre freundlichen Worte, und in der Tat fühlte er sich im Haus der Rudloffs irgendwie zuhause.

Obwohl er sich all die Jahre immer und immer wieder vorgestellt hatte, wie es wäre, nach Arwarah zurückzukehren, wusste er in diesem Augenblick noch nicht genau, wie er vorgehen würde. Besorgt nahm er die Erschöpfung in den Gesichtern seiner Freunde wahr und beschloss, erst einmal dafür zu sorgen, dass sie wohlbehalten ins Bett kamen.

„Ich werde euch nach Hause bringen, aber dann muss ich ins Feenreich heimkehren, um zu sehen, wie sich die Dinge dort entwickelt haben!"

„Ich will mitkommen!", sagte Till spontan.

„Ja, wir wollen mitkommen! Ist das möglich?", schloss Lilly sich an.

„Im Prinzip ist es möglich! Wenn ich das Boot rufe, dann könnt ihr hinüber, aber wir sollten nichts überstürzen. Das Erste, was wir entscheiden müssen, ist, was wir mit dem Zwerg tun!"

Bei diesen Worten wendeten sich alle drei dem Bannkreis zu.

„Beim allmächtigen Feenzauber!", entfuhr es Alrick. „Er ist weg! Seht ihr, der böse Odem Farzanahs hat die Kerzen gelöscht und die Schwingen ihrer verräterischen Raben haben das Salz verstreut!"

„Haben sie! Haben sie! Da seht ihr ganz schön dumm aus! Vermaledeites Lumpengesindel! Abschaum! Pöbel!" Huckeduûster Grindelwarz stand am Eingang zur Felsspalte und lachte sein gemeines Lachen, dass ihm der rote buschige Bart nur so wackelte und seine langen, gelben Zähne zu sehen waren. „Habt's versaut! Gründlich versaut! Doch kann nicht mehr mit euch schwätzen, Dummvolk. Muss jetzt eilen, um deine schwachköpfigen Pläne zu vereiteln, Alrick Flötenspieler! Hä, hä, häää!"

Ein grünes Flimmern leuchtete auf und von dem Zwerg oder der Spalte im Fels war nicht mehr das Geringste zu sehen.

Die drei Freunde standen starr vor Schreck und Unglauben. Alrick war der Erste, der sich wieder fing.

„Nun gut!", sagte er. „Damit hat er uns die Entscheidung über seine Person abgenommen. Ehrlich gesagt, war mir der Gedanke, ihn ohne Kampf zu töten, unangenehm, und wohin hätten wir ihn sperren sollen, damit er sicher verwahrt wäre? Soll er doch petzen gehen. Widerlicher Unhold!"

„Hätten wir ihn nicht an deiner Stelle auf die Dose bannen können?", fragte Lilly.

„Nein, diese Art bösen Zaubers ist uns Lichtelfen nicht gestattet. Wir dürfen Magie nur anwenden, wenn wir etwas Gutes damit bewirken!"

„Na, darüber ließe sich ja nun streiten!", sagte Till gähnend. „Den Grindelwarz wegzusperren, das ist schon ein Dienst an der Menschheit, oder?"

Lachend suchten die drei Freunde ihre Habseligkeiten zusammen und verwischten die Spuren ihrer Anwesenheit im Märchendom.

„Alrick, wenn du jetzt ins Feenreich gehst, wann wirst du dann wiederkommen?"

„Das kann ich nicht sagen! Es hängt davon ab, was ich dort vorfinde. Eine lange Zeit ist vergangen."

„Und könnten wir, bevor wir gehen, nicht wenigstens einen Blick darauf werfen?“

„Auf das Feenreich? Verzeiht meine Unachtsamkeit! Nichts wäre mir lieber, als den ersten Schritt nach Hause an eurer Seite zu tun!“

„Und ist er denn hier? Der Eingang, meine ich?“ Lilly schaute sich suchend um. „Ist es hier denn geheim genug, wo so viele Menschen jeden Tag hierher kommen?“

„Es gibt verschiedene Tore zwischen der Menschenwelt und dem Elfenreich Arwarah. Dies hier ist nur eines davon. Zugegeben, heutzutage ist es ein bisschen schwer, es ungesehen zu nutzen, obwohl wir Elfen selber das Boot ja nicht brauchen. Kurze Distanzen können wir schwebend überwinden, wie ihr vielleicht wisst!“

„Nein, dass wussten wir nicht! Es gibt noch so viel zu lernen!“, sagte Lilly eifrig.

„Dafür werden wir später noch Zeit haben. Jetzt tretet zur Mauer, ich werde euch einen schnellen Blick auf meine Heimat ermöglichen!“

Folgsam traten Lilly und Till an die kleine Staumauer und versuchten vergebens, mit ihren Blicken die Dunkelheit im Hintergrund der Grotte zu durchdringen. Ihre Augen hingen an dem Freund, der mit ausgestrecktem Arm förmlich auf dem Wasser stand und etwas im Singsang seiner fremden, wohlklingenden Muttersprache sagte. Auf einmal lösten sich eine Anzahl kleiner tanzender Lichter von seinen Fingerspitzen und schwebten geheimnisvoll über das Wasser. Die Lichtpunkte erleuchteten das Gewölbe der Grotte mit ihren abertausenden von Tropfsteinen, und die Gralsburg, die träumerisch am Ufer des Sees lag.

Alrick nahm die silberne Flöte und spielte eine feine, sanfte Melodie. Leichter Wind erhob sich und wehte ihnen den frischen Duft zarter Blüten entgegen. Ein Schatten löste sich aus der Dunkelheit und glitt lautlos über den geheimnisvollen Spiegel des Wassers. Es war das Boot. Aber kein Boot im herkömmlichen Sinn, nein! Es war kunstvoll aus den großen Blättern einer Glockenblume geflochten, deren blaue Blüten den Mast schmückten.

„Oh, wie schön!“, sagte Lilly und kletterte hinter Till und Alrick an Bord.

Ein zweites Mal spielte der Elf die Melodie und das Boot nahm geräuschlos Fahrt auf. Till und Lilly saßen und staunten, während die tropfsteinbehangenen Wände an ihnen vorüberglitten. Nebelschleier, die auf merkwürdige Weise im Rhythmus der Melodie tanzten, streiften ihre Gesichter und nahmen ihnen vorübergehend die Sicht. Die beiden Menschenkinder erwarteten, jeden Augenblick die Gralsburg zu erreichen, denn die Distanz schien ihnen nicht größer als 20 Meter zu sein, aber als sich die Nebelstreifen hoben, hatten sich die Dimensionen geweitet und sie sahen die Gestade eines fernen Landes vor sich liegen.

„Das, meine Freunde, ist die Küste von Arwarah!", sagte Alrick stolz mit bewegter Stimme und deutete im weiten Bogen auf die Ufer vor sich.

Till und Lilly hatte es die Sprache verschlagen. Wie gebannt hing ihr Blick an dem unbekannten Zauberland mit seinem goldenen Strand und den blumigen Ebenen, an die sich dichte, saftig grüne Wälder anschlossen.

„Ich träume, oder?" Till war so beeindruckt, dass er nur zu flüstern wagte. „Wie kann dieses Wunderland in die Grotte passen?"

„In unserer Sprache nennt man es *Gwynlath Luûmghi*, Illusionszauber. Die Menschen sehen nicht, was hinter der Grotte ist. Sie haben die Gabe des Sehens verloren, als sie verlernten, zu glauben!"

„Also ist es die ganze Zeit über da?"

„Ja, selbst die Burg, die sie Gralsburg nennen, ist nur ein von der Natur geschaffenes Abbild der Festung von Arwarah. Wenn sich der Morgennebel über dem Land hebt und die Sicht klar ist, dann könnt ihr von hier aus die Berge von Sinbughwar sehen, auf deren Ausläufern sich die Residenz des Feenkönigs befindet."

„Ach Alrick, wie ist das schön! Ich freue mich so für dich, dass du nun nach Hause zurückgehen kannst", sagte Lilly. „Aber uns wirst du fehlen, vor allem Flora. Sie wird sehr traurig sein, dass sie sich nicht von dir verabschieden konnte."

„Ja, wenn ich es recht bedenke, dann ist es sehr unhöflich von mir, wo ich so lange Zeit die Zierde ihrer kleinen, freundlichen Teepartys war!" Der Elf zwinkerte Lilly verschwörerisch zu. Nachdenklich zog er die nun figurlose Dose aus seiner Jackentasche und legte einen Ring hinein, den er sich vom kleinen Finger gezogen hatte.

„Bitte gib ihr das und richte ihr aus, dass ich wieder bei euch sein werde, sobald es mir möglich ist."

„Oder, wenn du unsere Hilfe brauchst!", fügte Till ernsthaft hinzu.

„Ja, denk nicht, dass du allein bist!"

„Ich verspreche es, doch nun müssen wir uns beeilen. Ich bringe euch zu einem anderen Tor in die Menschenwelt!"

Wieder befahl er dem Boot, das seinem Zauber folgend die Richtung wechselte und mit Bedauern sahen sie, wie die Küste von Arwarah ihren Blicken entschwand, als sie wieder in den Nebel hineinglitten.

„Wenn die Elfen eine eigene Sprache haben, warum verstehst du uns dann und wir dich?", wollte Till wissen.

„Im Alltag bedienen sich alle im Elfenreich der Sprache der Menschen. Ich weiß nicht genau, warum, das war schon immer so", erklärte Alrick. „Die Elfensprache wird nur für Magie und besondere Gelegenheiten benutzt."

Wind kam auf und brachte das Boot sanft zum Schaukeln, sodass die Glockenblüten am Mast mit feinen, betörenden Tönen zu läuten begannen. Till und Lilly wurden schläfrig. Ihre Köpfe sanken auf die Brust und sie erwachten erst aus ihrem Schlummer, als das Boot mit einen leisen Ruck auf Land stieß.

Gähnend reckten sie die Arme und sahen sich fragend um.

„Sind wir angekommen?"

„Ja!" Alrick half ihnen, das Boot zu verlassen. *„Adhaweé, Meldara und Meldar!"*, sagte er sanft, was in der Sprache der Lichtelfen gleichermaßen „Guten Tag" als auch „Auf Wiedersehen, Freundin und Freund" hieß.

„Adhaweé, Alrick", antworteten Lilly und Till.

Längst hatten sie den Elfentanzplatz und den kleinen Weiher erkannt, den Oma Gertrude ihnen gezeigt hatte. Der Morgen graute bereits über der Stadt und eiligen Schrittes begaben sie sich auf den Heimweg. An der Weggabelung blickten sie zurück und winkten Alrick, der auf einem Stein stand und ihnen nachsah, bis sie seinem Blick entschwanden.

Ohne Pause liefen die beiden nach Hause. Ein Gespräch kam nicht zustande. Zu viele gegensätzliche Gefühle beherrschten ihre jungen Seelen. Glückseligkeit und Trauer, Furcht und Abenteuerlust! Aber in erster Linie waren sie müde und dagegen half nur eines: viel Schlaf. Ohne viel Federlesens schlichen sie ins Haus.

„Wir reden morgen!", sagte Lilly und zwinkerte Till vertrauensvoll zu. *„Adhaweé* und gute Nacht!"

Till schlief traumlos bis in den späten Morgen und da Oma Gertrude ihn und Lilly bei Freunden glaubte, bemerkte sie nicht, dass die beiden nach

Hause gekommen waren. Donnerstags war Markttag und Oma Gertrude hatte Flora zum Kindergarten gebracht, bevor sie sich auf den Weg zum Einkaufen machte. Till schielte zu Oskars Bett, aber der schwitzte bereits über einer Seminararbeit.

Gerade, als Till die Augen noch einmal schließen wollte, hörte er ein leises Klopfen an der Tür. Die Klinke wurde sacht heruntergedrückt und Lillys dunkler Kopf erschien im Türspalt. Sie hatte heute die ersten beiden Stunden frei und hatte daher länger schlafen können.

„Bist du schon wach?", fragte sie. „Kann ich reinkommen?"

Sofort war Till hellwach. „Na klar!", rief er, froh, seine Erinnerungen an gestern mit Lilly teilen zu können. Das Mädchen setzte sich auf die Bettkante und zog die Knie bis unters Kinn. Sie trug ein Nachthemd, unter dem nur die nackten Füße hervorschauten und ihr Haar war zu zwei dicken Zöpfen geflochten. Till fand, dass sie ganz passabel aussah, auch wenn sie nicht sein Typ war. „Hast du gut geschlafen?", fragte er unverfangen, weil er nicht sofort mit der Tür ins Haus fallen wollte, aber Lilly hatte keine Zeit für Small Talk.

„Das war unglaublich gestern, oder?"

„Dann war es also kein Traum?"

„Ein Traum? Nein! Es ist so wahr wie du und ich! Nur mein Verstand hängt hinterher!", antwortete sie lachend.

„Was wird Alrick wohl gerade tun?"

„Na, er ist auf dem Weg zum Elfenkönig. Es schien mir ein ziemlich weiter Weg zu sein, denkst du nicht?"

„Ja, und gefährlich!", sinnierte Till.

„Und er ist dort ganz allein!", antwortete Lilly. „Wir sollten bei ihm sein und ihm helfen. So was tun Freunde doch!"

„Ja, aber vielleicht will er unsere Hilfe nicht! Oder vielleicht braucht er sie auch gar nicht! Vielleicht hat sich in der Zwischenzeit schon alles von allein geklärt!"

„Das wäre zwar schön, ist aber nicht anzunehmen!", sagte Lilly bestimmt.

„Wieso nicht?"

„Sein Freund der Elfenkönig, der hätte ihn doch suchen lassen. Er hätte Farzanah bestimmt dazu gebracht, ihm zu verraten was sie mit seinem Freund gemacht hat und dann wäre er gekommen!"

„Hm!"

„Was denn?"

„Ja, du hast wahrscheinlich recht. Wenn er ein wirklich guter Freund ist, dann hätte er das getan. Aber wer weiß schon, was dort in so vielen Jahren alles geschehen ist. Denk nur, was hier auf der Erde in den letzten hundert Jahren los war. Es kann sonst was sein!"

„Genau! Deswegen mache ich mir auch Sorgen um Alrick!"

Lilly sah ehrlich besorgt aus und nach und nach fing Till an, ihre Befürchtungen zu teilen.

„Aber selbst wenn wir wollten, wir können nicht allein hinüber. Wir sind nicht in der Lage, das Boot zu rufen", sagte er, nachdem ihm kurz der Gedanke gekommen war, Alrick zu folgen. „Und außerdem, wie willst du Oma Gertrude klarmachen, dass wir die Ferien mal so eben im Feen- und Elfenreich Arwarah verbringen wollen?"

Den letzten Satz hatte er eigentlich scherzhaft gemeint, aber Lilly machte sich ernsthaft Gedanken darüber.

„Ich weiß nicht, aber vielleicht würde sie es verstehen. Sie ist doch von Feen so beeindruckt. Und die Zeit wäre nie wieder so günstig wie jetzt!"

„Wie meinst du das?" Till verstand nicht, worauf Lilly hinauswollte.

„Na, meine Eltern sind nicht da, und übermorgen beginnen die Ferien!"

„Ach, daran habe ich gar nicht gedacht! Ja, wenn man es so betrachtet ..."

Till war erstaunt, wie ernst es Lilly war. Doch im Augenblick war da nichts zu machen und das musste auch Lilly einsehen.

„Na, dann zieh ich mich mal an und gehe in die Schule. Wir haben nicht mehr viel zu tun, aber es ist besser, wenn ich mich für den Rest des Tages noch blicken lasse. Heute gehen wir nach dem Unterricht ins Theater und darauf freue ich mich eigentlich. Außerdem will ich Omi nicht belügen!"

„Ja, das ist wirklich nicht schön. Ich muss mich auch beeilen, ich geh' in den Heilstollen zum Inhalieren. Vielleicht ..."

Lilly ließ Till gar nicht erst aussprechen. „Mach die Augen auf, ob du was siehst oder hörst! Ich würde ja gern mitkommen, aber ..."

Die beiden machten ein schnelles Frühstück und nachdem sie Moritz kurz gestreichelt hatten, verließen sie das Haus in verschiedene Richtungen.

Tills Besuch im Heilstollen war unspektakulär und enttäuschend. In dieser eher kahlen Grotte erinnerte nichts an das Abenteuer, das er gestern im

Märchendom erlebt hatte, und der starke Besucherstrom ließ keinen Zweifel übrig, dass selbst der Zwerg den Märchendom meiden würde. Also machte er sich resigniert auf den Heimweg und schalt sich selbst einen Narren, da er insgeheim auf irgendein Zeichen von Alrick gehofft hatte.

Auch der übrige Tag brachte nichts an Aufregung oder Abwechslung mit sich. Um sein schlechtes Gewissen zu beruhigen, half Till Oma Gertrude ein wenig im Garten und die Zeit, bis sie Flora aus dem Kindergarten holen würden, verbrachte er mit Lesen im Almanach. Es gab noch so viel Wissenswertes und Erstaunliches zu entdecken und er wollte natürlich für den Fall der Fälle gewappnet sein.

Für Till bedeuteten die Herbstferien eine letzte Frist, denn danach würde auch er wieder zur Schule gehen müssen. Aber weshalb am Anfang schon ans Ende denken? Lilly und Oskar würden heute, am vorletzten Schultag, nicht ganz so spät nach Hause kommen und so entschied die Familie, am Nachmittag ein Picknick am Waldrand zu machen. Natürlich war dieser Vorschlag von Lilly und Till gekommen, die heimlich auf ein Zeichen von Alrick hofften. Gerade, als sie das Haus verlassen wollten, klingelte das Telefon. Tante Lucie und Onkel Phil waren am Apparat. Sie erklärten, dass es Schwierigkeiten gäbe, weil der Wohnungsbesitzer nicht zum vereinbarten Übergabetermin kommen könnte. Auch waren die Renovierungsarbeiten nicht wie erhofft vorangekommen. Kurz und gut, die beiden bedauerten, noch länger in Hamburg bleiben zu müssen.

Natürlich waren sie die Einzigen, die das wirklich bedauerten, aber keines der Kinder sagte ein Wort. Im Gegenteil, sie versicherten, dass alles zum Besten stehe und dass sie die freie Zeit schon zu nutzen wüssten. Lilly riss Oma Gertrude förmlich den Hörer aus der Hand, als diese schon auflegen wollte.

„Und wundert euch nicht, wenn wir nicht so viel zu Hause sind. Oma hat uns versprochen, viel mit uns zu unternehmen!“, sagte sie. „Wir können euch ja auch mal schreiben, das wäre doch lustiger! Also dann, bis bald!“ Noch ehe die erstaunten Eltern oder Oma Gertrude Einspruch erheben konnten, hatte sie das Gespräch beendet.

„Was guckt ihr denn so?“, fragte sie in die Runde, da alle Augen auf sie gerichtet waren. „Post spielen, ist doch mal was Neues!“

Die Familie war scheinbar an Lillys extravagante Ideen gewöhnt, denn sie nahmen ohne weitere Reaktion den Picknickkorb und machten sich auf den Weg.

„Vorbeugen ist besser als Heilen", raunte Lilly Till zu, als sie an ihm vorüber zur Tür hinausging.

Es war ein schöner sonniger Mittag und sogar Oskar konnte nicht umhin, sich in der Natur und der Gesellschaft seiner Familie wohlzufühlen. Es war nicht zu vermeiden, dass das Gespräch auf die Zauberwesen kam und Oskar lachte sich halb kaputt über die, wie er es nannte, „abergläubische und kindische" Einstellung der restlichen Familie.

„Hey!", sagte er auf seine coole, aber sympathische Art. „Wir leben im 21. Jahrhundert und wenn Flora dran glaubt, dann ist es okay, aber ihr solltet langsam erwachsener denken!"

„Aber Oma Gertrude glaubt auch daran!", sagte die Kleine und stupste ihren großen Bruder liebevoll in die Seite. „Und sie ist klüger als alle!"

Die beiden fingen eine ungleiche Rangelei an, bei der Flora natürlich einen „großen" Sieg davontrug! Mit ihren knapp sechs Jahren war sie das Nesthäkchen in der Familie und besonders bei Oskar hatte sie immer leichtes Spiel, denn wenn man alle typischen Teenager-Allüren beiseite ließ, entdeckte man einen weichen Kern unter seiner harten Schale.

„Okay, okay!", sagte er lachend. „Du hast mich besiegt, du kleines Scheusal, und ich verspreche dir feierlich, dass ich der beste Freund der Elfen und Feen werde, wenn ich je eine oder einen zu Gesicht kriege. Und nicht, dass du denkst, die aus dem Märchenbuch zählen mit!"

„Man sollte nicht leichtfertig solche Versprechungen machen!", mahnte Oma Gertrude mit einem Lächeln, aber außer Till und Lilly sah niemand, dass ihre Augen dabei ernst blickten.

„Ja, ja! Aber auch, wenn ich nicht an diesen Feenkram glaube", sagte Oskar und streckte sich behaglich im Gras aus, „hier ist der perfekte Platz zum Picknicken und ich frage mich, was sich wohl in diesem Korb befindet?"

„Ja, wir sollten wirklich essen, sonst werden die gebratenen Hähnchen noch kalt!", sagte Oma Gertrude.

„Hähnchen! Ach Omi, du bist auf jeden Fall eine Fee und zwar unter den Küchenfeen die allerbeste!"

Pappteller wurden ausgeteilt, Servietten herumgereicht und schon hatte jeder sich etwas von den Leckereien aufgetan.

„Nachher schaue ich, ob ich wieder Haare von einer Fee finde", sagte Flora, wobei sie sich genüsslich die Finger ableckte. „Wenn ich nur wüsste, wo die silberne Dose mit dem Elf ist? Ich war bei dir, Till, und ich habe sie nicht gefunden."

„Weil ich sie, äh … Weil ich sie schon in mein neues Zimmer gestellt habe. Wenn wir nach Hause kommen, zeige ich dir, wo."

Till blickte Lilly an und zuckte mit den Schultern, was so viel bedeutete wie „Irgendwann müssen wir es ihr sagen!". Er erntete stilles Einverständnis. Die Kinder hatten viel Spaß, besonders, weil Oskar ein paar Frösche aus dem kleinen Weiher fing.

„Na, Prinzessin, wie wäre es, wenn du ihm einen Kuss gibst?" Er hielt das zappelnde Fröschlein ganz nahe an Lillys Gesicht. „Vielleicht wird's ja ein Prinz? Wer kann das bei all den Zaubergeschichten schon wissen?"

„Ja, wer weiß das schon? Du jedenfalls nicht! Und vielleicht ist mein Prinz näher als du denkst!", antwortete Lilly etwas pikiert. „Du kennst dich ja offenbar nur mit Prinzessinnen aus! Mal ist es 'ne Rothaarige, mal 'ne Blonde. Je nachdem, welche Farbe dein Frosch hatte!"

„Na, dann muss ich wohl mal suchen, ob ich einen schwarzen für dich finde!", lachte Oskar.

So verging der Nachmittag unter allerlei Späßen wie im Flug. Alles war bestens, bis auf eines: Sie hatten keinerlei Nachricht und nicht den kleinsten Hinweis auf Alrick am Feentanzplatz gefunden.

Zuhause, als es schon dunkel und längst Schlafenszeit war, erinnerte sich Flora an Tills Versprechen.

„Lieber Till, kann ich denn nun die Zuckerdose noch einmal von dir borgen? Morgen habe ich wieder eine Teeparty."

„Na klar doch! Komm! Ich bring dich zu Bett!"

„Ich komme mit!", rief Lilly und legte ihr Buch beiseite. „Wenn du willst, erzähle ich dir noch eine Geschichte!"

Oma Gertrude blickte verwundert von ihrem Strickstrumpf auf, sie sagte aber nichts, sondern freute sich über die Einmütigkeit der Kinder.

„Geht schon vor in Floras Zimmer! Ich hole die Dose!"

Till hatte sie hinter der Gardine auf dem Fensterbrett versteckt. Im Zimmer war es dunkel und da er kein Licht anzünden wollte, tastete er mit der Hand nach dem Gegenstand. Aber was war das? Etwas bewegte sich auf seinem Balkon. Nein, nicht etwas, sondern jemand! Till blieb erschrocken und lauschend stehen. Offensichtlich hatte ihn die andere Person noch nicht entdeckt. Wollte Oskar ihm vielleicht einen Streich spielen?

Nein, das schien ihm ausgeschlossen. Der war längst mit seinen Freunden zur Bandprobe gegangen. Vorsichtig schlich Till ein bisschen näher zur Tür. Sie war nur angelehnt und da, jetzt konnte er es ganz deutlich sehen. Jemand saß in seinem Schaukelstuhl und von diesem Jemand ging ein schimmerndes, fluoreszierendes Licht aus. Tills Herz machte einen Freudensprung.

VI.

Rückkehr und Aufbruch

„Alrick! Alrick! Mann ... Mann hast du mich erschreckt!", flüsterte er aufgeregt. „Hey, tut das gut, dich zu sehen!" Er stellte die Dose zurück und stürzte sich geradezu in die Arme des Freundes. „Lilly und ich haben so viel an dich gedacht! Wie kommst du hierher und was ist geschehen? Wieso ...?"

„Pst, Till! Pst! Ich freue mich auch, dich zu sehen, aber du alarmierst die ganze Nachbarschaft! Das sind ein bisschen viele Fragen auf einmal, denkst du nicht?"

„Ja schon, aber ich will trotzdem Antworten!"

„Ti-hill!", rief Flora vom Flur aus. „Wo bleibst du denn? Ich soll doch jetzt schlafen und ...!"

Ehe Till es verhindern konnte, trat Flora ins Zimmer und blieb wie angewurzelt stehen. Mit weit aufgerissenen Augen starrte sie Alrick an. Dann lief sie zu Till, griff nach seiner Hand und zog so lange daran, bis er sich zu ihr hinunterbeugte, damit sie in sein Ohr flüstern konnte: „Der Mann da, der sieht aus wie Alrick."

„Ja, das muss so sein, denn ich bin es ja auch!", sagte der Elf und hockte sich auf den Boden. „Guten Abend, Flora. Hast du mein Geschenk bekommen?"

„Ein Geschenk? Nein. Aber bist du denn nicht mehr verzaubert?"

„Ich wollte es ihr gerade bringen. Ich, äh, ich habe auf die richtige Gelegenheit gewartet", sagte Till verlegen.

„Das ist schon in Ordnung. Dann kann ich es Flora auch selbst geben. Das ist sowieso viel schöner!"

„Und ich hole Lilly!", sagte Till und flitzte davon.

War das eine Wiedersehensfreude! Lilly war sprachlos vor Glück und das sollte was heißen, denn sie war in der Regel alles andere als auf den Mund gefallen.

Die drei Menschenkinder und der junge Elf saßen im Kreis auf dem Boden und nachdem Flora ihren Ring erhalten und eine etwas verharmloste

Geschichte über Alricks Rettung gehört hatte, kamen sie zu den neueren Ereignissen. Alrick war etwas verlegen, weil er Flora eigentlich nichts von den schlimmen Vorkommnissen im Feenreich erzählen wollte, aber die Kleine ließ sich partout nicht abweisen.

„Nun ja", begann er, „als ich euch verabschiedet hatte, kehrte ich nach Arwarah zurück. Obwohl die Nacht schon beinahe vorüber war, beschloss ich, noch ein wenig zu schlafen, denn auch mich hatten die vergangenen Ereignisse erschöpft und ehrlich gesagt, genoss ich das herrliche Gefühl, nach so langer Zeit wieder ausgestreckt unter einem Baum oder Busch im weichen Gras zu nächtigen. Was für ein Elf wäre ich, liebte ich den feinen Duft von weichem Moos und würzigen Waldkräutern nicht? Den Dämmerzustand, in dem ich mich von Zeit zu Zeit auf der silbernen Dose befand, den kann man wirklich nicht mit Schlaf vergleichen!"

Alrick erschauderte, als er sich an die lange Zeit seiner Gefangenschaft erinnerte, dann berichtete er weiter: „Dennoch schlief ich nicht bis in den Tag hinein. Die innere Unruhe weckte mich bald und ich begab mich auf den weiten Weg zur Festung. Was ich unterwegs sah, liebe Freunde, das übertraf auch meine schlimmsten Befürchtungen. Ich kam nur langsam voran, denn die geheimen Waldpfade der Elfen und Feen waren von Pflanzen überwuchert, so als ob sie schon lange kein Fuß mehr betreten hätte. Die Bäume und Sträucher nahe der Behausungen waren ungepflegt. Mein Schritt wurde eiliger, mein Herz schlug wild bei jedem Meter. Ich betrat ein Dorf der Taurih-Waldelfen, bei denen ich früher schon oft und gern Gast gewesen war, aber sie bezeugten mir die gewohnte Aufmerksamkeit nicht. Im Gegenteil, sie waren mürrisch und unfreundlich und selbst dort, in ihren wunderbaren Baumhauskolonien, herrschte Streit und Verwahrlosung. Sie erwiderten meinen freundlichen Gruß nicht, boten mir weder Speise noch Trank an, obwohl sie sahen, dass ich durstig war und meine Kleider staubig von einer langen Reise. Und was das Schlimmste war, sie verweigerten mir die Auskunft über König Arindal und sein Gefolge. Getrieben von Angst und Bestürzung eilte ich weiter, bis ich zur Mittagszeit das nächste Dorf erreichte, in dem, so empfand ich mit Schrecken, die Unfreundlichkeit und Verwahrlosung noch größer war! Wie es schien, verschlimmerte sich alles, je tiefer ich ins Elfenland hineinlief."

Die Kinder wagten nicht zu sprechen, so waren sie von Alricks Erzählung gefesselt, aber als Flora sah, dass eine Träne in seinem Augenwinkel glänzte, ergriff sie seine Hand und drückte sie fest. Alrick räusperte sich verlegen, bis er die Fassung wiedergewonnen hatte, und fuhr fort.

„Viele Gedanken schossen durch meinen Kopf und letztendlich befürchtete ich, dass dies die Auswirkungen eines dunklen Zaubers sein mussten. Und wer anderes als Farzanah webte sie? Und noch eine Ahnung wuchs in meinem Herzen, nämlich, dass ich mich selbst in große Gefahr bringen würde, wenn ich geradewegs zur Festung lief. Ich hockte mich auf einen Baumstumpf und überlegte angestrengt, wohin ich mich wenden könnte. Wer war stark genug, um einem dunklen Zauber zu widerstehen und mir dabei im Herzen wohlgesonnen?

Tibana! Beinahe hätte ich den Namen meiner alten Patin herausgeschrien. Erschrocken drückte ich meine Hand auf den Mund. Wieso hatte ich nicht gleich an sie gedacht? Tibana ist eine uralte, weise Fee, die in der äußersten Abgeschiedenheit des Waldes an einem Weiher lebt, der durch eine klare Quelle gespeist wird. Sofort fühlte ich mich ein bisschen besser, denn wenn jemand in der Lage war, sich gegen einen bösen Zauber zu schützen, dann war es Tibana. Und wenn sie unversehrt war, dann könnte sie mir auch Auskunft geben.

Gedacht, getan! Sofort machte ich mich auf den Weg. Es war ein anstrengender Marsch durch unwegsames Gelände, über dicht bewachsene Berge und schattige Täler, aber ich gönnte mir keine Pause. Die untergehende Sonne hing wie ein roter Lampion am Himmel und verfärbte die Wolken geheimnisvoll, als ich endlich Tibanas Lichtung betrat. Ich kann euch kaum beschreiben, wie groß meine Freude war, ihre Behausung und auch sie selbst unversehrt vorzufinden. Ach und nicht nur unversehrt, sondern gerüstet für den Besuch eines lieben Freundes. In ihrer unbegreiflichen Weitsicht hatte sie meine Ankunft vorausgesehen und erwartete mich bereits!

‚Alrick, mein Junge!', sagte sie und legte grüßend die Hand auf ihr Herz. ‚Sei willkommen! Ich habe auf dich gehofft. Nun ist die Zeit für König Arindals Rettung gekommen. Tritt herein, erfrische und labe dich. Wir haben vieles zu besprechen!' Sie zauberte warmes Wasser in einen Zuber und legte mir saubere Kleidung bereit.

Obwohl mich die Neugier wahrlich quälte, folgte ich der Etikette, wusch mich zunächst, aß und trank. Währenddessen saß Tibana still beim Feuer und wartete geduldig, bis ich fertig war. Dann wies sie stumm auf den Lehnstuhl ihr gegenüber und zündete sich ein Pfeifchen an. Ich nahm Platz und betrachtete ihr runzliges Gesicht im Schein des Feuers. Dem Alter war es nicht gelungen, die Spuren ihrer einstigen Schönheit zu verwischen und in ihren leuchtend blauen Augen blitzten noch immer der Glanz und das Feuer der Jugend. Ihr Haar war schneeweiß und fiel ihr in langen, duftigen Strähnen über die Schultern. Sie war in ein seidiges, lindgrünes Gewand gekleidet und obwohl sie sich beim Gehen auf einen Stab stützte, war ihre Gestalt nicht weniger grazil als vor Jahren. Wie alt mochte sie sein? Ihr müsst wissen, dass die Zeit im Feenreich ganz anders vergeht als im Menschenland. Überhaupt ist sie bei uns von viel geringerer Bedeutung als hier!

‚So, so. Es gibt also doch noch Sonntagskinder, die fest an uns glauben!', begann sie das Gespräch und paffte einige lustige Rauchkringel in die Luft. ‚Wie freue ich mich, dass du Farzanahs Bann entronnen bist.'

Da sie so offensichtlich von euch wusste, zögerte ich nicht, ihr haarklein zu berichten, wie sich alles zugetragen hat.

‚Diese Menschenkinder waren sehr mutig! Ich glaube, du hast gute Freunde gefunden und gute Freunde sind mehr wert als alle Schätze der Welt. Wir werden ihre Hilfe brauchen!', sagte sie nachdenklich. ‚Während du weg warst, hat sich hier leider nichts zum Guten gewandelt. Farzanah hat nicht nur die Zwerge und Kobolde auf ihre Seite gezogen, auch die Trolle, Gnome und die Dryaden haben sich ihr unterworfen. Das Heer der Dunkelelfen wächst mit jedem Tag.'

‚Wie ist das nur möglich?', fragte ich. ‚Auf dem Weg hierher wollte ich beim Volk der Taurih rasten, aber sie begegneten mir abweisend, fast möchte ich sagen feindlich. Und nicht nur das, ich glaube auch, dass sie ihre Wohngebiete vernachlässigen.'

‚Mein lieber Junge!', sagte Tibana mit einem Ernst in der Stimme, der mich das Schlimmste erwarten ließ. „Ich weiß nicht genau, wie sie es getan hat, aber Farzanah hat das Elfenlicht von Arwarah verzaubert! Glücklicherweise ist ihr ursprünglicher Plan, den Lichtkristall zu zerstören, gescheitert, doch anstelle des segenreichen, reinen Lichtes strahlt nun ein alles verderbendes, bösartiges, schwarzes Gift in die Herzen der Lichtelfen von ganz Arwarah. Wer damit in Berührung kommt, wird bösartig und schließt sich der dunklen Fee bedingungslos an!'

‚Das Licht verhext?! Beim allmächtigen Feenzauber, wie konnte ihr das gelingen? Es steht seit Elfengedenken im königlichen Rittersaal und wird praktisch ständig bewacht!'

‚Bis jetzt fehlte mir jede Gelegenheit, einen Zeugen zu befragen. Doch soweit ich weiß, spielte die Hinterlist der Zwerge eine große Rolle dabei. Sie haben ihr geholfen, Zutritt zu erlangen. Farzanahs böser Zauber hat den Rest erledigt. Er war so stark, dass er selbst die edlen Elfenritter lähmte, die sich zum Schutz Arindals in der Halle versammelt hatten. Wer in den Bann des dunklen Zaubers geriet, verlor die Kontrolle über seinen klaren Verstand.'

‚Und was bezweckt sie damit?'

‚Sie will das Reich der Lichtelfen auslöschen und ihre dunkle Herrschaft über das gesamte Elfenland ausbreiten!'

‚Und König Arindal? Weißt du etwas über ihn?'

‚Nur so viel, dass Farzanah ihn nicht getötet hat. Offenbar bereitet es ihr Vergnügen, ihn leiden zu sehen und darum hat sie ihn bisher vom schwarzen Zauber ausgeschlossen. Nun ist er gezwungen, dem Verfall seines Landes hilflos zuzusehen. Ich nehme an, dass sie ihn in ihr Reich Darwylaân verschleppt hat, damit sie sich täglich an seinem Unglück weiden kann.'

‚Woher hast du nur all diese Informationen? Und vor allem, wie konntest du dich vor ihrem Zauber schützen?'

‚Diese beiden Fragen kann ich dir mit einem Mal beantworten, mein Sohn! Durch die magische Kraft meiner Quelle. In all den Jahren, in denen ich hier lebe, hat sich mein Geist mit dem Geist der Quelle verbunden. Ihre Reinheit und ihre Kraft haben mich vor dem bösen Zauber bewahrt. Die Herrin der Quellen ist sehr weise und gütig! In den frühen Morgenstunden, wenn der Nebel vom Wasser aufsteigt, besucht sie mich und manchmal vermag ich durch sie Bilder in der geglätteten Oberfläche zu sehen.'

‚Ach, daher wusstest du, dass ich komme!'

‚Jawohl! Entfernung oder Zeit, nichts spielte je eine Rolle bei diesen Visionen, doch wenn ich jetzt versuche, Arindals Festung zu sehen, dann ist alles in ein undurchdringliches Schwarz gehüllt.'

‚Wir müssen etwas unternehmen!', rief ich verzweifelt. Ihr müsst wissen, dass das Licht von Arwarah seit Anbeginn der Welt im Besitz der Lichtelfen und Feen ist. Es ist praktisch das, was uns überhaupt zu Lichtelfen macht! Ein Symbol dafür, dass Liebe, Friedfertigkeit und Standhaftigkeit in unseren Herzen niemals versiegen.

Wir saßen beisammen und sprachen die halbe Nacht lang. Wir schmiedeten waghalsige Pläne, nur um sie im nächsten Augenblick wieder zu verwerfen. Erst als uns die Müdigkeit zu übermannen drohte, gingen wir zu Bett.

Der kurze Schlaf brachte mir nicht die gewünschte Erholung, denn selbst im Traum war mir bewusst, dass der böse Zauber mit jedem Atemzug wächst und die Herzen der Einwohner Arwarahs vergiftet. Es war nur eine Frage der Zeit, bis alle, mich eingeschlossen, betroffen sein würden.

Das blasse Licht des jungen Morgens tauchte jeden Gegenstand des Zimmers in matte Farben, als Tibana mich sacht aus meinem unruhigen Schlummer weckte.

‚Alrick, mein Sohn', sagte sie, ‚lass uns keine Zeit verlieren! Beim ersten Tagesschein habe ich die Quelle befragt und was ich gesehen habe, gefällt mir nicht! Der schwarze Zauber breitet sich aus. Immer mehr Landstriche Arwarahs werden von ihm verschlungen. Gestern war ich nicht fähig, die Festung zu sehen und heute war mir schon der Blick in die Täler der Floraden verwehrt!'

Das Volk der Floraden ist für die Zucht und die Hege der verschiedenartigsten Pflanzen bekannt. Seine Felder und Wiesen sind schöner als die prächtigsten, berühmtesten Gärten und seine Saatgüter und Pflanzen sind weit über die Grenzen Arwarahs hinaus begehrt. Doch lange Rede, kurzer Sinn. Tibana und ich kamen zum Schluss, dass jedes weitere Zögern die Lage verschlimmern würde. Wir müssen handeln, aber wir wissen auch, dass wir dabei Hilfe brauchen. Tibana und ich können es allein nicht schaffen und darum bin ich hier!"

Einen kurzen Moment lang schwiegen Lilly, Flora und Till, erschüttert von Alricks Bericht. „Aber wie bist du nur so schnell wieder zurückgekommen?", wollte Till dann wissen.

„Tibana bat die Herrin der Quellen mir zu helfen. Die Wasserfee ist sehr mächtig. Sie hat dem Bach befohlen, anzuschwellen, und als er gewaltig genug war, um ein Floß zu tragen, bin ich bis in die Nähe des Tores getragen worden."

„Wie in aller Welt …?"

„In Arwarah ist alles anders als hier. Wenn ihr es seht, dann werdet ihr es verstehen!" Aufgeregt blickte er in die Gesichter seiner Freunde. „Es gefällt mir ehrlich nicht, euch zu fragen und noch mehr missfällt mir, euch in Gefahr zu bringen, aber solange Farzanah nicht von euch weiß, seid ihr als

Menschen gegen diesen Feenzauber gefeit, und leider kenne ich sonst niemanden, der mir helfen könnte!"

Nach dieser für einen Elfen unüblich langen Rede, blickte Alrick stumm in die Gesichter seiner Freunde. Die Kinder sagten zunächst nichts, da ihre Gedanken noch bei seiner Geschichte weilten. Nach geraumer Zeit endlich, räusperte sich Lilly und sprach: „Wenn ich dir eine Hilfe sein kann, dann werde ich mit dir kommen! Obwohl ich dich erst so kurze Zeit kenne, weiß ich doch, dass du uns nicht unüberlegt in Gefahr bringen würdest, wenn du eine andere Wahl hättest."

„Dem schließe ich mich voll und ganz an!", sagte nun Till. „Aber dazu müssen wir einige Dinge genau klären und ..."

„Und ich komme auch mit!" Flora kämpfte verbissen gegen die Müdigkeit. „Und wenn ihr sagt, ich bin zu klein, dann sage ich alles Oma Gertrude!"

Till und Lilly sahen sich vielsagend an.

„Das würdest du nicht wagen!", zischte die große Schwester.

„Doch!" Die Antwort war so kurz und bündig, dass sie keinen Zweifel aufkommen ließ.

„Du bist viel zu klein! Du würdest uns nur hinderlich sein! Wer soll denn die ganze Zeit auf dich aufpassen?" Lilly war wütend. „Ich muss hier schon dauernd für dich da sein!", fauchte sie unüberlegt und wünschte sich schon im nächsten Augenblick, die Worte zurücknehmen zu können. „Du bist so gemein!", rief Flora den Tränen nahe. „Wenn ich nicht an Alrick geglaubt hätte, dann wäre er noch immer verzaubert. Und überhaupt, ich geh jetzt ins Bett!"

Unsicher ging sie zur Tür, aber als niemand etwas sagte, drückte sie die Klinke nieder und ging hinaus.

„Ich schau mal, ob sie zugedeckt ist", meinte Till gespielt lässig. „Ich ... ich will nicht, dass sie traurig ist!"

Nur zu gut erinnerte er sich an den Tag auf dem Friedhof, als Flora ihm ohne zu fragen seine Hand gehalten hatte. Hier war guter Rat teuer. Eigentlich war er der gleichen Meinung wie Lilly, aber musste sie Flora das so hart sagen? Gerade jetzt hatten sie keine Zeit zum Streiten!

Als er in Floras Zimmer kam, hörte er leises Schluchzen unter der Bettdecke. Er fühlte sich befangen, denn er war es nicht gewohnt, eine schutzbefohlene kleine Schwester zu haben. „Was hätte Mama jetzt getan?" Vorsichtig zog er die Bettdecke zurück und strich mit der Hand über das seidige, rote Haar seiner kleinen Cousine.

„Ach, weine doch nicht!", sagte er sanft. „Lilly meint es nicht so. Wir sind alle müde und aufgeregt. Sie hat dich lieb und darum will sie nicht, dass dir etwas geschieht." Flora sagte nichts, aber das Schluchzen hatte aufgehört. „Am besten wir schlafen erst einmal. Heute wird eh nichts mehr entschieden. Morgen haben wir neue Kraft und dann sehen wir weiter!"

Plötzlich spürte er Floras Arme um seinen Hals. Das Mädchen hatte sich aufgesetzt.

„Ich habe Alrick sooo lieb!", sagte sie. „Und dich auch!" Nachdenklich spielte Flora mit dem Ring, den Alrick ihr geschenkt hatte.

„Verlier ihn nicht im Schlaf!", sagte er und strich Flora liebevoll übers Haar. Sekunden später war das kleine Mädchen bereits eingeschlafen.

Unsicher kehrte er zu Lilly und Alrick zurück, die beide still auf ihn gewartet hatten.

„Sie ist eingeschlafen", sagte Till leise.

„Ich wollte das nicht! Ehrlich!" Lilly war traurig und wütend zugleich.

„Ich habe einfach nur gedacht, dass es schwierig ist, sie mitzunehmen. Es ist auch hier manchmal hinderlich und dabei handelt es sich um ungefährlichere, alltägliche Wege."

„Das ist eine blöde Situation, wirklich!" Till war ratlos.

„Ich könnte schon auf sie aufpassen!", meinte Alrick. „Sie ist kein Baby mehr! Und wenn wir ein wenig Glück haben …?"

„Was müssen wir denn tun?", fragte Till. „Ich habe so gar keine Vorstellung von den Dingen, die auf uns zukommen!"

„Tja, ganz genau kann ich es auch nicht sagen. Es wird sich … äh … es wird sich irgendwie entwickeln, denke ich!"

„Irgendwie?", fragte Lilly. „Ist das nicht ein wenig vage?"

„Ja, das ist es. Aber nur vorübergehend. Tibana wollte die Quelle befragen, während ich euch hole. Sie meinte, die Herrin der Quellen würde wissen, was zu tun ist."

„Oh, dann werden wir die Fee kennenlernen! Wie schön!"

„Aber ja! Natürlich werdet ihr sie kennenlernen. Wir gehen direkt zu ihr."

„Da wäre noch ein Problem und ich bin mehr als gespannt, wie du das lösen willst", sagte Lilly.

„Und das wäre?"

„Wie können wir über eine längere Zeit von hier weggehen, ohne dass es Oma Gertrude, Oskar und die Eltern merken, und sie würden es niemals erlauben!"

„Ach so, das!", grinste Alrick verschmitzt. „Das mache ich schon! Aber jetzt muss ich ausruhen. Ich bin so müde! Ich habe fast gar nicht geschlafen, seit ich von euch weg bin. Habt ihr ein Plätzchen für mich?"

„Du kannst bei mir auf dem Sofa schlafen. Da bist du sicher. Oskar oder Oma gehen niemals in mein Zimmer!", sagte Lilly.

„Oh!", entfuhr es Till grinsend.

„Was denn, oh?", wiederholte Lilly mit leicht drohendem Unterton.

„Und was ist mit: ‚Kein männliches Wesen kommt jemals in mein Zimmer'?" Till konnte vor Lachen fast nicht an sich halten.

„Das ist die Ausnahme der Ausnahmen! Oder hast du eine bessere Idee?"

„Nun, ich könnte auch im Stall …", sagte Alrick, der den scherzhaften Disput zwischen den beiden nicht recht deuten konnte. „Ich kann mich verkleinern, dann brauche ich nicht viel Platz, es wäre nur so viel bequemer, wenn ich …"

„Papperlapapp!", rief Lilly. „Bist du nicht die letzten hundert Jahre klein gewesen?", fragte sie Alrick, der schüchtern nickte. „Na also! Bei Till geht es nicht wegen Oskar. Bei Flora ist kein Platz. Im Elternschlafzimmer lüftet Oma täglich. Hier ist noch kein Bett und eine weitere Möglichkeit gibt es nicht. Also los! Ich gehe zuerst ins Bad!"

Till und Alrick sahen sich schulterzuckend an. Hier war jede Widerrede zwecklos und in Wahrheit waren alle froh, endlich ins Bett gehen zu können.

Till blinzelte mit einem Auge, als Oskars Wecker am Morgen klingelte. Dann drehte er sich, im Bewusstsein nicht aufstehen zu müssen, genüsslich auf die andere Seite. Als er zum zweiten Mal erwachte, war es seltsam ruhig im Haus. Richtig, heute war der letzte Schultag und alle waren ausgeflogen. Alle bis auf Oma Gertrude und … Alrick! Beim Gedanken an den Elfen sprang Till sofort aus den Federn. Er schlich über den Flur zu Lillys Zimmer und spähte durchs Schlüsselloch. Im selben Moment öffnete sich die Tür von Omas Stube und Till machte einen Satz Richtung Bad.

„Guten Morgen, Till!", sagte sie freundlich wie immer. „Wie geht es dir heute?"

„Gut, danke. Ich wollte gerade ins Bad."

„Ja, nutze die Zeit, so lange du allein bist. Später wollen die jungen Leute wieder alle duschen und sich für den Freitagabend herausputzen!"

„Wie gut, dass endlich Ferien sind! Ich kam mir schon richtig faul vor!"

„Ach so, du meinst, gemeinsam faulenzt es sich besser?" Gertrude schmunzelte vor sich hin. „Ich hoffe, du gehst wieder mit den anderen mit. Nicht, dass ich denke, die Trauer sei vergangen, aber dein Herz heilt mit etwas Ablenkung besser!"

„Wenn sie wüsste!", dachte Till und biss sich auf die Lippen, weil er Oma Gertrude sehr mochte. „Mal sehen, was Lilly so geplant hat. Heute kommen doch alle schon eher aus der Schule. Dann werden wir sehen!"

„Genau! Darum habe ich auch eine Bitte an dich. Ich habe jetzt einen Friseurtermin und wollte dich bitten, um halb zwölf Uhr den Herd anzustellen. Ich habe Auflauf vorbereitet. Er braucht nicht länger als eine halbe Stunde zu garen, und zu Mittag bin ich wieder zurück."

„Ja, geht klar!", antwortete Till, froh darüber, dass sich manche Probleme von selbst lösten.

„Auf dem Rückweg bringe ich Flora mit. Du bist heute ein Glückspilz! Frühstück steht auf dem Tisch!"

„Danke sehr!"

Gertrude hatte ihre leichte Herbststrickjacke übergezogen und stieg die Treppe hinab.

„Also dann, bis später Till!"

„Bis später!"

Till hatte die Worte noch nicht ganz ausgesprochen, als die Tür zu Lillys Zimmer einen Spalt weit geöffnet wurde und Alricks strubbliger Kopf zum Vorschein kam.

„Du kannst ruhig rauskommen! Die Luft ist rein!", sagte Till grinsend.

„Die Luft ist rein? Du hast keine Ahnung, wie reine Luft riecht!", antwortete Alrick, der Tills Ausspruch wörtlich nahm. „Die gute Luft Arwarahs kann man nicht mit der schlechten Luft hier vergleichen!"

„Ach komm", sagte Till, der fand, dass nicht alles auf der Erde schlecht ist. „So schlimm ist es ja nun auch wieder nicht. Lass uns frühstücken. Ich habe einen Bärenhunger! Was isst du denn überhaupt?" Till sprang immer gleich zwei Stufen auf einmal hinab und erschrak, weil der Elf trotzdem schon unten auf ihn wartete.

„Ambrosia und Tautropfen", antwortete Alrick und musste vor Lachen losprusten, als er Tills fassungslose Miene sah. „Nein, aber von der Menschennahrung vertrage ich nicht alles. Ich brauche eigentlich nichts, ich habe noch genug von Tibanas Elfenbrot in meiner Tasche."

Till blickte von Alrick nach oben zum Treppenabsatz und wieder zurück. „Wie hast du das gemacht?"

„Was denn?"

„Na, wie bist du hierunter gekommen? Du warst doch eben noch hinter mir!"

„Ach so, das! Das können alle Elfen!"

„Das ist fantastisch! Kann ich das lernen?"

„Ich fürchte, nein!"

„Was für Tricks hast du denn noch auf Lager?", fragte Till und setzte sich auf die Küchenbank

„Du meinst, Magie?"

Till nickte gespannt.

Alrick schaute sich suchend um und entdeckte Moritz, der zusammengeringelt vorm Herd schlief. „Schau auf den Kater!"

Langsam streckte er die Hand aus und zeichnete mit dem Zeigefinger eigenartige Kringel in die Luft. Sein Gesicht glühte vor Eifer und Till hörte ihn leise in der Elfensprache flüstern. *„Mahyr wilhwaár dahyr doorh ze gwynlathum! Dahyr var ter Luûmghi!"*

Im selben Augenblick löste sich ein leuchtender Funken von seiner Fingerspitze. Till traute seinen Augen nicht und rieb sie, aber der Funke blieb. Als Alrick die Worte wiederholte, schwebte er lautlos durch die Küche, bis er Moritz' kleines spitzes Ohr erreichte. Der Kater war inzwischen aufgewacht und versuchte den glitzernden Punkt mit seinen Pfötchen zu fangen. Es war so lustig anzusehen, dass Till lachen musste. Im nächsten Moment wuchs der Stern, wobei sein Licht heller und heller strahlte, sodass Till letztlich die Augen schließen musste. Als er sie wieder öffnete, war das Licht verschwunden und Lilly saß vor dem Herd.

„Lilly? ... Wieso bist du ...? Wo ist Moritz?"

Verwirrt drehte er sich nach dem Kater um, konnte ihn aber nirgends entdecken.

„Das ist ein Gwynlath Luûmghi", sagte Alrick mit vor Stolz geschwollener Brust. „Ein Illusions- oder Verwandlungszauber! Ich habe dir doch schon davon erzählt."

„Ja, im Märchendom, aber ich hätte nicht gedacht, dass es auch bei Lebewesen geht. Das ist ja voll abgefahren!"

„Ja, und so ähnlich werden wir auch eure Abwesenheit vertuschen."

„Aber du kannst Moritz nicht auf Dauer in Lilly verwandeln. Oma Gertrude würde ihn vermissen und sehr traurig sein."

„Wen würde Oma vermissen?", fragte Lilly, die gerade zur Tür hereinkam.

„Moritz!", antworteten die beiden wie aus einem Mund und zeigten auf das verwandelte Tier.

Deutlich hörte Till, wie Lilly den Atem anhielt. Dann hob sie die Hand und zeigte auf ihr Abbild, welches noch immer vorm Ofen kauerte.

„Waa... was in aller Welt ist das?" Ihre Stimme klang vor Schreck heiser. Sie machte einen Schritt auf das Mädchen zu, blieb aber dann unsicher stehen.

„Das ist ein Gwynlath Luûmghi, erinnerst du dich nicht? Ein Zauber, so wie in den Feengrotten. Um etwas vorzutäuschen", sagte Till stolz, etwas besser zu wissen.

„Ja, ich erinnere mich! Aber es ist komisch, sich selbst zu sehen, und noch dazu, wie ich mir genüsslich die Hände ablecke."

Die drei mussten herzlich lachen. Nur Moritz' Äußeres hatte sich verändert, nicht aber seine Gewohnheiten und Charakterzüge.

„Tolles Ding, das ist aber nicht ausreichend, um unser Verschwinden zu verschleiern. Stell dir vor, Oskar brummt mich an, und statt ihm die kalte Schulter zu zeigen, wie er's gewohnt ist, fange ich an zu schnurren und zu miauen. Nicht ganz unauffällig, oder?"

„Nein, wir haben noch eine bessere Möglichkeit, aber die könnten wir beim Frühstück besprechen. Ich habe jetzt doch Hunger!"

Alrick klatschte leise in die Hände und Moritz verwandelte sich zurück. Anscheinend hatte er genug davon, Versuchskaninchen zu sein, denn er suchte so plötzlich das Weite, dass die drei wiederum lachen mussten.

„Wann wollen wir aufbrechen?", fragte Till mit vollen Backen kauend. „Ich denke, dass ist der wichtigste Punkt, den wir klären sollten."

„Nein, das Wichtigste ist, was wir mit Flora machen!", antwortete Lilly. „Kannst du ihr nicht auch einen Vergessenszauber anhexen?"

„Das wäre bestimmt möglich, aber ich würde es nur sehr ungern tun. Ich denke, wir nehmen sie mit. Wir könnten sie bei Tibana lassen."

„Das ist eine super Idee. Das würde ihr bestimmt gefallen und dort kann sie keinem was verraten."

Lilly war mit Alricks Idee mehr als zufrieden.

„Vielleicht kann sie etwas über Blumen und andere Pflanzen lernen. Das macht sie recht gern. Wann wollen wir also aufbrechen?"

„Ich dachte, so bald wie möglich. Da wir auf Flora warten und noch ein paar Sachen einpacken müssen, könnte es nach dem Essen losgehen, wenn es euch recht ist."

„Müssen wir denn den Zauber nicht irgendwie vorbereiten?", fragte Till, dem alles zu leicht erschien.

„Das hat Tibana schon gemacht! Sie hat einen Kräutertrunk vorbereitet, den ich in meiner Tasche habe."

Er schnipste mit dem Finger und war im nächsten Augenblick verschwunden, doch bevor Lilly Till fragen konnte, wohin er sei, war er bereits wieder zurück.

„Also, das mit der Magie, das macht einen wirklich verrückt! Du solltest uns ein bisschen vorbereiten, wenn du sie anwendest. Man erschrickt immer so!", schmollte Lilly.

„Ach was, daran müsst ihr euch gewöhnen!", antwortete Alrick und zog eine kleine, seltsam aussehende Flasche hervor. „Ich meine, du würdest auch nicht darauf verzichten, wenn du es könntest und du damit schneller ans Ziel kämst, oder?"

„Na gut, das gebe ich zu. Angeblich gewöhnt man sich ja an alles! Und was hast du nun eigentlich in der kleinen Flasche da?"

Lilly öffnete den Korken und roch vorsichtig daran. „Es riecht fremdartig, aber gut!"

„Von so etwas habe ich null Ahnung!" Till nahm auch eine Nase voll. „Riecht fast wie der Kräuterschnaps, den die Seeleute immer trinken."

„Wie gesagt, diesen Trunk hat Tibana gebraut. Ich weiß nicht genau, was drin ist. Mit Sicherheit jede Menge Alraune! Doch ihr müsst verzeihen", fuhr er verlegen fort, „es ist uns nicht erlaubt, die Elfenrezepte an die Menschen weiterzugeben! Menschen haben ihre eigene Magie!" Dabei strahlte er Lilly so liebevoll an, dass selbst die kleine Besserwisserin zustimmte.

„Ist ja auch egal. Hauptsache es wirkt."

„Darauf kannst du dich verlassen! Wichtig ist nur, dass du deinem Doppelgänger möglichst nicht begegnest. Sie haben das Verlangen in den Ursprungskörper zurückzukehren, sobald sie ihn erblicken und wenn das vorzeitig geschieht, dann sind wir angeschmiert. Man darf diesen Trunk nämlich nur in großen Abständen zu sich nehmen, sonst wird man krank!"

„Dann brauchen wir einen guten Zeitplan. Was ist mit Essen und Klamotten?“, fragte Lilly, während sie Papier und Bleistift zückte.

„Und was ist mit Waffen?“, fragte Till vorsichtig. „Wir werden Farzanah doch nicht ohne irgendwas entgegentreten?“

„Also Essen und Kleidung nur so viel, wie ihr mit Leichtigkeit tragen könnt und worauf ihr nicht verzichten wollt. Tibana wird euch einkleiden, und die Wälder und Flüsse Arwarahs bieten reichlich Nahrung.“

„Gut! Apropos Essen. Ich muss ja den Herd anmachen. In einer halben Stunde kommt Oma mit Flora!“

Till beeilte sich, seine Aufgabe zu erledigen, und während sie den Tisch deckten, ging die Beratung weiter.

„Mit welcher Art von Waffe könnt ihr denn umgehen?“, fragte Alrick. „Ich bin ein ganz guter Schwertkämpfer, aber am liebsten benutze ich den Bogen wie die meisten Elfenjäger!“

„Ach du meine Güte, da können wir wohl nicht recht mitreden!“, antwortete Till verlegen. „Ich kann ganz gut mit einem Luftgewehr schießen, aber so etwas kommt sicher nicht infrage, oder?“

„Ich weiß nicht, was das ist, aber wenn du gut im Schießen bist, dann kannst du auch lernen, den Bogen zu benutzen. Was ist mit dir, Lilly? Können Erdenmädchen auch Fechten und Bogenschießen?“

„Ich bin mir nicht sicher. Einmal habe ich bei Ritterspielen mit der Armbrust geschossen, da war ich ganz gut. Aber ich kann etwas Karate und ich kann reiten!“

„Du kannst Karate?“, fragte Till beeindruckt.

„Naja, nicht so wie die Kämpfer im Fernsehen, aber gut genug, um einen Kerl wie dich aufs Kreuz zu legen, denke ich. Das war mal so ein Trend an der Schule. Alle Mädchen wollten sich verteidigen können und da hab ich mitgemacht!“

„Ich sehe schon, da müssen wir unterwegs noch etwas tun, aber immerhin. Ich denke, wir kriegen das hin.“

„Gut, dann treffen wir uns nach dem Essen in Tills Zimmer, das ist am günstigsten, weil wir notfalls zum Balkon runter können. Ich ziehe mich um und suche auch für Flora Sachen zusammen. Brauchen wir Schlafsäcke?“

„Was ist das?“

„Das sind warme Decken, die man an der Seite zumachen kann.“

„Das kann nicht schaden! Aber denkt dran: Ihr müsst tragen, was ihr mitnehmt, und der Weg ist weit!“

„Der Weg wohin ist weit?", fragte Oma Gertrude, die im selben Augenblick in die Küche getreten war. Die Kinder waren so in ihre Vorbereitungen vertieft gewesen, dass sie ihr Kommen nicht bemerkt hatten. Lilly und Till erschraken und drehten sich sofort nach Alrick um, aber von dem Elfen war keine Spur zu sehen.

„Äh, ach wir suchen nur nach einem geeigneten Ziel für den nächsten Wandertag! Is' nicht wirklich wichtig!", log Lilly mit schlechtem Gewissen.

„Danke, dass ihr den Auflauf nicht vergessen habt. Er duftet schon gut, findet ihr nicht? Und den Tisch habt ihr auch schon gedeckt, das ist ja prima."

„Wo ist denn Flora?", fragte Lilly.

„Sie muss schon nach oben gegangen sein!"

„Dann gehen wir mal und begrüßen sie", meinte Lilly ganz unverfänglich, wie sie hoffte.

„Nanu, was ist denn mit euch los? Wenn ich's nicht besser wüsste, würde ich denken, ihr habt was ausgefressen?" Oma Gertrude begann, ihre Einkaufstasche zu leeren. „Wie war der letzte Schultag?"

„Das erzähle ich dir gleich!", kam die Antwort bereits von der Treppe.

Wie Lilly sich gedacht hatte, war Flora sofort zu Alrick gerannt. Die beiden unterhielten sich einträchtig im Flüsterton und hatten begonnen, ein paar Kleidungsstücke aus dem Schrank zu nehmen.

„Ich will aber auch meine Puppe und den Bären Brumm mitnehmen!", sagte sie gerade zu Alrick, als die beiden eintraten.

„Genau so habe ich's mir vorgestellt!", maulte Lilly gleich los. „Wir können doch nicht den ganzen Puppenkram mitnehmen! Mann, so klein bist du nun auch nicht mehr. Immerhin kommst du nächstes Jahr in die Schule!"

„Na gut, dann lasse ich die Lissy-Puppe hier, aber Brumm kommt mit! Ich gehe niemals ohne Brumm irgendwohin."

„Ich gehe niemals ohne Brumm irgendwohin", äffte Lilly sie nach.

„Hey, das ist doch kein Problem! Deswegen muss man nicht streiten ...", sagte Alrick versöhnlich. Er holte eine kleine Dose aus der Tasche seines Wamses und streute eine winzige Prise des Inhaltes auf Brumm, der augenblicklich auf eine Größe von 15 Zentimetern schrumpfte.

„Nun binden wir ihm einen Schal um, damit du ihn am Rucksack festmachen kannst."

„Trallala! Sieh doch mal! Nun kann ich ihn doch mitnehmen! Ätsch! Wie wunderbar. Trallala!"

Flora hüpfte vor Freude vor ihrer Schwester hin und her, die davon aber kaum Notiz nahm, sondern Alrick bewundernd anstrahlte.

„Du findest auch für jedes Problem eine Lösung, oder?"

„Naja, so lange sie so leicht zu lösen sind! Ich denke, wir haben dann alles, bis auf diese Schlaftaschen."

„Schlafsäcke!"

„Ja, genau! Und nun möchte ich euch sicherheitshalber noch einmal fragen: Seid ihr gewiss, dass ihr das für mich tun wollt? Flora, vor allem du? Wirst du Sehnsucht nach Hause bekommen? Wenn wir erst unterwegs sind, dann können wir nicht umkehren!"

„Nein! Ihr seid doch alle bei mir! Und du hast gesagt, du passt auf mich und Brumm auf!"

„Versprochen! Lilly? Till?"

„Ich mache keinen Rückzieher!"

„Ich auch nicht!"

„Gut, dann geht jetzt essen. Wir treffen uns bei Till! Bringt bitte drei Becher und ein feuerfestes Gefäß mit!"

Das Mittagessen verlief ein wenig schweigsamer als sonst. Jedes der Kinder hatte irgendwie ein schlechtes Gewissen, Oma Gertrude und sogar Oskar gegenüber, aber der Wunsch, Alrick zu helfen und Arwarah zu befreien, wog viel schwerer. Glücklicherweise pflegte die Großmutter nach dem Essen ein Mittagschläfchen zu halten und somit verschaffte sie den Kindern eine günstige Gelegenheit für den Zauber. Oskar ging wie gewöhnlich an sein Schlagzeug, um zu üben, und dabei war er meistens so vertieft, dass an eine Störung seinerseits nicht zu denken war.

Nachdem sie den letzten Teller in den Geschirrspüler geräumt hatten, kamen sie in Tills Zimmer zusammen. Sie setzten sich im Kreis auf den Boden und stellten die Becher und eine irdene Schale erwartungsvoll vor sich hin.

„Wir brauchen noch etwas Wasser, und wenn du so gut bist Till, dann schließ die Tür hinter dir ab. Es wäre etwas unangenehm, wenn wir jetzt erwischt würden!"

Nachdem auch dies geschehen war, zog Alrick ein kleines sichelförmiges Messer aus der Tasche und legte es zu den anderen Dingen in die Mitte des Kreises.

„Liebe Freunde", begann er feierlich, „ich muss euch bitten, mich während der Zeremonie nicht zu unterbrechen, denn sie verlangt allerhöchste Konzentration. Ein Fehler meinerseits könnte schwerwiegende Folgen haben!"

„Du meinst, wir wachen auf und haben einen Katzenschwanz?", grinste Lilly.

„Naja, so ungefähr! Zuerst werde ich die Elfenmächte rufen, damit sie unserem Zauber freundlich gesonnen sind. Das Wohlwollen der Mächte bedarf natürlich eines Opfers, deshalb werde ich jedem von euch eine Haarsträhne abschneiden und verbrennen. Das Nächste und das Wichtigste, das ich benötige, ist ein Tropfen eures Blutes. Habe keine Angst Flora, es tut nicht sehr weh! Du musst dabei ganz fest an König Arindal denken, den wir aus den Händen der bösen Fee Farzanah retten wollen. Wirst du tapfer sein?"

Man sah deutlich, wie das Kindergesichtchen um eine Schattierung blasser wurde, aber dennoch nickte Flora ernst.

„Alles, was eure spezifischen Eigenheiten, euren Charakter ausmacht, das ist im Blut verankert. Ich brauche es, damit euch euer Ebenbild nicht nur haargenau gleicht, sondern auch so handelt und denkt, wie ihr es tut! Das alles wird euch wunderlich vorkommen, doch bitte ich euch, mir einfach zu vertrauen. Ist der Zauber erst einmal vollbracht, müssen wir das Haus so schnell wie möglich verlassen!"

Da keines der Kinder Einwand erhob, setzte er sich bequem in den Schneidersitz und begann, seine magischen Kräfte zu zentrieren, indem er sich sanft mit dem Oberkörper hin und her wiegte. Er hatte die Augen geschlossen und summte leise eine wohlklingende Melodie. Die Energie im Raum steigerte sich, bis sie förmlich als Prickeln auf der Haut zu spüren war. Ein Knistern lag in der Luft, dass sich die kleinen Härchen im Nacken aufstellten. Nach einer Weile stand Alrick auf, ging zu Flora und schnitt ihr vorsichtig eine kleine Haarlocke ab, die er in die irdene Schale legte. Die kleine Opfergabe verglühte mit leisem Zischen zu Staub. Würdevoll schritt der Elf zum Fenster und streute die verbliebene Asche in den Herbstwind.

Als Nächstes nahm Alrick Floras kleine Hand fest in die seine und während die Augen des Mädchens ehrfurchtsvoll auf ihn gerichtet waren, machte er mit dem Zeremonienmesser einen winzigen Schnitt in ihren Handballen. Flora zuckte ein wenig und drückte mit der anderen Hand Brumm an ihr Herz, aber es kam keine Klage über ihre Lippen und als Alrick ihr aufmunternd zunickte, lächelte sie erleichtert. Der Elf ließ den glitzernden Blutstropfen in Floras Becher fallen und bevor er ihn in den Kreis zurückstellte, goss er etwas vom magischen Kräutersud hinzu. Eine seltsam feierliche Ruhe herrschte im Zimmer, während er dieses Ritual mit Lilly und Till wiederholte.

Als alle drei Becher gefüllt waren, kniete Alrick nieder, hielt die ausgestreckten Hände darüber und sprach: *„Vanmari mahyr wethro zawin dahyr owland!"*, was in menschlicher Sprache „So lange ich will, wirst du andauern!" bedeutete. Dann zog er ein kleines Päckchen aus seiner Jackentasche und als er die aus Seide gearbeitete Hülle entfernte, kam ein hübscher silberner Spiegel zum Vorschein. Alrick nahm Floras Becher und reichte ihn dem Mädchen mit der stummen Aufforderung, ihn zu leeren. Gehorsam setzte das Mädchen den Becher an die Lippen und trank. Dann nahm er den Spiegel und hielt ihn vor Floras Gesicht. „Hauche ihn an!", forderte er das kleine Mädchen auf, das seinem Wort wiederum Folge leistete und zusah, wie ihr Bild im Spiegel verblasste.

„Dilbaar ambare!", rief Alrick leise. Und noch einmal: *„Flora, dilbaar ambare!"* Abbild erscheine!

Mit weit aufgerissenen Augen blickte Flora in den beschlagenen Spiegel und da, ganz, ganz langsam kehrte ihr Spiegelbild zurück. Aber was war das? Sollte der Spiegel nicht genau das zeigen, was sie gerade tat? Nur andersherum? Die Flora im Spiegel, die glich ihr wie ein Ei dem anderen, aber sie lachte, ja wirklich, sie lachte und das, obwohl doch alles eine so ernste Angelegenheit war! Schon öffnete Flora den Mund, um etwas zu sagen, doch Alrick legte warnend den Finger auf seine Lippen, bevor er zu Lilly und Till ging und den Zauber noch zweimal wiederholte.

„Seid ihr dann so weit?", flüsterte er. „Ich werde jetzt die Abbilder befreien, während ihr bitte eure Sachen holt. Wir treffen uns ein kleines Stück oberhalb der Feengrotten!"

Till nahm Flora bei der Hand und ging folgsam mit ihr auf den Flur hinaus. Lilly folgte ihnen auf dem Fuß, aber der Wunsch zu sehen, was Alrick als Nächstes tat, war größer als ihr Gehorsam, darum blieb sie auf der

Schwelle stehen und schaute zurück. Der Elf stand ihr seitlich gegenüber, aber ein Vorhang aus schönem Haar verhinderte, dass sie sein Gesicht sehen konnte. Er hatte den silbernen Spiegel auf den Boden gelegt und rief leise: *„Mahyr wilhwaár dilbaar meok ambare!"* Ich befehle dir zu erscheinen! und noch zweimal: *„Mahyr wilhwaár dilbaar meok ambare!"*

Auf einmal sah es aus, als ob sich die silbergraue Oberfläche des Spiegels verflüssigte. Lilly, die vor Aufregung nicht zu atmen wagte, beobachtete erstaunt, wie sich zunächst eine Hand, dann ein Arm und schließlich eine perfekt aussehende Flora aus dem Spiegelinneren lösten. Das Doppelgängermädchen strich sich in aller Seelenruhe die Kleider glatt, lächelte Alrick an und strebte dann der Zimmertür zu.

„Unglaublich!", Lilly flüsterte nur, aber es war laut genug, dass Alrick sie bemerkte und sie sofort durch Zeichen aufforderte, den Raum zu verlassen. Mit klopfendem Herzen folgte sie der Anweisung des Elfen und ging zu Till und Flora, die bereits fertig ausgerüstet auf sie warteten.

„Ihr glaubt nicht, was ich gesehen habe!", flüsterte sie aufgeregt, während sie die Jacke überzog. „Deine Doppelgängerin, so perfekt wie nur irgend möglich!"

„Aber Alrick hat gesagt ...", wollte die Kleine zurückflüstern.

„Ja, ja! Ich weiß doch, was er gesagt hat. Es war nicht meine Absicht! Ist einfach so passiert. Aber ich will mein eigenes auch sehen!"

„Kommt nicht infrage! Du kannst doch nicht alles riskieren, nur weil du dich selber mal sehen willst!" Till schüttelte den Kopf.

„Ach, und dir ist es wohl gleichgültig, ja? Du stehst sozusagen über den Dingen?", antwortete Lilly spitz, weil sie wusste, dass Till eigentlich recht hatte.

„Nein, aber lass uns nicht streiten! Komm jetzt lieber!"

Sie nahmen ihr Gepäck und schlichen sich leise zur Tür hinaus. Es war ein ungutes Gefühl, die freundliche Großmutter und sogar Oskar so zu hintergehen, aber sobald der frische, noch warme Herbstwind um ihre Nasen wehte, packte sie die Abenteuerlust und sie liefen so schnell sie die Füße trugen den Berg hinauf Richtung Feengrotten. In der goldenen Nachmittagssonne war Lillys Unmut schnell verflogen und im Geheimen musste sie sich eingestehen, dass sie töricht gehandelt hatte. Sie nahm sich vor, heute besonders nett zu Till zu sein.

Verwundert schaute sich Till auf dem halb verlassenen Parkplatz um. Noch vor einer Woche hatte es hier von Touristen nur so gewimmelt. Wo waren sie alle? Lediglich ein einzelner Reisebus und zwei PKW warteten auf die Rückkehr ihrer Insassen.

„Im Herbst haben sie veränderte Öffnungszeiten", sagte Lilly, die Tills Verwunderung bemerkt hatte. Sie ging an die große Informationstafel und fuhr mit dem Zeigefinger die Zeilen entlang. „Die letzte Führung hat schon begonnen. Lass uns hochgehen und auf Alrick warten!"

Flora an den Händen haltend liefen die drei Kinder den steilen Weg zum Bergwerk hinauf. Niemand nahm Notiz von ihnen. Die Ladeninhaber waren eifrig damit beschäftigt, die bunten Auslagen einzuräumen und die Geschäfte für den heutigen Tag abzuschließen. Selbst die Fenster der Mantelausgabe waren bereits verschlossen.

Die drei Kinder gingen ein Stück weit am Eingang vorbei, so als wollten sie den Weg zum Wald weiter folgen.

„Ich bin gespannt, was Alrick erzählt!", sagte Flora und hob einen Tannenzapfen auf. „Den nehme ich Tibana mit. Sie wird sich freuen, etwas aus unserer Welt zu bekommen!"

„Das ist eine gute Idee! Vielleicht sehen die Tannenzapfen im Elfenreich anders aus. Was meint ihr, wie wir hineinkommen?", fragte Till, während er ungeduldig den Weg zurückblickte.

„Ich dachte, wir gehen zur Quelle am Tanzplatz."

„Dann hätten wir uns auch dort treffen können, oder?"

„Ja, dann hätten wir uns auch dort treffen können!", sagte Alrick, der plötzlich lachend hinter ihnen stand. „Zur Feier des Tages wollte ich aber lieber den alten Eingang nehmen. Sozusagen als gutes Omen und aus Tradition."

„Aber die Tür ist schon abgeschlossen!", antworteten Flora und Lilly wie aus einem Mund.

„Elfen und Feen lassen sich nur selten von Türen aufhalten. Seid ihr bereit?" Alrick hatte unterdessen etwas aus einem kleinen Lederbeutel genommen.

„Ja!"

„Gut, dann gib mir die Hand, Lilly, und fasst auch einander an!"

Folgsam bildeten die drei mit Alrick eine Kette. Der Elf holte aus und streute den funkelnden Inhalt seiner Hand in hohem Bogen über die Köpfe der staunenden Kinder. *„Mahyr wilhwaár salen chmer!"* Ich befehle dir, lass mich hinein! Mit der freien Hand zeichnete er ein Symbol über den Fels, der sich daraufhin wie von Zauberhand öffnete. Nein, als Öffnen konnte man es eigentlich nicht bezeichnen. Es war vielmehr so, als ob der harte Fels durchsichtig wurde und sie mitten hineinlaufen konnten!

„Heiliges Kanonenrohr!", flüsterte Till. „Das gibt's doch nicht!"

„Alrick kann eben alles!", sagte Flora hinter ihm.

„Ja, es scheint mir auch so!"

Gedämpftes Licht drang durch die Spalte und Till sah, dass sie sich unmittelbar in der Nähe der Heilgrotte befanden.

„Bleibt einen Moment hier stehen! Ich weiß, wo es Leuchtkristalle gibt." Alrick verschwand lautlos in der Dunkelheit.

„Ich wette, dass das Feenstaub war!" Lillys Augen glänzten vor Aufregung. „Ich habe im Almanach davon gelesen. Sie benutzen ihn, um ..."

„Wir haben gesehen, wofür sie ihn benutzen! Es war unglaublich, und ich frage mich, ob es noch immer wirkt?" Till lief auf den nächstbesten erkennbaren Felsen zu und fluchte leise, als er von der harten Steinwand abprallte. „Schade, es geht nicht mehr!"

„Natürlich nicht, man muss auch die richtigen Zeichen und Worte dazu kennen." Alrick stand grinsend hinter ihm. „Aber es war ein netter Versuch. Hier bitte, nehmt jeder einen davon!" Er öffnete seine Hände, die er bis dahin schützend über etwas gehalten hatte und sofort erhellte sich die Grotte in ihrer Umgebung. „Das sind Leuchtkristalle. Sie wachsen in dem Gang, den die Menschen Barbarastollen nennen. Es sind leider noch Menschen im Berg, darum sind wir hier oben hineingegangen. Lauft vorsichtig, damit sie uns nicht hören!"

„Es ist wie am Martinstag!", flüsterte Flora aufgeregt, während sie an Alricks Hand durch die Gänge stiefelte und mit der anderen den Kristall vor sich her trug.

„Martinstag? Was ist das?"

„Ein Fest! Ein Fest für die Kinder. Da gibt es die Martinshörnchen, die sind zum Teilen, und jeder trägt eine Laterne. Mama sagt, der heilige Martin hat seinen Mantel mit einem Bettler geteilt und wir Kinder sollen auch lernen, wie man teilt."

„Dann war dieser Martin ein guter Mensch! Und ihr seid auch gute Menschen, denn ihr teilt die Sorge und die Gefahr mit mir! Pst! Hört ihr? Sie sind noch da vorn. Wir müssen einen Augenblick warten", sagte er und hielt im langen Stollen inne. „Sie sind schon auf dem Weg nach draußen!"

Schnell steckten die Kinder die Leuchtkristalle in die Jackentaschen und warteten aneinandergedrückt in der Dunkelheit. Schwacher Lichtschimmer huschte gespenstisch an den schroffen Wänden entlang, dann war es vorbei.

„Sie sind weg! Wir können weitergehen!", sagte der Elf und stieg die steile Treppe hinab.

Endlich erreichten sie den Märchendom und obwohl sie diesmal auf den bezaubernden Anblick vorbereitet waren, blieben sie dennoch staunend am Eingang der Grotte stehen.

„Ist das schon das Feenland?", fragte Flora leise.

„Noch nicht ganz, aber wir sind schon ganz nah. Hier haben wir mit Huckeduûster Grindelwarz gekämpft und Alrick befreit", sagte Lilly stolz.

„Hier? Wo ist er jetzt?"

„Gute Frage! Siehst du den spitzen Stein dort oben, gleich neben der Mauer?"

„Ja!"

„Dort ist sein verzauberter Gang. Dort ist er herausgekommen."

Flora versteckte sich hinter Alricks Beinen. „Ich will aber nicht, dass er jetzt kommt. Er ist böse und er könnte uns etwas tun!"

„Nein!", antwortete Alrick und beugte sich zu Flora hinab. „Er ist jetzt nicht hier. Ich wette, er ist auf dem Weg zu Farzanah. Du brauchst dich nicht zu fürchten! Und schon gar nicht, wenn ich bei dir bin. Außerdem ist er ein Zwerg. Er ist viel kleiner als du!"

„Kleiner als ich?"

„Ja, sogar wenn er seine Mütze auf hat!"

„Wirklich? Dann habe ich keine Angst mehr vor ihm!"

„Gut! Seid ihr bereit?"

„Ja!"

„Dann rufe ich das Boot."

Till, Lilly und Flora traten an die Seite der kleinen Staumauer und obwohl die beiden größeren Kinder das Schauspiel bereits kannten, beobachteten sie Alrick mit unumwundener Ehrfurcht.

Der junge Elf stand aufrecht am Ufer und streckte seinen Arm wie beim ersten Mal gebieterisch über das Wasser. Leise flüsterte er die elfische Formel und sogleich tanzten die Lichtfunken von seinen Fingerspitzen bis in den Hintergrund der Grotte.

„Das ist wie im Märchen!", rief Flora. „Wie bei Sterntaler!" Und gleich darauf: „Au! Warum puffst du mich!"

„Pst! Wie soll er sich denn konzentrieren?" Lilly hatte die kleine Schwester etwas unsanft in die Seite gestupst. „Du darfst nicht immer so laut sein. Wer weiß, wer uns alles hört!"

Flora vergaß die Worte der Schwester und der Unmut, der gerade in ihr aufsteigen wollte, schwand, als sich die Tropfsteine an der gewölbten Decke hundertfach im Wasser widerspiegelten. Alrick zog die silberne Flöte hervor und spielte dieselbe feine Melodie, die sie bei ihrer ersten Fahrt schon einmal gehört hatten. Ein sanfter Wind erhob sich und trug den Duft süßer Blüten zu ihnen herüber. Dann kam das Boot. Lautlos und majestätisch glitt es über die spiegelglatte Wasseroberfläche bis an die kleine Staumauer heran.

„Oh sieh nur!" Diesmal hauchte Flora ihre Worte nur. „Es ist aus lauter Blättern gemacht und an seinem Mast hängen Glockenblumen! Wie schön!"

„Also dann, meine Freunde!" Alrick hatte sich umgedreht. „Dann wollen wir den Übergang wagen! Und diesmal wird euer Besuch länger dauern!"

Vorsichtig hob er Flora auf die Mauer, von der aus sie problemlos ins Innere des Bootes kletterte. Dann schwebte er selbst hinauf, um Lilly von oben die Hand zu reichen. Till sprang als letzter behände über die Reling und nahm neben Lilly auf der Bootsbank Platz. Als Alrick den Zauberspruch wiederholte, nahm das Boot geräuschlos Fahrt auf. Noch einmal setzte er die Flöte an die Lippen und mit jedem zarten Ton verdichtete sich der aufsteigende Nebel über dem Wasser. Als er sich nach einer Weile wieder auflöste, war der schützende Illusionszauber verschwunden, und vor den erwartungsvollen Augen der Kinder lag das bezaubernde Ufer Arwarahs in der sanften Nachmittagssonne.

„Willkommen in Arwarah!", sagte der Elf feierlich, als das Boot am Ufer anlegte. „Mögen die Geister uns wohlgesonnen sein und im Kampf gegen das Böse beistehen!"

Einen Moment lang herrschte ergriffenes Schweigen, dann fuhr Alrick fort: „Nehmt das Gepäck und lasst uns gehen. Bis die Dunkelheit kommt, würde ich gern noch einen ordentlichen Teil des Weges zurücklegen. Gib mir deinen Rucksack, Flora, und bleibe immer in meiner Nähe!"

„Es ist wunderschön hier! Wie im Märchenland!", antwortete die Kleine und nickte eifrig.

„Naja, irgendwie ist es das ja auch", meinte Till und blickte sich neugierig um. „In welche Richtung gehen wir?"

„Nach Westen! Wir brauchen nur der Sonne folgen. Sie hat den Zenit schon überschritten und wird in ein paar Stunden untergehen."

VII.
Arwarah

Nachdem die kleine Gruppe den weichen Sandstrand hinter sich gelassen hatte, führte ein Wiesenpfad zum nahe gelegenen Wald.

Während Alrick lustig mit Flora plauderte, bestaunten Lilly und Till die alten, erhabenen Bäume mit ihren dicken, bemoosten Stämmen.

„Die müssen viele hundert Jahre alt sein! Sieh nur, die vielen Furchen. Es sieht aus, als hätten sie Gesichter!", sagte Lilly.

„Ja, ich bin schwer beeindruckt. Wie gut, dass hier niemand auf die Idee kommt, Papier daraus zu machen. Ob wir herumreichen, wenn wir uns bei den Händen fassen?"

Aber so sehr sie sich auch streckten, sie konnten nicht einmal die Fingerspitzen des anderen berühren.

„Hat Alrick uns nicht auch etwas von Dryaden erzählt?", fragte Lilly.

„Ja, hat er. Das sind Baumgeister, und ich würde mich ehrlich nicht wundern, wenn uns gleich einer anspricht."

„Hu! Nee, das ist mir zu gruselig! Aber sieh nur, die vielen verschiedenen Waldblumen und überall summt und wimmelt es von Insekten."

„Ja, ich finde es wunderschön hier. Da, hast du den großen Schmetterling gesehen? Der war ja fast so groß wie eine Untertasse!"

„Daher wohl der Ausdruck ‚fliegende Untertassen', wie?" Lilly kicherte und folgte dem Flug des bunten Falters mit den Augen. Über ihr wölbten sich die ausladenden Zweige der alten Bäume wie die kunstvolle Decke einer ehrwürdigen Kathedrale. Einem Mosaik gleich wurde das satte Grün der Blätter hin und wieder durch ein winziges Stückchen azurblauen Himmels durchbrochen und herrlich bunte Vögel flatterten tirilierend von Ast zu Ast.

„Es ist ein bisschen so, wie ich mir das Paradies vorstelle", flüsterte sie ehrfurchtsvoll.

„Ja, ich weiß, was du meinst: das Paradies, bevor Gott Adam und Eva erschuf", grinste Till.

„Ja! Oder Farzanah!“

Nach und nach ging ihnen der Gesprächsstoff aus und sie liefen schweigend nebeneinander her. Alrick hatte Flora auf die Schultern genommen, von denen aus sie leise singend das Zauberland betrachtete. Als ungefähr zwei Stunden vergangen waren, lud Alrick sie an einer kleinen Quelle zur Rast ein.

„Wie geht es euch?“, fragte Alrick, während er geschickt aus den großen Blättern eines Busches Becher formte und sie ihnen, mit kühlem Wasser gefüllt, reichte.

„Mir geht es prima!“, sagte Flora fröhlich. „Ich habe zwei weiße Kaninchen gesehen!“

„Ja, danke. Uns geht es auch gut. Wie weit ist es noch?“

„In einer Stunde müssten wir das erste Taurih-Dorf, von dem ich euch erzählt habe, erreichen. Ich weiß nicht genau, wie sie auf uns reagieren werden. Eigentlich hatte ich vor, sie um eine Unterkunft für die Nacht zu bitten.“

„Aber du hast gesagt, sie wären unfreundlich!“

„Ja, ich weiß. Wenn sie uns nicht aufnehmen, dann müssen wir im Wald nächtigen. Wäre das ein Problem für euch?“

„Nein! Nach dem langen Marsch würde ich bestimmt überall schlafen!“

Lilly gähnte und streckte ihre Glieder. Hungrig aßen die Kinder ihre mitgebrachten Brote und nachdem Flora sich auch noch an den zuckersüßen Beeren einer Brombeerhecke sattgegessen hatte, brachen sie gestärkt wieder auf. Der Pfad verengte sich und den Kindern fiel auf, dass er stellenweise von Schlingpflanzen überwuchert war. Der lustige Vogelgesang verstummte und auch das Gewimmel der Falter, Bienen und anderen Insekten hatte aufgehört. „Merkt ihr den Unterschied?“, fragte Alrick und blieb einen Augenblick stehen. „Wir nähern uns dem Dorf und eigentlich müssten die Wege hier freier, die Lichtungen gehegt und die Quellen gesäubert sein, aber nichts dergleichen ist geschehen. Bleibt dicht bei mir und sagt kein Wort.“

Alrick hatte sein Messer gezogen und bahnte ihnen damit einen Weg durch das Dickicht. Schweigsam folgten ihm die drei Kinder, nicht, ohne den ein oder anderen Kratzer davonzutragen. Plötzlich blieb der Elf stehen. Er schob ein paar Zweige beiseite und blickte auf eine Aue, die in der Mitte durch einen gurgelnden Bach getrennt war. Rechts und links des Wässerchens standen riesige alte Eichen, auf deren weit ausladenden, starken Ästen sich die wundersamsten Baumhäuser befanden, die die drei je gesehen hatten. Die Behausungen waren untereinander mit Hängebrücken verbunden, sodass die Bewohner nicht gezwungen waren, ihren Fuß auf die Erde zu setzen.

„Das ist das Dorf. Seht ihr die Behausungen? Sie sehen schäbig aus! Die Fensterläden hängen aus den Angeln, die Seilbrücken sind verwittert und, was noch schlimmer ist, der Bach ist voller Schmutz und Unrat! Das Dickicht wächst fast bis zu den Baumspitzen, die Wiesen sind versumpft und die Blumenfelder für die Bienen gar nicht erst angelegt."

„Ja, du hast recht. Alles sieht ein bisschen verwahrlost und verlassen aus, obwohl ich es dennoch atemberaubend finde!"

„Gehen wir jetzt hinein? Werde ich jetzt richtige Elfen sehen?", fragte Flora und klatschte freudig in die Hände. „Wie gern würde ich in eines der Häuschen sehen. Wie kommen die nur da hinauf?"

„Es sind Elfen, sie fliegen, du Dummerchen!"

Lilly grinste ihre kleine Schwester liebevoll an, aber dann gab auch sie zu, wie gern sie in eines der Häuser gehen würde.

„Also gut, dann versuchen wir jetzt unser Glück. Und denkt daran: Ich rede. Sie müssen nicht gleich wissen, wer wir sind und was wir wollen."

„Können sie sehen, dass wir Menschen sind?"

„Ja! Hier, nehmt diese Stöcke wie Wanderstäbe. Ich habe sie unterwegs für euch geschnitten, weil ihr keine Waffen habt. Sie sind besser als nichts."

Alrick durchtrennte die äußersten Zweige des Dickichts. Alle Sinne aufs Schärfste gespannt, setzten sie ihren Weg über die Aue fort. „Hoffentlich war das kein Fehler!", dachte er bei sich und wäre seiner inneren Stimme folgend am liebsten umgekehrt. Er ließ die Behausungen der Taurih nicht aus den Augen und es dauerte gar nicht lange, da bemerkte er, dass hier und da ein neugieriges Gesicht hinter einer Tür oder einem Fenster hervorlugte. Man hatte sie gesehen.

„*Adhaweé!*", rief Alrick schon von Weitem. „Ich bin Alrick Flötenspieler und das sind meine Freunde. Wir sind auf der Reise und suchen einen trockenen, sicheren Platz zum Schlafen!"

Hier und da ertönte ein Wispern, ein sicheres Zeichen, dass Alricks Worte verstanden worden waren, aber es erfolgte keine Einladung. Nicht einmal seinen Gruß hatten die Taurih erwidert.

Alrick ließ sich nicht beirren. Er wünschte sich ein wenig Annehmlichkeit für seine Freunde, die zum ersten Mal Gäste in Arwarah und ausgesprochen müde waren. Er ging auf die erstbeste Behausung zu und schwebte geradewegs nach oben.

„*Adhaweé!*", wiederholte er seinen Gruß, diesmal einen Ton kälter. „Wo finde ich euren Ältesten? Mit wem kann ich über mein Anliegen sprechen?"

„Norweis ist unser Ratgeber, bis die anderen zurückkehren", antwortete der Gefragte barsch. „Aber ich sage es dir gleich: Wir haben hier keinen Platz für Fremde. Wir müssen selber sehen, wie wir zurechtkommen. Es ist besser, ihr zieht weiter!"

„Danke, mein Freund!", antwortete Alrick so, als hätte er die Unfreundlichkeit des anderen nicht bemerkt. „Und wo finde ich diesen Norweis?"

„Er wird dich finden!", antwortete der Taurih-Elf und schlug Alrick die Tür vor der Nase zu.

In der Zwischenzeit bemerkten die Kinder eine Gruppe von Elfen, die sich vom hinteren Teil der Siedlung her näherte.

„Alrick, komm schnell herunter! Dort kommen neun oder zehn Männer und wie es scheint, sind sie alle bewaffnet!", rief Lilly.

Sofort schwebte der Elf auf die Wiese herab, wo er sich zwischen die Ankömmlinge und seine Freunde stellte. Er hatte den Bogen wie zufällig von der Schulter genommen und hob energisch die Hand, um die Ankommenden zum Stehenbleiben aufzufordern. Alsdann legte er zur Begrüßung die Hand auf sein Herz und wiederholte sein Anliegen freundlich.

Während er sprach, nutzten die Kinder die Gelegenheit, die fremden Elfen neugierig zu mustern. Das Erste, das ihnen auffiel, war, dass den Männern der helle, magisch fluoreszierende Schein, der Alrick immer umgab, gänzlich fehlte. In der Tat ging etwas Bedrohliches von ihnen aus, etwas, das man nicht mit Worten erfassen konnte. Ihr Alter war schwer zu schätzen. Sie alle waren groß und schlank mit eigentlich anmutigen Gesichtern, die jetzt aber finster und unfreundlich aussahen. Ihr dunkles Haar war sehr lang und bei dem ein oder anderen sogar in Zöpfe geflochten. Sie trugen Gewänder aus feinem, grünem Linnen, deren Säume kunstvoll bestickt worden waren. Ihre Füße steckten in leichten Lederstiefeln, die mit Sicherheit keinen Abdruck im weichen Moos hinterließen. Aber das Beeindruckendste waren die eleganten, blanken Schwerter und Messer, die sie an ihren breiten Gürteln trugen.

„So begrüßt man doch keine Gäste!", flüsterte Lilly Till zu, der fast unmerklich nickte. „Ich glaube nicht, dass man denen trauen kann!"

„Was führt dich zu dieser Stunde hierher, Alrick Flötenspieler? Und wieso bringst du diese Menschenkinder in unser Dorf? Wir wollen hier keine Menschen!“

„In erster Linie sind wir müde Reisende, die nach altem Elfenbrauch eure Gastfreundschaft erbitten!“, antwortete Alrick mit eisiger Stimme. „Gelten die uralten Sitten nicht mehr?“

„Ja und nein!“, kam die ebenso eisige Antwort. „Sag uns zuerst, wer sie sind und wozu du sie nach Arwarah gebracht hast.“

„Sie sind gute Freunde, die bei meiner Patin Tibana in die Geheimnisse der Kräuter und Heilpflanzen eingewiesen werden sollen“, sagte Alrick etwas freundlicher.

„Wann hat man je von so etwas gehört?“

„Wann hat man je gehört, dass es nicht erwünscht ist?“

Den Kindern war unterdessen nicht wohl in ihrer Haut, aber wie es aussah, hatten Alricks Worte Erfolg, denn die fremden Männer steckten die Köpfe zusammen.

„Nun gut“, sagte der Sprecher, den sie für Norweis hielten, schließlich, „ihr könnt für eine Nacht bleiben. Verköstigen müsst ihr euch jedoch selbst. Dies ist Ilea. Er wird euch den Weg zur Unterkunft zeigen.“

„Wir sind dir zu großem Dank verpflichtet!“, sagte Alrick und winkte den Kindern, ihm zu folgen.

„Ich weiß nicht, irgendwie gefällt es mir hier nicht“, flüsterte Till.

„Naja, sie sind nicht gerade die Ausgeburt der Freundlichkeit, aber ich bin so müde, dass mir alles andere gleichgültig ist. Hauptsache, ich kann in einem Bett schlafen“, antwortete ihm Lilly

„Ja, aber …“

„Was meinst du? Ob die Lilly zu Hause heute Abend ausgeht oder ob sie brav das Haus hütet?“

„Ist egal! Hauptsache, sie macht überhaupt was!“

Ihr Weg führte an allen anderen Baumhäusern entlang bis ans äußerste Ende der Siedlung. Im Vorbeigehen hoben die Kinder die Köpfe und spähten zu den beeindruckenden, in schwindelerregender Höhe befindlichen Behausungen hinauf, auf deren breiten Terrassen einige Taurih standen und ihre Ankunft kalt und stumm beobachteten.

Inzwischen war die Nacht schon so weit vorgerückt, dass das Tageslicht gänzlich verschwunden war. Überall in den Häusern blitzten Lichter auf und auch die Elfen und Feen auf den Terrassen trugen merkwürdige Fackeln, die anstelle einer Flamme ein magisches Licht hervorbrachten.

„Sieh nur, was für Fackeln sie haben!", flüsterte Flora aufgeregt. „Sie brennen nicht wirklich! Sie sind verzaubert!"

„Keine Ahnung, wie sie es machen oder was es ist, aber es sieht fantastisch aus. Wahrscheinlich benutzen sie dieses Licht, weil es keine Gefahr für die Baumhäuser ist", vermutete Lilly.

Stolpernd vom Hinaufblicken und taumelnd vor Müdigkeit waren sie unterdessen bei einem riesigen Baum angekommen, dessen Äste bis über die Spitzen der nahen Tannen reichte, die dort am Waldrand wuchsen. Voll Vorfreude sahen die Kinder im Herzen der Baumkrone ein großes, ehemals sehr schönes Baumhaus, das überaus geschickt dort eingefügt war.

„Können die Menschen schweben?", fragte Ilea.

„Nein!"

„Auch gut!", war die brummige Antwort. Dann schwebte der Elf selbst hinauf und ließ polternd eine schwere Strickleiter zu ihnen hinab.

„Wollen wir hinauf schweben?", fragte Alrick Flora, die mit vor Staunen offenem Mund nach oben schaute. „Dann sind wir die Ersten oben."

„Au ja, das wäre prima!", antwortete die Kleine und schlang sogleich die Arme um Alricks Schultern. „Was soll ich tun?"

„Mach einfach die Augen zu und konzentriere dich! Fertig?"

„Ja!"

„Mahyr wilhwaár dahyr ze darunee!", flüsterte Alrick und schon schwebten sie der Behausung entgegen. Der Aufstieg war für keines der Kinder problematisch, lockte sie doch die Abenteuerlust und die Aussicht auf ein weiches Bett.

„Au Backe, ist das hoch!" Till hatte sich weit über das Terrassengeländer gebeugt, um nach unten zu sehen. „Wenn mich nicht alles täuscht, dann sind das mindestens acht oder gar zehn Meter. Fast so hoch wie ein Haus."

„Puh. Lehn' dich doch nicht so weit vor!", sagte Lilly schaudernd. „Da bekommt man ja eine Gänsehaut!"

„Steht nicht rum und haltet Maulaffen feil!", fauchte Ilea die Kinder an. „Ich hab' schließlich noch was anderes zu tun. Links geht's lang!" Mit einem leisen, fremden Wort entzündete er eine der geheimnisvollen Fackeln und ging den erschrockenen Kindern voraus. „Hier könnt ihr bleiben! Es war lange keiner hier, aber für eine Nacht und für euch ist es gut genug. Wenn ihr

Wasser wollt, dann müsst ihr euch welches an der Quelle holen. Sie ist gleich dort am Waldrand."

„Das werde ich für euch tun!", sagte Alrick, der den müden Kindern den schwierigen Abstieg ersparen wollte. „Richtet euch nur unterdessen ein!"

Er griff nach einem großen Krug, der zusammen mit einer Waschschüssel auf einer Holzkommode stand, und wollte sich eilig nach unten begeben, da sagte Ilea barsch: „Flötenspieler, dazu ist keine Zeit! Du sollst mit mir zu Norweis kommen. Er will dir Fragen stellen."

„Wenn ich das Wasser geholt habe und wenn ich sehe, dass meine Freunde haben, was sie benötigen, dann komme ich mit dir", antwortete Alrick bestimmt und schwebte ohne ein weiteres Wort zum Waldrand hinüber.

Vorsichtig blickten sich die Kinder im Licht der magischen Fackel um. Die Anwesenheit Ileas machte sie befangen, sodass sie ihre Stimmen senkten.

„Sieh nur, hier sind zwei Betten und hier im Nebenraum sind noch zwei!" Lilly zog ihre Schwester an der Hand hinter sich her. „Alles ist ein bisschen staubig, aber das können wir nicht ändern." Sie ging zu einem der kleinen Fenster und stieß die verschlossenen Läden auf. „Hier muss nur etwas frische Luft rein, dann ist es gleich besser."

Inzwischen war Alrick von der Quelle zurückgekehrt und stellte den gefüllten Krug auf den Tisch.

„Werdet ihr ein bisschen ohne mich auskommen? In meinem Rucksack ist noch ausreichend Nahrung. Nehmt euch, so viel ihr wollt und geht ruhig zu Bett. Vielleicht gelingt es mir, etwas über König Arindal zu erfahren", flüsterte er den Kinder zu.

„Ja, klar kommen wir zurecht, aber du musst auf der Hut sein! Wir trauen ihnen nicht!", antwortete Till ebenso leise.

„Das tue ich auch nicht! Denkt an morgen oder übermorgen, dann sind wir schon bei Tibana. Also sorgt euch nicht, ich bin bald zurück. Gute Nacht, Flora. Halt mir das Bett neben dir frei!"

Alrick folgte Ilea hinab und bald darauf sahen ihn die Kinder im Zwielicht des aufsteigenden Mondes an der Seite des Taurih über die Wiese schreiten. Voller Bangen blickten sie ihm nach, aber dann siegte die kindliche Neugierde über ihre Bedenken und sie begannen, sich im Licht der magischen Fackel umzusehen.

Die Architektur des Baumhauses war selbst für Kinderaugen beeindruckend. Alles war genau in die von der Natur vorgegebenen Ausmaße und

Formen eingepasst, und das nur mithilfe von Nuten, Keilen und dicken Hanfstricken. Kein Nagel war in das Herz des Baumes getrieben worden.

„Die Taurih sind gute Zimmerleute", sagte Till. „Schaut nur, wie genau sie gearbeitet haben. Ich wette, sie wären auch gute Schiffsbauer."

„Naja, vielleicht gibt es hier sogar Ozeane. Wer weiß? Wir haben nicht gefragt. Das Boot, das uns herbrachte, war auch wunderschön!"

„Ja!", rief Flora. „Und wie hübsch die Glockenblumen bei jeder Welle geläutet haben!"

Zuerst besichtigten sie die Schlafzimmer. Natürlich waren die Räume nicht quadratisch, sondern wurden nach außen hin größer, was ihrer Möblierung nicht viel Spielraum ließ. Rechts und links an den Wänden waren je zwei gezimmerte Betten aufgestellt, die mit buntem Bettzeug ausgestattet waren. Wie Lilly bereits festgestellt hatte, waren sie schon längere Zeit nicht benutzt worden, weshalb die Bezüge staubig und verblichen waren. Zu jedem Bett gehörte ein kleiner Nachtschrank und unter dem Fenster, das sich an der halbrunden Außenwand befand, stand die Kommode mit dem Wasserkrug. Auf den einst säuberlich gescheuerten Dielen hatten die früheren Bewohner kleine, bunte Flickenteppiche als Bettvorleger ausgebreitet.

Über die Außenveranda, die breit und einladend um das ganze Haus herumführte, erreichte man als Nächstes eine kleine, gemütliche Küche. Sie war zweckdienlich mit gezimmertem Mobiliar ausgestattet und erinnerte die Kinder an ein Gartenhäuschen. Auffällig war, dass es weder Herd noch Ofen gab, was die Vermutung aufkommen ließ, dass die Elfen sich lieber am offenen Lagerfeuer trafen, an dem sie in geselliger Runde ihre Mahlzeiten bereiteten und einnahmen.

„Ihr glaubt nicht, was ich noch entdeckt habe!", rief Till plötzlich aus dem hintersten Winkel des Hauses. Dem Klang seiner Stimme war zu entnehmen, dass es etwas Lustiges war, denn er konnte sich das Lachen kaum verkneifen.

„Was denn? Spann uns doch nicht so auf die Folter!"

„Ich präsentiere: das höchste Plumpsklo, das ich je gesehen habe!"

Lilly und Flora blickten durch die offene Tür in den kleinen Raum hinein.

„Äußerst praktisch! Trotzdem, das höchste ist es nicht! Ich kenne ein höheres!"

„Ach komm! Wo soll das denn sein? Du willst nur nicht zugeben, dass ich recht habe!"

„Nein, wirklich! Es gehört zur Türmerwohnung von Sankt Johannes, unserer evangelischen Kirche in Saalfeld. Aber einerlei, gut zu wissen, dass man im Dunkeln nicht die Strickleiter hinunter muss!"

„Dort ist noch eine Tür! Wohin führt sie?", rief Flora und rannte darauf zu. „Bestimmt ist dort das Wohnzimmer. Die Elfen müssen doch auch ein Wohnzimmer haben."

Aber hinter der Tür befand sich lediglich so etwas wie eine Abstellkammer, in der die Elfen normalerweise ihre Vorräte und andere Dinge zum täglichen Gebrauch aufbewahrten.

„Das gibt's doch nicht!", sagte die Kleine enttäuscht. „Sie haben kein Wohnzimmer! Wo feiern sie denn Geburtstag oder Weihnachten?"

„Wir wissen nicht, ob die Feen und Elfen das überhaupt feiern, aber wenn, dann gehen sie in ihr grünes Wohnzimmer!", antwortete Till diplomatisch. „Errätst du, was ich meine?"

„Ja!", rief Flora und rieb sich müde die Augen. „Den Wald!"

„Richtig! Aber Neugierde hin oder her. Ich würde sagen, alles andere hat Zeit bis morgen. Dir fallen schon die Augen zu und ich kann nicht leugnen, dass es mir ebenso geht. Lasst uns schlafen gehen!"

Die Kinder nahmen die magische Fackel und kehrten ins Schlafzimmer zurück.

„Willst du wirklich mit Alrick zusammen schlafen?", fragte Lilly, während sie der todmüden Schwester beim Ausziehen half. „Oder wollen wir ein Jungs- und ein Mädchenzimmer machen?"

„Bleib du bei mir! Du und Brumm. Aber du musst jetzt auch ins Bett kommen. Ich will nicht allein sein!"

„Ja, klar! Wohin sollte ich schon gehen, hier, mitten im Wald?"

„Gute Nacht, Lilly! Gute Nacht, Till!" Die Kleine kuschelte sich fest an Brumm, der überaus zufrieden aussah und war schon im selben Augenblick eingeschlafen.

„Eigentlich war sie heute gar nicht nörgelig!", dachte Lilly und deckte ihr Bett auf. „Hat sich tapfer gehalten. Ich hoffe nur, es geht so weiter!"

Sie zog ihren Schlafanzug aus dem Rucksack, entschied sich aber dann, lieber in Jeans und Pulli zu schlafen. Nein, sie traute dem Frieden der Taurih nicht. Besser, man wäre auf der Hut. Wenn Alrick nur schon wieder bei ihnen wäre. „Ich gehe und schau mal nach, ob er kommt!", dachte Lilly und schlich auf Zehenspitzen in Tills Zimmer.

„Schläfst du schon?", flüsterte sie in den halbdunklen Raum. Die magische Fackel hatten sie in die Halterung auf der Veranda gesteckt. „Till?" Keine Antwort. Das Zimmer war leer. „Wo steckte der nun wieder? Auf dem Klo?"

Lilly ging nach draußen und zog die Jacke fester um die Schultern. War es die Müdigkeit oder die Nachtkälte, die sie so frösteln ließ? So spät war es doch noch gar nicht, wie ihr ein kurzer Blick auf ihre Armbanduhr verraten hatte. Erst kurz nach zehn.

Lillys Augen versuchten, die Dunkelheit zu durchdringen. Wald und Wiese lagen in friedlichem Schlummer. Der Himmel war hoch und voller Sterne. Irgendwo klagte ein Käuzchen und Fledermäuse gaukelten durch die klare Nacht. In der Ferne schimmerte das kalte Licht der magischen Fackeln durch das dichte Laub der Bäume, aber von den Baumhäusern oder den Taurih selbst war nichts zu sehen oder zu hören. „Was werden sie Alrick wohl fragen? Mir ist nicht wohl bei der ganzen Sache, aber was hilft's. Ich kann nur warten."

„Till!", rief Lilly leise. „Wie lange brauchst du denn noch?"

„Gar nicht!", kam die prompte Antwort, aber nicht wie erwartet von der Toilette, sondern aus dem hintersten Teil der Abstellkammer. „Ich denke, du schläfst!"

„Das dachte ich auch von dir! Was zum Kuckuck machst du denn hier?"

„Na, wenn du noch wach bist, dann hol mal die Fackel! Ich glaube, ich habe hier was entdeckt."

Schnell kehrte Lilly mit dem Licht zurück und in seinem hellen Schein bemerkte sie eine Leiter, die sie vorhin wohl übersehen hatten.

„Wohin führt sie?", fragte sie aufgeregt.

„Nach oben!", grinste Till und duckte sich, um einem Stoß auszuweichen. „Das haben Leitern so an sich, dass sie entweder nach oben oder nach unten führen."

„Tolle Weisheit! Vielen Dank!" Lilly drückte Till die Fackel in die Hand und stieg hinauf.

„Die Luke geht nicht auf!" Sie drückte und stieß mit aller Kraft, aber die Falltür gab nicht einen Zentimeter nach. „Hast du von unten gesehen, dass es hier eine obere Etage gibt?"

„Nein, aber wahrscheinlich kann man das auch gar nicht. Sie muss rein bautechnisch kleiner sein und bei den vielen Zweigen ..."

„Leuchte mal näher, vielleicht gibt es ja ein Schloss!"

„Dazu muss ich aber mit auf die Leiter klettern. Erschrick nicht, wenn es wackelt!"

Till zwängte sich dicht hinter Lilly und hielt die Fackel so, dass das Licht die Falltür beleuchtete.

„Recht gehabt! Siehst du, hier ist ein Schloss und was für eines. Soll mit Sicherheit 100 Jahre lang halten! Das war's dann!"

„Quatsch! So schnell geben wir nicht auf! Lass mich mal hoch."

„Ach, du siehst natürlich mehr als ein Mädchen!", knurrte Lilly, während sie den Platz mit Till tauschte.

Till war viel zu aufgeregt, um auf Lillys Bemerkung einzugehen. Vielmehr erinnerte er sich an einen netten Werftarbeiter namens Heinrich, der seine Freizeit mit Schatzsuchen verbracht hatte und ein richtiger Schlösserfreak gewesen war. Till war, sooft er konnte, mit den Männern aufs Meer hinausgefahren, und da hatte Heinrich ihm die unterschiedlichsten Tricks zum Öffnen alter Schlösser gezeigt. Vielleicht konnte er dieses Wissen jetzt anwenden. Till kletterte so hoch es nur ging und leuchtete mit der magischen Fackel die Oberfläche der Falltür ab. Das Schloss war enorm und aus festem Eisen geschmiedet, aber Till sah auf den ersten Blick, dass es ein ganz einfaches Bartschloss war. Er war fast ein bisschen enttäuscht, denn es würde sich mit jedem beliebigen Dietrich öffnen lassen.

„Na, das ist kein Hexenwerk, dieses Ding zu knacken. Alles, was wir brauchen, ist so etwas wie einen Dietrich oder einen Haken!"

„Und so was hast du natürlich im Rucksack!", lachte Lilly spöttisch. „Nee, natürlich nicht!" Tills Hochgefühl schwand wie Eis in der Sonne. „Aber vielleicht finden wir etwas, woraus wir einen machen können. Lass uns suchen. Oder hast du was Besseres vor, bis Alrick kommt?"

„Nicht wirklich, nein! Und schlafen kann ich auch nicht! Ehrlich gesagt, mache ich mir Sorgen um ihn."

„Mir haben die Kerle auch nicht sonderlich gefallen, aber Alrick wird schon wissen, was er tut! Er wäre nicht mit ihnen gegangen, wenn er eine Gefahr gewittert hätte. Lass uns zuerst in der Küche suchen, ja? Vielleicht finden wir eine Gabel oder etwas, was sich verbiegen lässt."

Die Kinder kehrten leise in die Küche zurück und begannen, die wenigen Schubladen und Fächer zu durchsuchen. Sie fanden eine ganze Reihe verschiedener Küchengerätschaften, aber keines davon war geeignet, zu einem Dietrich umfunktioniert zu werden.

„Mist! Von dem Zeug lässt sich ohne Zange nichts verbiegen. Das war völlig sinnlos. Wo jetzt?"

„Schlafzimmerkommode?"

„Erscheint mir ungeeignet, aber du kannst ja gleich mal nachsehen, ob Flora schläft. Ich versuch's mal in der Rumpelkammer."

„Okay! Dann nimm du aber das Licht. Es würde Flora nur aufwecken."

Till durchwühlte alle Regale und Fächer der Rumpelkammer. In der Hoffnung, die Taurih würden wie die Menschen ihre Schlüssel darunter verstecken, hob er sogar den Abtreter vor der Tür an. Nichts!

In diesem Augenblick kehrte Lilly zurück. „Hast du ernsthaft geglaubt die Elfen sind so doof und legen den Schlüssel zu so einem Schloss unter ihren Fußabtreter?", fragte sie grinsend.

„Naja, es gibt gutgläubige Menschen, warum soll es nicht auch solche Elfen geben!" Er war froh, dass das Dämmerlicht der Fackel die Schamröte seines Gesichts verbarg. „Und du? Hast du was gefunden?"

„Und ob!", rief Lilly mit verhaltener Stimme und hielt einen alten Eisenschlüssel in die Höhe. „Könnte der nicht passen? Er steckte in der Kommode, schloss aber nicht!"

„Das gibt's doch nicht! Würde mich nicht wundern, wenn es sogar der richtige ist. Ist doch ein gutes Versteck!"

Eilig kletterten die beiden die Stiege hinauf. Till leuchtete, während Lilly den Schlüssel ins Schlüsselloch steckte.

„Und, passt er?", fragte Till ungeduldig, weil er nicht sehen konnte, was Lilly machte.

„Ja, aber er lässt sich nicht umdrehen!"

„Warte, ich versuche mal, die Luke ein wenig anzuheben. Vielleicht drückt das Gewicht zu sehr auf das Schloss. Wer weiß, wie lange es schon niemand betätigt hat. Kannst du die Fackel halten und gleichzeitig schließen?"

„Ja!"

Während Lilly die Fackel fest unter ihren Arm klemmte, drückte Till so kräftig er konnte gegen die schwere Luke. Mit zusammengepressten Lippen drehte Lilly den Schlüssel, das Schloss knackte und die Luke sprang auf.

„Yippie!", rief Lilly, drückte die Öffnung ganz auf, steckte Kopf und Fackel hindurch und schaute sich um.

„Und?", fragte Till hinter ihr. „Was siehst du? Noch eine Rumpelkammer?"

„Das ist ja nicht zu fassen!" Lilly kletterte nach oben und leuchtete Till den

Weg. „Komm und sieh selber!“

Schnurstracks folgte Till ihrer Aufforderung und war nicht weniger erstaunt, als er sich umsah. Sie befanden sich im Arbeitszimmer eines Wissenschaftlers.

„Beim Klabautermann!“, flüsterte Till. „Ich will nur hoffen, sie erwischen uns nicht hier oben!“

„Ja, daran habe ich auch gerade gedacht. Sicherlich haben sie gute Gründe, dies hier verschlossen zu halten!“

„Aber wenn sie etwas zu verbergen haben, dann ist es doch besser für uns, es herauszufinden. Außerdem sehen wir uns nur um. Wir stehlen doch nichts.“

Fast gleichzeitig begannen Till und Lilly im Labor umherzugehen. Der Raum war bedeutend kleiner als der untere Teil des Baumhauses. Er war rund und in der Mitte konnte man die alte knorrige Rinde des Baumstammes sehen, der dem Pfeiler eines Gewölbes glich.

Es schien so, als hätte der Besitzer jeden Quadratzentimeter des Raumes ausgenutzt, denn es gab Regale, die vom Boden bis zur Decke reichten, mehrere kleine Schränke unter den vier Fenstern und einen riesigen Arbeitstisch rund um den Baumstamm herum.

„Sieh nur Till!“, rief Lilly aufgeregt. „Sie haben ein altes Teleskop!“

Hastig stieß sie die Fensterläden nach außen und brachte das kleine Fernrohr in Stellung.

„Und, was siehst du?“

„Nicht möglich!“ Lilly stellte die Schärfe nach und blickte noch einmal hindurch. „Aber dennoch ist es so!“

„Hallo! Was siehst du so Aufregendes?“, fragte Till und trat näher.

„Den Mond, unseren Mond, aber sieh selber!“

Till tat wie ihm geheißen wurde. „Sieht genau aus wie der Mond auf der Erde! Wahrscheinlich ist er es auch! Wir müssen Alrick danach fragen!“

„Ja, aber jetzt sollten wir lieber nicht so viel Zeit vertrödeln. Es ist schon bald Mitternacht!“

Während Till die Bücher, Fläschchen und Dosen in den Regalen betrachtete, begann Lilly, in einem Buch zu blättern, das offenbar die Aufzeichnungen des Gelehrten beinhaltete. Es war in feinstes Leder gebunden und erweckte den Anschein, uralt zu sein. Till und Lilly waren so vertieft, dass ihnen fast das Herz zerspringen wollte, als Flora plötzlich im Zimmer stand.

„Ihr seid so gemein!“, jammerte die Kleine. „Ihr habt versprochen, mich nicht allein zu lassen. Ich habe mich gefürchtet! Was ist das hier?"

„Na, so schlimm kann es ja nicht gewesen sein!", lächelte Lilly ihre kleine Schwester an, die mit Brumm an der Hand da stand und sich neugierig umsah. „Es ist ein Arbeitszimmer. Mehr wissen wir auch nicht."

„Kommt ihr dann mit nach unten? Ich will nicht allein bleiben!" Flora tapste von einem Regal zum nächsten und blieb schließlich neben Till stehen. „Die haben aber viele Bücher! Und die vielen Gewürztöpfchen erst. Die würden Oma Gertrude aber gefallen!"

„Ja, das glaube ich auch!", antwortete Till, der gerade eine Reihe seltsamer Messingwerkzeuge betrachtete.

Flora nahm eines nach dem anderen in die Hand. „Weißt du, wozu man das braucht?"

„Nein, leider habe ich nicht die geringste Ahnung!"

„Aber die hier ist hübsch! Sieh nur! Es ist eine kleine Pfeife!"

Flora war im Begriff, kräftig hineinzupusten, als Lilly hinzusprang und sie im letzten Moment daran hinderte.

„Keine gute Idee, Dummerchen! Du willst doch nicht, dass sie uns hören, oder?"

Hastig legte sie die Pfeife an ihren Platz zurück. „Ich denke, wir sollten lieber wieder nach unten gehen. Ich habe ein ungutes Gefühl! Vielleicht begleitet dieser Ilea Alrick, wenn er zurückkommt."

„Okay! Wir haben gesehen, was es zu sehen gibt! Geht ihr voraus, ich schließe die Luke."

Lilly stieg als Erste hinab und reichte Flora die Hand.

„Warte mal!", rief die Kleine. „Ich habe Brumm liegenlassen!"

Eilig sauste sie davon und kehrte gleich darauf mit dem Teddy zurück.

„So was darfst du nicht machen!", sagte Till leise, während er die Luke verschloss. „Wenn sie ihn gefunden hätten, hätte er ihnen verraten, dass wir heimlich hier oben waren!"

Gemeinsam kehrten die Kinder ins Schlafzimmer zurück und steckten den Schlüssel wieder an seinen Platz.

„Na los! Ab ins Bett mit dir!", sagte Lilly und hob auffordernd die Bettdecke hoch.

„Ich bin gar nicht müde! Ich will, dass Alrick jetzt kommt!"

„Der kommt schon noch! Till und ich, wir sind jetzt müde!"

„Dann kommt Till aber mit in mein Bett!"

„Spinnst du? Der braucht auch seinen Platz zum Schlafen! Los jetzt!"

„Ach, ist schon gut. Ich leg mich dazu! Zumindest bis du eingeschlafen bist …", sagte Till und gähnte herzhaft.

Es dauerte nicht lange, da schliefen alle drei tief und fest.

Till hatte einen wunderbaren Traum. Das Boot war fertig und er war mit seinem Vater auf hoher See. Sie hatten geangelt und friedvolle Stunden miteinander verbracht. Obwohl ein Sturm aufkam, fühlte er sich sicher und geborgen. Papa war ja bei ihm! Er hörte das Schlagen der Wellen am Bug und fühlte, wie das Schiff elegant über das Wasser glitt. Papa stand am Ruder und rief ihm etwas zu, aber er konnte nicht hören, was es war. Till lauschte angestrengt. Da, da war es wieder!

Verschlafen öffnete Till die Augen und wusste nicht, wo er war. Es war stockdunkel, nur von draußen schien ein schwacher Lichtstrahl herein. Wieder hörte er seinen Namen und da wurde ihm klar, dass er geträumt hatte. Flora saß im Bett und stupste ihn an.

„Till, Till! Wach auf! Das Haus fällt hinunter!"

Verschlafen setzte er sich auf die Bettkante und wirklich, auch er hatte das Gefühl, dass das Haus schwankte. Träumte er noch immer vom Meer? Auch das Rauschen war noch da und plötzlich wurde ihm klar, was es war. Ein kräftiger Nachtwind hatte sich erhoben und zerrte und zog an den starken Ästen des Baumes, sodass das ganze Haus hin und her schwankte.

„Wie spät ist es?" Till schaute auf seine Uhr. „Herrgott, erst halb fünf! Wieso bist du denn schon wach?"

„Ich muss mal aufs Klo. Merkst du es?"

„Was, dass du mal musst?" Till grinste die Kleine schelmisch an.

„Ach du! Nein, dass das Haus wackelt!"

„Ja! Du brauchst keine Angst zu haben, das macht nur der Wind! Hörst du ihn?"

„Ja!", erleichtert nickte das Mädchen. „Alrick ist nicht da!"

„Was?! Immer noch nicht! Das ist nicht gut!"

Till fasste Flora bei der Hand und gemeinsam gingen sie zur Toilette.

„Till? Wollen wir nicht mal nachsehen, wo er bleibt?", rief die Kleine von drinnen.

„Ich weiß nicht."

„Mann, was macht ihr denn hier? Gemeinschaftspullern?" Lilly war nun auch aufgewacht und stand neben Till vor der Klotür, als Flora herauskam.

„So ungefähr! Wir machen uns Sorgen, weil Alrick noch nicht zurück ist!

„Was? Ist er noch immer nicht da?"

„Da stimmt irgendwas nicht!", sagte Till. „Vielleicht hat Flora recht und wir sollten mal nachsehen!"

„Na gut! Es kann nicht schaden. Jetzt bin ich sowieso wach. Flora, zieh dich an, ich komm gleich. Muss auch erst mal hier rein!"

Als Lilly ins Schlafzimmer kam, war Flora schon fertig angezogen und hatte sogar ihren Rucksack schon gepackt.

„Na, das glaub ich jetzt nicht! Du bist mir ja eine! Kannst alles allein, wenn du willst!"

„Wollt ihr was essen?", fragte Till die beiden. „Ich kriege so früh noch nichts runter!"

„Nee, dazu ist keine Zeit! Wir sollten die Dunkelheit ausnutzen, solange sie noch andauert. Essen können wir später! Flora, du wartest hier mit Brumm und passt auf unsere Sachen auf, ja? Es könnte gef... Es ist nicht gut, wenn wir alle gehen."

„Nein, ich bleib hier nicht allein!", rief die Kleine erschrocken. „Till! Lass nicht zu, dass sie mich hier lässt!"

„Pst! Nicht so laut! Ist ja schon gut! Ich dachte nur, dass es sicherer ist!", lenkte Lilly schnell ein. „Wenn du mitkommst, dann musst du uns versprechen, ganz leise zu sein. Vielleicht mögen es die Taurih nicht, wenn Fremde nachts durch ihr Dorf schleichen."

„Ich versprech's!", flüsterte Flora ganz leise. „Und Brumm wird auch nichts sagen."

„Brumm bekommt eine ganz wichtige Aufgabe", sagte Till, während er die letzten Sachen zusammenpackte.

„Was denn?"

„Da du nun mitkommst, wird er auf unsere Sachen aufpassen. Wir verstecken sie unten im Gebüsch!"

„Wir nehmen alles gleich mit?", fragte nun Lilly erstaunt. „Denkst du, wir müssen schnell abhauen?"

„Ich denke, wir sollten damit rechnen! Vorbeugen ist besser, sagt der Seemann bei hohem Wellengang!"

„Ha, ha!"

Lilly hatte verstanden und machte sich schnell daran, auch Alricks Habseligkeiten zu verstauen. Eilig brachten sie alles auf die Terrasse und schauten sich nach der Strickleiter um.

„Das glaub' ich jetzt nicht!", rief Lilly und stampfte wütend mit dem Fuß auf. „Wo ist die verdammte Strickleiter? Sie muss doch hier irgendwo sein. Ich habe doch gesehen, wie dieser Ilea sie hier festgemacht hat!"

Nervös leuchteten sie die Stelle ab, an der sie gestern heraufgekommen waren, aber so sehr sie auch suchten, die Strickleiter war nicht zu finden.

„Nun ist es bewiesen!", sagte Till leise. „Sie sind uns alles andere als freundlich gesinnt und wer weiß, was sie mit A..."

„Sei still!", zischte Lilly. „Denk lieber nach, wie wir hier runterkommen! Hast du irgendwo einen langen Strick gesehen?"

„Nein, so dumm werden sie ja wohl nicht sein."

„Auch oben im Labor nicht?"

„Nein!"

„Und Bettlaken?"

„Nicht genügend!"

„Mist! Mist! Mist!" Lilly lief aufgeregt hin und her. „Wir sitzen in der Falle! Ich höre noch wie dieser Ilea fragt: „Können die Menschen schweben? Mistkerl!"

„Aber das können wir doch!" Flora zupfte ihre Schwester am Ärmel. „Lilly ... das können wir doch!"

„Was meinst du?"

„Alrick hat doch noch was von dem Feenstaub im Ruck...!"

Noch ehe Flora den Satz zu Ende gesprochen hatte, waren Till und Lilly an Alricks Rucksack und zogen die kleine Flasche mit dem Feenstaub hervor.

„Aber wir kennen die Worte nicht", meinte Till zweifelnd.

„Wir versuchen es trotzdem! Flora zuerst! Sie ist die leichteste von uns!"

Lilly öffnete die Flasche und schüttete ganz vorsichtig ein wenig von dem glitzernden Inhalt auf ihre Hand. Dann streute sie es über Floras Scheitel und flüsterte bestimmt: „Fliege! Schwebe!", aber nichts geschah!

„Mist! Es geht nicht! Was nun? Wenn die Sonne aufgeht, dann können wir nicht mehr ungesehen handeln!"

„Abrakadabra!", sagte Till und zuckte mit den Schultern, als Lilly ihn vorwurfsvoll anblickte. „Einen Versuch war's wert, oder nicht?"

Lilly schüttelte ärgerlich den Kopf.

„Seht mal, was ich kann!", rief plötzlich Flora von oben herab. „Es geht ganz einfach! Ich habe es so wie Alrick gemacht."

Flora schwebte beängstigend nahe über dem Geländer. Till und Lilly verschlug es vor Schreck die Sprache. Dann rief Lilly entsetzt: „Flora, pass um Himmels willen auf!"

„Und dann sagst du uns, wie du das gemacht hast", bat Till.

„Na, wie Alrick, als wir hier hochgeschwebt sind! Er hat gesagt, ich soll die Augen zumachen und dann *„Mahyr wilhwaár dahyr ze darunee"* sagen!"

Im Nu hatten die beiden Großen die Rucksäcke aufgesetzt. Lilly nahm etwas Feenstaub und streute ihn auf Tills und ihr eigenes Haar. Sie schlossen die Augen, konzentrierten sich und wiederholten Floras Worte, worauf sie sogleich vom Boden abhoben. Etwas unsicher schwebten sie zu Flora, fassten sie bei der Hand und landeten wenige Augenblicke später auf dem weichen Waldboden.

„Das hast du gut gemacht, Flora! Nicht wahr, Lilly?" Till drückte Floras Hand fest. „Und nun verstecken wir die Sachen. Alrick hat gesagt, dass wir morgen dem Bachlauf folgen wollen. Also schlage ich vor, dass wir die Rucksäcke dort verstecken, wo er in den Wald mündet."

Es war nicht schwierig, einen geeigneten Platz zu finden. Da der Wald seit Langem nicht gehegt war, gab es jede Menge undurchdringliches Gestrüpp.

„Angenommen, wir haben es sehr eilig? Wie finden wir es wieder?"

„Gib mir mal den Schal von Teddy Brumm! Den binden wir jetzt hier an den Ast, siehst du? Das müsste gut zu erkennen sein, wenn man es weiß!"

„Erst der dicke Baum und dann das Gestrüpp. Ja, das ist leicht zu erkennen. Aber nun lasst uns gehen. Die Zeit bis zum Sonnenaufgang ist knapp!"

Hohes Waldgras und weiches Moos dämpften die eiligen Schritte der Kinder, als sie im Schutz der hohen Bäume die Lichtung entlang rannten. Die Baumhäuser über ihnen waren in Schweigen und Dunkelheit gehüllt. Alle im Dorf schienen zu schlafen, bis auf einen Wächter, der in der Nähe einer kleinen Felsformation auf dem Waldboden saß und ein kleines Feuer am Brennen hielt. Die Kinder verbargen sich hinter einem Baumstumpf und beobachteten den Mann, der nichts anderes tat, als von Zeit zu Zeit einen Ast in die Flammen zu werfen.

„Was meint ihr, was er bewacht? Das ganze Dorf oder Alrick?", flüsterte Lilly leise.

„Beides! Zum einen sind die Taurih misstrauisch gegenüber Fremden, und zum anderen ist dort im Fels ein Tor. Das könnte so eine Art Felsenkeller sein – und der eignet sich ausgezeichnet, um jemanden darin einzusperren!"

„Ja, jetzt sehe ich es auch! Denkst du, dass sie Alrick darin gefangen halten?"

„Ich fürchte schon", sagte Till.

„Wahrscheinlich hast du recht. Vermutlich gibt es kein besseres Gefängnis hier."

„Und nun?"

„Ich weiß auch nicht. Im Film würden sie dem Mann eins überziehen und fertig!" Lilly zuckte mit den Schultern. „Aber das kommt für uns nicht infrage! Ist viel zu unsicher. Wenn wir nicht richtig treffen, schlägt er Alarm und treffen wir zu gut, dann ist er womöglich tot!"

„Was für ein grässlicher Gedanke!", antwortete Till mit Schaudern.

„Was wir brauchen, ist eine gute List, um ihn von dort wegzulocken!"

Till überlegte einen Moment. „Okay! Dann geh' ich dort hinüber ins Unterholz und raschle mit den Zweigen. Wenn wir Glück haben, geht er nachsehen. In dieser Zeit müsst ihr Alricks Tür öffnen und ihn befreien. Ich versuche, den Kerl abzuhängen und laufe dann zum Treffpunkt bei den Rucksäcken!"

„Du lieber Himmel! Das ist ja nicht gerade das, was man einen ausgeklügelten Plan nennt!", sagte Lilly zweifelnd. „Und was, wenn Alrick gar nicht drin ist?"

„Keine Ahnung! Dann haben wir wenigstens etwas unternommen. Hast du eine bessere Idee?"

„Ehrlich gesagt, nein!"

„Na los, dann versuchen wir's! Er rechnet nicht damit, dass wir kommen. Das könnte unser Vorteil sein!"

„Sei vorsichtig, Till! Wir gewinnen nichts, wenn er uns auch noch fängt!"

Während Till im großen Bogen um das Lager schlich, blieben Lilly und Flora hinter dem Baumstamm hocken und ließen kein Auge von dem Elfen, dessen Kopf von Zeit zu Zeit müde auf die Brust fiel. Ungeduldig warteten sie auf ein Zeichen von Till, denn am östlichen Horizont war bereits ein winziger Streifen hellen Lichtes zu bemerken. Bald würde die Sonne aufgehen und die Siedlung zu Leben erwachen.

Endlich, nach einer gefühlten Ewigkeit, bemerkten die Kinder ein auffälliges Rascheln in den Zweigen am Waldrand. Till hatte sein Werk begonnen. Der Mann hatte das Rascheln offensichtlich bemerkt und lenkte seine Aufmerksamkeit in Tills Richtung, aber er war wohl zu müde, um aufzustehen. Till leistete ganze Arbeit und raschelte mal hier und mal da, aber erst, als er seine Aktivität hoch in die Wipfel der Bäume verlegte, wurde der Mann neugierig. Hatte er doch die ganze Zeit geglaubt, dass ein Tier dort sein Unwesen treibe, aber welches Tier konnte so hoch hinauf in die Baumspitzen klettern? Er machte Anstalten, aufzustehen und nachzusehen.

Lilly packte Floras Hand und drückte sie fest. Das sollte heißen: Pass auf, gleich laufen wir los! Der Mann nahm einen brennenden Scheit aus dem Feuer und begab sich zum Waldrand, wo das Rascheln bereits wieder an einer anderen Stelle zu hören war. Lilly und Flora verloren den Kerl aus den Augen, denn sie rannten nun ihrerseits in geduckter Haltung zum Felsverschlag, den sie Gott sei Dank offen vorfanden, und schlüpften hinein. Drinnen war es stockdunkel und muffig.

„Alrick?", rief Flora leise. „Alrick, bist du hier?"

„Flora? Du meine Güte, wie kommt ihr denn hierher? Euch schickt der Himmel! Schnell, schnell, macht mich los!"

„Dazu müssten wir dich erst mal finden. Wo bist du denn?"

„Hier drüben, weiter links. Leise! Wo ist der Wächter?"

Lilly stolperte schließlich über Alricks Beine. Der Elf lag verschnürt wie ein Paket auf dem feuchten, eiskalten Fußboden.

„Till hat ihn abgelenkt. Der Taurih ist zum Waldrand gelaufen, um nachzusehen, was da so raschelt. Mist! Wie soll ich diesen Strick losbekommen?"

„In meinem Stiefel steckt ein kleines Messer! Ich hatte es vorsichtshalber da hineingesteckt, konnte es aber nicht hervorholen, weil die Taurih ganze Arbeit geleistet haben. Und Zauberei wirkt hier drin auch nicht – sie scheinen das Gefängnis magisch gesichert zu haben. Findest du das Messer?"

„Ja, halt still, damit ich dich nicht schneide. Ich sehe so gut wie nichts!" Vorsichtig durchschnitt Lilly den Strick um Alricks Hände.

„Lilly, schau mal, der Mann kommt wieder, und er hat Till gefangen!", rief Flora leise von der Tür her.

„Was?!"

Wie von der Tarantel gestochen, sauste Lilly zum Verschlag und spähte durch den Türspalt. Was sie sah, ließ ihr das Blut in den Adern gerinnen. Der

Elf hatte Till gefangen und während er ihn zum Verschlag schleppte, hielt er ein Messer an seine Kehle. Die Kinder erkannten, dass es Ilea war, der Elf, der sie zum Haus begleitet hatte.

„Wenn wir Glück haben, bringt er ihn herein!", flüsterte Alrick, der sich seiner restlichen Fesseln entledigt hatte und sich die schmerzenden Gliedmaßen rieb. „Lilly und Flora, ihr versteckt euch hinter diesem Vorsprung und lasst euch nicht blicken! Ich mach das schon!"

Noch bevor Lilly ein Wort sagen konnte, hatte sich Alrick in der Dunkelheit hinter der Tür versteckt.

„Mach dich nicht so steif, nichtsnutziger Mensch, du! Um Ilea auszutricksen, muss man mehr Verstand haben, klar? Wolltest wohl mutig sein, und deinen Freund suchen, diesen Verräter und Königsanhänger? Na, diese Freude kann ich dir machen. Sollst ihn gleich wiedersehen! Hörst du ihn jammern? Kann sein, dass du ihn ein wenig ramponiert vorfindest. Na, ist nicht meine Schuld, dass er nicht geredet hat. Mal sehen, wie lange er das durchhält. Sollte mich nicht wundern, wenn er auspackt, sobald wir dich ein wenig bearbeiten. Und zappele nicht so, sonst muss ich gleich anfangen, dir wehzutun!"

Lilly hörte, wie sich die beiden dem Verschlag näherten. Jetzt öffnete der Taurih die Tür und stieß Till so grob hinein, dass der Junge stolperte und hinfiel. Er wollte eine Warnung ausrufen, aber die Stimme versagte ihm, so sehr hatte das Messer auf seine Kehle gedrückt. Till sprang auf die Beine und ballte die Fäuste, um sich zur Wehr zu setzen, da schnellte Alrick aus der Dunkelheit und versetzte dem Wächter einen kräftigen Schlag.

Ilea, der nicht auf einen Angriff gefasst war, taumelte. Er hatte noch immer das Messer in der Hand und als er sich gefangen hatte, stieß er heftig zu. Lilly hörte das grässliche Geräusch von reißendem Stoff und Alrick, der vor Schmerz aufstöhnte, während er den Gegner endgültig zu Boden zwang. Wutentbrannt sprang sie aus dem Versteck, griff sich einen Dreschflegel, der dort an der Wand lehnte, und schwang ihn bedrohlich über Ileas Kopf, doch der Taurih war bereits besiegt.

„Schnell Flora, lauf und hole ein brennendes Scheit, damit wir besser sehen können! Wir müssen ihn gut fesseln und knebeln", riet Alrick.

Flora sauste davon und kam unmittelbar darauf mit einem brennenden Stock zurück. Während Alrick dem Taurih geschickt die eigenen Fesseln anlegte, krähte draußen im Elfendorf der Hahn.

„Wir müssen hier weg. Die Sonne geht auf und sie werden das Fehlen des Wächters bemerken, wenn sie auf ihre Terrassen treten!"

„Aber dein Arm! Du blutest wie verrückt! Wir müssen dich verbinden."

„Nicht jetzt. Erst wenn wir in Sicherheit sind! Wo sind unsere Sachen?"

„Die haben wir unweit vom Bach im Gebüsch versteckt!"

„Das war wirklich klug von euch! Los jetzt, ich gehe voran! Till, wir nehmen die Mädchen zwischen uns!"

Alrick hatte recht behalten. Das Licht ließ sich nicht mehr aufhalten. Der Tag brach an und mit dem ersten Hahnenschrei waren auch die ersten Laute aus der Baumsiedlung zu hören.

Die Kinder rannten so schnell sie konnten und nutzten jede Deckung, die das Terrain ihnen bot. Schon hörten sie, wie jemand nach Ilea rief und als sich der Wächter nicht meldete, schwebten gleich mehrere Elfenkrieger vom Baumhaus auf die Lichtung, um nach dem Vermissten zu suchen.

Unbemerkt erreichten die Flüchtlinge das Versteck und fanden ihre Rucksäcke unversehrt. Alrick griff nach Teddy Brumms Schal, der lustig im Morgenwind flatterte und ihnen die richtige Richtung gewiesen hatte. „Kann ich den haben?", fragte er Flora und drückte die Hand auf die Wunde am Arm, um die starke Blutung zu stillen.

„Aber ja! Oma Gertrude kann mir einen neuen stricken, wenn wir zurück sind." Lilly sprang hilfreich hinzu und legte den provisorischen Verband an.

„Auweia, das sieht schlimm aus. Das tut bestimmt sehr weh!", bedauerte Flora Alrick voller Mitgefühl. „Wenn ich beim Doktor lieb und tapfer bin, dann bekomme ich immer ein Geschenk."

Während Till das Dorf beobachtete und Lilly den Verband befestigte, zog Flora die kleine Pfeife hervor, die sie im Labor so bewundert hatte. Mit einem scheuen Blick auf die Schwester reichte sie Alrick das Instrument und freute sich über dessen Erstaunen, das nicht größer hätte sein können. Lilly schimpfte mit ihrer Schwester, weil sie die Pfeife einfach mitgenommen hatte, aber Till unterbrach ihren Redeschwall. Er hatte gesehen, wie die Taurih-Krieger die Verfolgung aufnahmen und rief: „Lauft um euer Leben!"

Er schnappte die kleine „Diebin" und warf sie sich kurzerhand über die Schulter. Es bedurfte keiner weiteren Aufforderung. So schnell sie nur konnten, stürzten sie davon.

Der Pfad war unwegsam und eng. Sie rutschten im feuchten Schlamm aus, stolperten über Wurzeln und fielen, standen auf und sprangen über umgestürzte Baumstämme, die ihre Flucht behinderten. Natürlich kam Till so beladen nicht gut voran und auch die anderen beiden waren schwach und wurden schnell müde. Endlich blieb Alrick schnaufend stehen und zeigte auf eine nahe gelegene Hügelspitze. Der Ärmel seines Gewandes war blutrot, ein Zeichen, dass der Schal keine gute Arbeit leistete.

„Wenn wir die Spitze erreichen, dann sind wir vielleicht gerettet", schnaufte er mit schmerzlich verzogenem Gesicht. Die Verfolger, die einfach über den unwegsamen Waldboden schwebten, kamen unaufhaltsam näher.

Wut und Angst verdoppelte ihre Kräfte. Sollte ihre Mission schon hier enden? Nein! Niemals! Meter um Meter kämpften sie sich vorwärts. Endlich hatten sie den Hügel bezwungen. Die Bäume machten einer runden Lichtung Platz, auf der Till Flora vorsichtig niederließ. Alrick zog die goldene Pfeife hervor und begann, eine sanfte Melodie zu spielen. Die Augen der Kinder hingen erstaunt an seinem Gesicht, das von Schmerz und Müdigkeit gezeichnet war. Hatte das Leid seinen Verstand getrübt? Wie konnte er jetzt diese Flöte spielen?

Unterhalb der Lichtung hörten die Kinder das Herannahen der Verfolger und die Angst griff nach ihnen mit eiskalten Händen. Die Sonne leuchtete rot über den Baumwipfeln und tauchte alles ringsum in flackerndes Zwielicht. Inmitten ihrer Strahlen stand Alrick hoch aufgerichtet wie ein Krieger und entlockte dem goldenen Instrument unbeirrt Ton um Ton. Es schien, als wäre der Hügel der Mittelpunkt der Erde und alle anderen Gefilde bedeutungslos. Mit jedem Klang und mit jeder neuen Melodie löste sich ein silbergrauer Nebelflügel aus dem Nichts und tanzte wundersam über die Lichtung. Erst langsam und lautlos, dann schneller und wilder, mit lautem Schlagen, und schließlich manifestierten sich die Umrisse gewaltiger Vögel aus dem silbrig, nebelgrauen Reigen. „Es ist gelungen!", rief Alrick voll Freude. „Das sind die Nebelkrähen König Arindals! Hurtig, hurtig, schwingt euch auf ihre Rücken. Sie werden uns vor den Feinden davontragen!"

Er schubste den zögernden Till auf den Rücken einer riesigen Krähe mit sanften, runden Vogelaugen und stieß die verdutzte Lilly auf eine andere. Mit Flora im unverletzten Arm schwang er sich behände auf den Rücken des Alphatieres und befahl den Vögeln gerade noch rechtzeitig, sich in den Himmel zu erheben. Die durchsichtigen Schwingen der Nebelkrähen streiften das Haar ihrer Verfolger, die wutentbrannt ihre Bögen anlegten. Sssit!

Ein Pfeil sauste geradewegs neben Lilly ins Morgenrot, aber der Abstand zu ihren Feinden wurde mit jedem Flügelschlag größer.

Längst hatten sie den Hügel hinter sich gelassen und glitten fast lautlos über die Baumwipfel des dichten Waldes. König Arindals Nebelkrähen trugen die erstaunten Menschenkinder aus der Reichweite ihrer Verfolger.

VIII.
Die Herrin der Quellen

„Juchhu!", jauchzte Flora. „Lilly! Till! Ist das nicht toll?"

Flora saß sicher eingebettet zwischen Alricks Armen und kuschelte von Zeit zu Zeit ihr Gesicht in die samtig weichen Federn der Krähe.

Ganz anders ging es ihrer Schwester, die sich mit bleichem Gesicht am Federkleid ihres Reittieres festklammerte und es tunlichst vermied, nach unten zu blicken. Till hielt sich tapfer, wagte aber nicht den Kopf zu drehen oder sich zu bewegen.

Unter ihnen war nichts als dichter Wald, durch dessen dunkelgrünes Kleid die Natur von Zeit zu Zeit einen blauen Wasserfaden gezogen hatte.

„Fliegen wir zu Tibana?", fragte Flora nach einer Weile.

„Ja, wir müssen nur dem Wasserlauf folgen. Es ist der, der durch ihre Quelle gespeist wird", antwortete Alrick mühsam. Der Schmerz in seinem Arm war fast unerträglich geworden. Er fühlte, wie das Blut warm und klebrig an seiner Hand hinablief und das Gefieder der Krähe rot färbte.

„Hast du große Schmerzen?", fragte die Kleine besorgt. „Wie lange fliegen wir noch?"

„Ich ... ich weiß nicht genau. Nicht mehr lange ... denke ich! Ich ... ich reise auch zum ersten Mal auf diesem Weg zu Tibana."

Instinktiv fühlte Flora, dass der Elf kurz davor war, das Bewusstsein zu verlieren. Sie wollte Lilly oder Till auf die gefährliche Situation aufmerksam machen, aber der Abstand zu ihnen war zu groß. Der Wind riss ihr die Worte von den Lippen und trug sie ungehört davon. „Wir müssen schneller sein!", dachte sie und rückte ein Stück weiter nach vorn. Sie beugte sich nah über den Kopf der Krähe, dorthin wo sie die Ohren des Tieres vermutete und rief: „Fliege schneller, liebe Nebelkrähe. So schnell du nur kannst. Alrick kann sich nicht mehr lange auf deinem Rücken halten. Bitte, bitte!"

„Kraaah, kraaah!" Der schlaue Vogel drehte den Kopf. War da nicht ein leichtes Flackern in seinen klugen, schwarzen Augen gewesen? Weit holten die Schwingen aus und noch schneller ging der Flug. Inzwischen hatte die Sonne den Morgennebel mit ihren Strahlen verjagt und die Sicht wurde klar und weit. Die Landschaft hatte sich verändert. Lilly legte die Hand über die Augen, um sie vor dem Wind zu schützen. Weit in der Ferne leuchteten die schneebedeckten Gipfel eines hohen Gebirges und da, ja, da weiter rechts auf den niedrigeren Ausläufern, konnte man deutlich die winzigen Umrisse einer Burg erkennen.

„Das müssen die Berge von Sinbughwar sein!", flüsterte Lilly begeistert. „Und das, was von hier wie eine Spielzeugburg aussieht, ist die Festung des Elfenkönigs! Nun kann es nicht mehr weit sein", dachte sie erleichtert.

Und sie hatte recht. Nach nicht mehr als ein paar Flügelschlägen entdeckten die Kinder eine kleine Felsformation, die so spitz und knorrig aus dem Wald hervorragte wie Huckeduûster Grindelwarz' Nase aus dem Gestrüpp seines Bartes. Zu den Füßen des Gesteins glänzte ein kleiner, silberner Weiher in der Mittagssonne. Das musste Tibanas Quelle sein. Die klugen Vögel flogen eine Schleife und näherten sich vorsichtig, so, als ob sie das Terrain zunächst auf seine Sicherheit prüften. Alles sah ruhig, friedlich und ein bisschen verlassen aus. Von einem Haus oder von Tibana selbst war weit und breit nichts zu sehen.

Mit lautem Krächzen landeten die Nebelkrähen auf der Wiese.

„Gott sei Dank!", rief Lilly und rutschte ungeschickt vom Rücken ihres Vogels. „Fast möchte man den Boden küssen. Dennoch ...", fügte sie mit einem Seitenblick auf das große Tier hinzu, „ohne euch wären wir jetzt gefangen oder sogar Schlimmeres!"

„Kommt her! Kommt schnell her!", hörten sie Flora kreischen. „Alrick kann sich nicht länger halten!"

Fast gleichzeitig sprangen Till und Lilly herbei, doch im selben Augenblick, als der Elf beinahe bewusstlos zu Boden glitt, erzitterte die Luft wie über heißem Asphalt und Tibana erschien. Die alte Fee schwang ihren Zauberstab und sofort wurde Alrick, wie von Geisterhand getragen, sanft auf das weiche Gras der Wiese gebettet.

„Seid willkommen und fürchtet euch nicht!", sagte sie mit tiefer, wohlklingender Stimme und zog dabei mit dem Zauberstab einen unsichtbaren Kreis um die staunenden Kinder. Wieder zitterte die Luft und diesmal erinnerte sie an die schillernde Haut einer Seifenblase, die urplötzlich platzte und die Sicht auf ein kleines, Schilf gedecktes Häuschen freigab.

„In diesen Zeiten muss ich mein Haus durch einen Illusionszauber vor fremden Blicken schützen!", erklärte sie freundlich. „Ihr seid nun im Schutzkreis und könnt euch frei bewegen. Ich muss mich zunächst um Alrick kümmern!"

Der Zauberstab zeichnete ein merkwürdiges Symbol in die Luft und schon wurde Alrick von unsichtbaren Kräften ins Haus getragen. Till, Lilly und Flora sahen einander unsicher an, dann aber folgten sie der Alten und traten ein.

„Ilea hat ihn mit dem Messer verletzt. Er ist ein böser Mann!", rief Flora aufgeregt. „Wir haben die Wunde mit Teddy Brumms Schal verbunden, aber es hat nichts genutzt."

Nun, nachdem sie sich in Sicherheit befanden und die Aufregung nachließ, konnte Flora die Tränen nicht länger zurückhalten. Schluchzend setzte sie sich auf Tills Schoß und beobachtete, wie die Fee Alricks Wunde säuberte und dann einen heilenden Kräuterverband anlegte. „Wird er wieder gesund?", fragte sie ängstlich.

„Aber ja, mein Kind! Hab keine Angst! Alles, was er jetzt braucht, ist eine gute Suppe und Ruhe, aber ich glaube, das gilt für jeden von euch!"

„Oh, ja! Ich habe einen riesigen Hunger!"

„Nun dann, ans Werk, Gesellen!", lachte sie und zeigte auf einen Korb, der daraufhin von selbst in den Gemüsegarten hinausschwebte.

Die sprachlosen Kinder folgten der alten Fee in den Garten und wurden dabei von einem großen Stück Schinken, einem Messer und dem kupfernen Wasserkessel überholt, der ganz von allein zur Quelle schwebte, sich bis zum Rand füllte, um sich dann an den eisernen Haken über die Feuerstelle zu hängen.

Till rieb sich die Augen. „Habt ihr das auch gesehen?", fragte er und zuckte zurück, weil unmittelbar vor seinen Füßen zwei Feuersteine zusammenschlugen, bis die Funken das trockene Holz des Lagerfeuers entzündeten. „Ich glaube, ich träume!"

„Ja, zwick mich, damit ich aufwache!", antwortete Lilly und wich geschickt einer Parade aus Karotten, Zwiebeln, Kohlrabi und Sellerie aus, die gefolgt von dem mit Kartoffeln gefüllten Körbchen aus dem Gemüsegarten herbei spaziert kamen.

Während die Kinder sich nicht zu rühren wagten, schnippelte das Messer in Windeseile alle Zutaten für die Suppe und jedes fertige Stückchen sprang von selbst in das sprudelnde Wasser hinein.

„Nun ist's aber genug!", sagte Tibana auf einmal streng. „Wir wollen unsere Gäste doch nicht ängstigen, oder?" Lächelnd tippte sie mit dem Zauberstab in die Luft und sogleich erschien vor den staunenden Augen der Kinder eine Schar kleiner Kobolde, die sich vor Lachen auf die winzigen Schenkel schlugen.

„Ach, sind die süß!", rief Flora und kniete sich sofort ins Gras, um sich einen der Wichte zu fangen.

Die bunte Schar stob kreischend auseinander, wurde abwechselnd sichtbar und unsichtbar und hatte offenkundig Spaß daran, das Mädchen zu necken.

„Das sind meine kleinen Helfer!", sagte Tibana. „Heutzutage bin ich nicht mehr in der Lage, alle Dinge in Haus und Garten allein zu bewältigen."

„Ach, wenn wir die mit nach Hause nehmen könnten!", sinnierte Lilly. „Nie mehr Hausarbeit! Nie mehr Schulaufgaben!"

„Wir arbeiten nicht für andere!", sagte einer der Kobolde mit feiner, hoher Stimme. „Und schon gar nicht für Menschen, die gesund und kräftig sind! Das hier ist unser Zuhause und wir tun das nur, weil ihr unsere Gäste seid!"

„Oh, entschuldige!", sagte Lilly erschrocken. „Ich wollte dich nicht beleidigen! Wie ist denn dein Name?"

„Ich bin Tuck und das hier ist meine Frau Mirla. Das sind unsere Kinder Puck, Nelly, Tissy und Zack", sagte der Kobold, nahm seine rote Zipfelmütze vom Kopf und machte eine formvollendete Verbeugung vor Lilly. „Freut uns, eure Bekanntschaft zu machen!"

„Wir heißen Flora, Till und Lilly. Die Freude ist ganz auf unserer Seite", antwortete Lilly und ging lachend auf die vornehme Sprache des Koboldes ein.

„Wenn ihr wollt, dann schaut euch ein wenig um", sagte Tibana. „Ihr habt noch Zeit, bis die Suppe gar ist. Zack wird euch rufen!"

„Gern!", antworteten die Kinder und blinzelten in die helle Mittagssonne. Obwohl die Müdigkeit sie zu überwältigen drohte, waren sie neugierig darauf, die nähere Umgebung kennenzulernen, die in ihren staunenden Augen einem kleinen Paradies ähnelte. Welch herrlicher Friede ging von diesem Ort aus! Das Wasser der Quelle sammelte sich zu einem kleinen See, der so glasklar war, dass sich das Blau des Himmels darin widerspiegelte. Hier und da bildeten sich lustige Kringel, die verrieten, dass sich Leben unter seiner geheimnisvollen Oberfläche verbarg. Weiße, rote und gelbe Seerosen schmückten das Wasser und wetteiferten in Duft und Farbe mit den zahlreichen Schilfpflanzen und Blumen der angrenzenden Wiese. Bunte Insekten mit schimmernden, seidigen Flügeln gaukelten durch die Luft und erfüllten sie mit sanftem Summen.

Tibana hatte nahe der Hütte einen kleinen Gemüsegarten angelegt. Der Ertrag der fruchtbaren Erde reichte aus, um sie das ganze Jahr über zu ernähren. Außerdem gab es einige Hühner, eine Geiß mit zwei entzückenden Zicklein und ein Bienenhaus zu versorgen.

Nachdem sie sich beinahe alles betrachtet hatten, kam Zack, um sie zum Essen zu rufen. Die Kobolde hatten Alrick auf der Wiese ein Lager aus weichen Kissen und Fellen gebaut, auf dem der Elf bequem am Feuer sitzen konnte. Obwohl er blass und mitgenommen aussah, begrüßte er die Kinder mit einem freundlichen Lächeln. Die duftende Suppe war bereits in Schalen gefüllt und das Mahl konnte beginnen.

„Woher weißt du eigentlich so viel über uns?", fragte Lilly, während sie genüsslich ihre Suppe schlürfte.

„Nun, zum einen hat Alrick mir von euch erzählt und zum anderen habe ich euch in der Quelle gesehen."

„In der Quelle gesehen? Ist sie so etwas wie ein Fernseher?", fragte Flora.

Tibana musste über diesen Vergleich herzlich schmunzeln. Obwohl sie in den letzten Jahren nicht in der Menschenwelt gewesen war, kannte sie diese Erfindung.

„Ihr müsst wissen, dass dies nicht irgendeine Quelle ist", sagte sie. „Die Herrin aller Quellen lebt dort, und wenn sie uns gnädig gestimmt ist, dann wird die Wasseroberfläche zum Spiegel, in dem wir Bilder zu sehen vermögen."

„Was denn für Bilder?"

„Das kommt darauf an! Dinge aus der Vergangenheit, der Gegenwart oder der Zukunft. Man kann es nicht bestimmen. Die Vision kommt und geht, wie die Herrin der Quellen es für richtig hält!"

Till hatte den Worten der alten Fee mit höchstem Interesse gelauscht. „Können wir Menschen das auch sehen?", fragte er hoffnungsvoll, denn er war mit zahlreichen Geschichten über die Magie der Wassergeister groß geworden.

„Nur wenige Auserwählte haben diese Gabe! Leider! Das alte Wissen der Feen und Elfen schwindet mehr und mehr aus der Menschenwelt. Auch das ist eines von Farzanahs Zielen."

„Und wirst du die Quelle bald wieder befragen?" Tills Augen hingen an den Lippen der Alten.

„Die beste Zeit dafür ist der frühe Morgen, wenn sich die Nebel von der Wasseroberfläche heben und das Licht langsam erwacht. Ich werde morgen früh zur Quelle gehen und wenn du möchtest, dann komm doch mit!"

Die kleine Schar saß gemütlich beieinander und sprach über dieses und jenes. So vieles wollten die Kinder über das Feen- und Elfenreich wissen und so vieles gab es aus der Menschenwelt zu berichten.

Das Essen und die Gespräche hatten nicht nur Alricks Kraftreserven aufgebraucht, sondern auch die der Kinder. Zu wenig Schlaf und zu viel Aufregung forderten ihren Tribut und so kam es nicht unerwartet, dass eines nach dem anderen auf der Wiese einschlummerte. Weder das lustige Froschkonzert am See noch der Hunger weckten die Kinder am Abend. Sie schliefen tief und fest bis in die Nacht hinein, sodass Tibana sie mithilfe des Zauberstabes auf weiche Felle betten und zudecken musste.

Die alte Fee saß still bei ihnen im Lehnstuhl und paffte ihr Pfeifchen, aber so friedlich der Anblick auch war, sorgenvolle Gedanken quälten sie, wenn sie an die Zukunft dachte. Doch letztendlich waren die Nachtgeister auch ihr gnädig und bedeckten die Sorgen mit einem süßen Traum. Tibana hatte gerade noch Zeit, ihr Pfeifchen beiseite zu legen, da war auch sie eingeschlafen.

Das Käuzchen hatte dreimal gerufen, da wusste Tibana, dass der Morgen kam. Die alte Fee reckte und streckte ihre steifen Glieder und ging zur Morgentoilette an die Quelle. Heute würde sie die Herrin der Quellen um Rat fragen, da musste sie sauber und frisch gekleidet sein. Was für ein Glück, dass die Kobolde ihr so treu zur Seite standen, dachte sie und zog ein frisch duftendes Gewand über. Leise trat sie an Tills Schlafstelle. Fast tat es ihr leid, den Jungen zu wecken, aber sie wusste, wie enttäuscht er sein würde, wenn sie ihr Versprechen nicht hielt.

„Till, mein Junge!", flüsterte sie und streichelte seinen Arm. „Wach auf! Wir wollen die Quelle befragen!"

Sofort war Till hellwach. Der Gedanke an die Herrin der Quellen hatte ihn selbst im Traum nicht losgelassen. „Ich komme!", flüsterte er leise.

„Es ist Brauch, dass man sich wäscht und sauber kleidet, bevor man der Herrin gegenübertritt. Im Zuber ist warmes Seifenwasser und hier sind ein paar Sachen von Alrick. Wenn du sie einmal umschlägst, müssten sie dir passen."

Die frische, kühle Morgenluft erinnerte Till schmerzlich an die Brise, die früher stets von der See auf ihre Terrasse geweht hatte. Wie lange war er jetzt schon von zuhause fort? Nur ein paar Wochen, aber ihm schienen es Monate zu sein und mit Freude und Erstaunen fühlte er, dass der Schmerz ein ganz kleines bisschen weniger scharf in sein Herz hineinschnitt.

Der Zuber war groß genug, dass er ganz hineinsteigen konnte. Was für ein gutes Gefühl! Till tauchte sogar seinen strubbligen Kopf unter. Die Herrin der Quellen sollte nichts an ihm auszusetzen haben.

Dann trat er zu Tibana hinaus, und nachdem sie ihm eine magische Fackel gereicht hatte, gingen sie gemeinsam zum Ufer des kleinen Sees hinunter.

„Woraus sind nur diese Fackeln gemacht?", fragte Till, um keine peinliche Stille aufkommen zu lassen. „Oder ist das irgendein Zauber?"

„Ja und nein!", antwortete Tibana. „Sie sind aus Silbermoos gefertigt. Sage nur das Wort ‚*lumineé*', dann leuchten sie, und wenn du ‚*inlumineé*', sagst, dann erlöschen sie wieder.

„Silbermoos?"

„Ja. Ein schöner Name, nicht? Das Moos heißt so, weil es das Mondlicht in sich einschließen kann. Gleich sind wir da!"

Die beiden waren ein kleines Stück um den See herumgelaufen, bis Till im Halbdunkel einen großen Stein am Ufer entdeckte. Als sie näher kamen, sah er, dass der Stein eine ganz glatte, glänzende Oberfläche hatte, in die feine Elfen- und Feensymbole eingraviert waren. Eine wunderbare Arbeit, die viele, viele Stunden gedauert haben musste.

„Das ist der Altar, hier führe ich alle meine Rituale und Meditationen durch. Siehst du, dies ist das Symbol für Wasser und da", Tibana zeigte mit dem Finger auf verschiedene Stellen im Stein, „wie wunderschön die kleinen Fische, die Muscheln und die anderen Meerestiere gearbeitet sind! Der Stein ist so alt wie die Welt selbst und er ist der Herrin der Quellen geweiht."

Tibana öffnete einen Korb und stellte vier dicke Bienenwachskerzen auf den Stein. „Die Herrin der Quellen liebt schöne Dinge und den Duft der Kerzen. Hier, nimm diese Kristalle und ordne sie dekorativ an, damit sich das Licht darin bricht. Dann noch die Blumenblätter. Sehr schön! Das wird sie freuen."

Die weise alte Fee blickte voller Zuneigung auf Till, der sich die größte Mühe gab, alles zu tun, wie es ihr gefiel.

„So, nun legen wir noch diese Holzspäne mit den aufgeklebten Kerzen bereit ... und diese Schale mit Blumen. Wenn wir mit dem Ritual beginnen, werden wir sie auf den See hinaustreiben lassen. ... Aber, Till! Da wäre noch etwas, worauf ich dich vorbereiten muss!"

„Was denn, Frau Tibana?"

„Wenn die Herrin uns eine Vision gewährt, dann wissen wir nicht, was es sein wird! Es ... es könnten auch Bilder aus deiner Vergangenheit auftauchen! Wer kann das wissen?"

„Oh!", sagte Till mit belegter Stimme.

„Wirst du stark genug sein, sie zu ertragen?" Tief drangen die Augen der weisen Frau in Tills Seele ein. „Ich will nicht, dass du dich erschreckst oder dir weh getan wird!"

„Es wird schon gehen! Vielleicht kann ich sehen, was aus mir wird und vor allem müssen wir doch König Arindal befreien!"

„Tapferer Junge! So ist es richtig. Man muss sich seinen Ängsten stellen, nur so kann man sie besiegen!"

„Ich werd's versuchen!"

„Gut so! Nun zünde ich die Kerzen an und dann machst du alles so, wie ich es tue."

„Lumineé!", sagte Tibana und schon zuckte eine kleine Flamme am Docht der ersten Kerze empor. Till nahm sie und zündete nacheinander auch die anderen an. Der Altar strahlte in glanzvollem Licht und als Till die kleinen Schwimmkerzen auf den See hinaustreiben sah, war ihm auf einmal ganz feierlich zumute.

Tibana warf eine Handvoll Blumen in den See und forderte Till auf, das Gleiche zu tun. Dann verneigte sie sich gegen die Wasseroberfläche, wobei sie die Arme über ihrer Brust gekreuzt hielt.

„Herrin der Quellen, wir sind gekommen, weil wir deines Rates bedürfen", sagte die Fee mit würdevoller Stimme.

Rings umher herrschte feierliche Stille. Nichts war zu hören als das sanfte Plätschern der Wellen am Uferstreifen. Erneut warfen beide eine ein paar Hände voll Blumen ins Wasser. „Wie du weißt, Herrin, ist das Volk von Arwarah und König Arindal in großer Bedrängnis, aber wir sind gewillt, dieser Gefahr mit deiner Hilfe zu trotzen! Gewähre uns einen Blick auf die Lösung, die uns und unsere Welt glücklich aus der Drangsal führen wird, auf dass Friede und Eintracht wieder ins Feen- und Elfenreich einziehen können!"

Im Osten zeigte sich der erste, schmale Lichtstreif am Horizont und warf seine Strahlen auf die Wasseroberfläche, sodass sie abwechselnd silbern, schwarz, golden oder rot glänzte.

Till war von dem Farbenspiel so fasziniert, dass er an ein Trugbild glaubte, als ihn plötzlich ein wunderschönes, freundliches Gesicht aus dem Wasser heraus anblickte.

„Seid gegrüßt, Herrin!", hörte er Tibanas Worte und sah, wie sie sich wiederum verneigte. „Und Dank sei dir im Voraus gesagt, dass du unseren Ruf erhörst!"

Jetzt hatte sich die Wasseroberfläche geglättet, sodass sie einem großen Spiegel glich und Till jedes noch so kleine Detail erkennen konnte. Vor Staunen sperrte er Mund und Augen auf, unfähig, auch nur einen Satz zu sagen. „Ich danke für den freundlichen Gruß Tibana, meine treue Dienerin! Und du, Junge! Wie ist dein Name? Es sind viele, viele Sommer vergangen, seit ich zuletzt ein Menschenkind mit der Gabe zu Sehen erblickte!", sagte die Herrin der Quellen mit tiefer, weicher Stimme. Noch während sie sprach, erzitterte das Bild und tausende regenbogenfarbene Wassertropfen tanzten plötzlich durch die Luft, formierten sich neu, bis die Herrin der Quellen leibhaftig über dem See schwebte. Tills Herz schlug heftig vor Aufregung. War das wirklich möglich oder träumte er noch? Um sicherzugehen, kniff er sich kräftig in den Arm. Kein Zweifel, er war wach und vor seinen Augen hatte er das wundersamste und makelloseste Wesen, das er je zuvor gesehen hatte! Welche Worte könnte man finden, um diese Schönheit zu beschreiben?

Das zarte Oval ihres Gesichtes war umrahmt von üppigem, langem Haar, das in großen Locken bis zur Hüfte reichte, und in dem sich alle Farben des Wassers widerspiegelten. Überhaupt schien alles an ihr fein und durchsichtig wie klares, blau-silbernes Wasser zu sein. Als Zeichen ihrer Königlichkeit trug sie ein Diadem aus Korallen, Muscheln und Bernsteinen auf dem Kopf und auch die Finger und Handgelenke waren reichlich geschmückt. Ihre großen, grünen Augen blickten Till freundlich fragend an.

„Mein … mein Name ist Till", stotterte er. „Ich … ich bin nur ein Junge."

„Nicht einfach nur ein Junge! Ich sehe eine Seele, die durch großen Schmerz gehärtet wurde, wie ein Diamant, und die rein wie klares Wasser ist!"

Die wunderbare Erscheinung löste sich auf, und schon wollte Till den Verlust ihres Anblicks bedauern, als ein neues Bild auf der Wasseroberfläche erschien.

„Das ist …, das gibt's doch nicht!", stammelte er, „Papa, Mama und ich beim Strandspaziergang und da, letzte Weihnachten, als Papa mir das Boot schenkte, das wir ausbauen wollten." Dann erschien sein altes Zimmer vor ihm und die Eltern, die sich vor der verhängnisvollen Fahrt von ihm verabschiedeten. „Nein! Nein!", rief Till so laut, als könnte er das unabänderliche Ende verhindern. Tränen stiegen in seine Augen, als ein neues Bild erschien. Er saß wohlgemut in Oma Gertrudes Garten, die Sonne schien und der Himmel war weit. An den Bäumen prangten rote Winteräpfel und die Astern auf den Rabatten übertrafen einander an Farbenpracht. Da kamen auf einmal seine Eltern daher. Sie hielten einander bei der Hand und sahen so glücklich aus, dass Till ganz warm ums Herz wurde. „Till!", sagte die Mutter. „Wir freuen uns, dass es dir hier so gut geht!"

„Und wir sind stolz darauf, wie mutig ihr Alrick gerettet habt!", fügte Tills Vater hinzu. „Mach dir keine Sorgen um uns, wir sind an diesem wunderbaren Ort, den die Menschen Paradies nennen, glücklich und in Sicherheit. Zeit spielt hier keine Rolle. Lebe ein glückliches Leben, mein Sohn. Wir warten hier auf dich!"

Till streckte den Arm aus, um seine Eltern zu berühren, aber das Bild verschwand. Stattdessen blickte er nun in einen dunklen, bedrückenden Raum, der nichts anderes als ein Verlies sein konnte. Er hatte nur ein einziges, vergittertes Fenster unterhalb der hohen Decke, durch das weder genügend Licht noch Luft hineindringen konnte. Feuchtigkeit und Schimmel hatten landkartenähnliche Gebilde auf die Wände gemalt, sodass Till sich einbildete, Moder und Fäulnis dieses unglückseligen Ortes zu riechen. Im Halbdunkel der Zelle kauerte ein Mann bewegungslos auf einem Lager aus schmutzigem Stroh.

„Es ist König Arindal!", hörte Till Tibana fassungslos flüstern. „Alle Mächte stehen ihm bei!"

Im selben Augenblick öffnete sich die Kerkertür und ein Lichtstrahl fiel auf den Mann, der sich, obwohl mit Händen und Füßen an die Wand gekettet, sogleich mühevoll erhob. Das Gesicht des Elfenkönigs war von Blässe und Müdigkeit gezeichnet, aber das Schlimmste war, dass Till an seiner schmutzigen und zerrissenen Kleidung Flecken getrockneten Blutes bemerkte, die auf zahlreiche Verletzungen hindeuteten. Ein Zeichen, dass er sich seinen Feinden mutig widersetzt hatte. Um seine Schwäche zu verbergen, lehnte er sich scheinbar lässig mit dem Rücken an die Wand. Dabei blickte er den Eintretenden so gelassen und kühn wie möglich entgegen.

Ein buckliger Gnom betrat den Raum als Erster und leuchtete dem Gefangenen unmittelbar ins Gesicht. „Er-er-heeebe d … d … dich, dich!“, stotterte er und wurde seiner Dummheit wegen von der Person hinter ihm mit einem Peitschenhieb bestraft.

„Nichtsnutziges, dummes Vieh!“, schalt eine scharfe Frauenstimme. „Leuchte einfach und halte dein Maul!“

Der Gnom trat ungeschickt beiseite, sodass man jetzt die Frau sehen konnte, die ihnen augenblicklich den Rücken zukehrte. Sie war in einen langen, dunkelvioletten Mantel gehüllt, dessen Kapuze sie über den Kopf gezogen hatte und obwohl Till sie nie zuvor gesehen hatte, wusste er sofort, dass es Farzanah war.

„Mein Freund!“, sagte sie mit falscher Liebenswürdigkeit. „Auch heute bin ich gekommen, um zu sehen, dass es dir hoffentlich an allem fehlt!“ Dabei blickte sie sich scheinbar überrascht im Kerker um. „Und wie mir scheint, machst du gute Rückschritte! Ha, ha, ha! … Genau wie dein verfluchtes Lichtelfenvolk! Das dunkle Heer hingegen wächst mit jeder Stunde! Mein Zauber breitet sich unaufhaltsam aus! Täglich kommen neue Untertanen aus allen Himmelsrichtungen des Reiches, um mir den Treueeid zu leisten.“

„Du lügst!“, sagte der Elfenkönig mit leiser, fester Stimme. „Die Lichtelfen werden nicht unterliegen! Das uralte Gesetz von Ehrlichkeit, Treue und Recht ist auf unserer Seite.“

„Recht!“, schrie Farzanah und schlug hart mit der Gerte zu. „Recht ist nicht Macht! Macht schafft ihre eigenen Gesetze, die des Stärkeren, und allein der entscheidet, was geschieht!“ Angriffslustig wie ein Raubtier belauerte sie den König. „Wähle mit Bedacht! Wenn du bereit bist, an meiner Seite zu stehen, biete ich dir die Hälfte des dunklen Throns im gesamten Elfenreich! Und wenn meine Armee durch die Feentore gezogen ist, dann wird sich unsere Macht auch auf die Menschenwelt erstrecken!“

„Du willst die Menschen unterwerfen!? Das wird dir niemals gelingen!“

„Etwas mehr Vertrauen in meine Fähigkeiten wäre angebracht!", fauchte Farzanah und schlug ein weiteres Mal hart zu. „Diese nichtsnutzige Brut ist untereinander so uneins, dass es ein Leichtes sein wird, sie zu unterwerfen. Ihr hohes Potenzial an schlechten Eigenschaften wird mich dabei bestens unterstützen. Jeder weiß, dass sie neidisch, streitsüchtig und voller Habgier sind. Ich werde ihre Träume vergiften und ihre Gedanken verwirren!"

Farzanah lachte höhnisch und kostete den Eindruck, den ihre Worte auf den Elfenkönig hatten, boshaft aus. „Außerdem", fuhr sie mit scheinbar aufrichtiger Stimme fort, „gibt es einen weiteren Vorteil, den du nicht unbeachtet lassen solltest: Wenn du zu mir stehst, werden auch die restlichen Lichtelfenritter die Waffen strecken. Eine blutige Schlacht wäre dann überflüssig! Bedenke nur, wie viele Leben du retten könntest!"

König Arindal horchte auf. Ein paar seiner treuen Gefolgsleute waren also am Leben und frei! Solange sie unbesiegt waren, gab es Zuversicht! Sowohl für das Volk als auch für ihn. Wütend bemerkte Farzanah den Hoffnungsschimmer im Gesicht des Elfenkönigs und begriff sogleich, dass sie einen Fehler gemacht hatte. Rasende Wut bemächtigte sich ihrer. Wie überaus dumm von ihr! Anstatt seine Kraft zu brechen, hatte sie sie genährt!

„Hoffe nicht auf sie! Dieses kleine Häufchen Unseliger!", zischte sie mit sich überschlagender Stimme. „Sobald sich der himmlische Jäger mit seinem Schwert über den Bergen von Sinbughwar zeigt, ist mein Zauber unumwandelbar! Dann ist die Zeit für die entscheidende Schlacht gekommen und für jene, die sich mir bis dahin nicht unterworfen haben, wird es keine Gnade geben. Noch hast du Zeit, deinen Sinn zu wandeln!"

„Lieber sterbe ich!", sagte der König mit so viel Verachtung, dass Farzanah einen Schritt zurückwich. Selbst hier, im tiefsten Kerker, gedemütigt, verletzt und ausgeliefert, wagte er ihr zu trotzen!

„Nun, das lässt sich einrichten!" Farzanah strich die Kapuze vom Kopf, sodass Till geradewegs in das schöne, aber von Niedertracht und Hartherzigkeit gezeichnete Gesicht der dunklen Fee blickte. Er sah, wie ihre grünen Augen vor Zorn und Begierde funkelten und wusste nicht, ob er sie abstoßend oder schön fand. Sie war jung und anmutig, hatte langes, schwarzes Haar, das mit Diamantennadeln zu einer kunstvollen Frisur gesteckt war. Ihre schmalen Brauen, ebenso dunkel und diabolisch geschwungen, die Nase zierlich, aber markant und die schön geformten Lippen, jetzt fest aufeinander gepresst. Dann, völlig unerwartet, änderte sich ihre Mimik. Sie trat lächelnd ganz nah an Arindal heran. Ihre beringten Finger strichen liebkosend durch sein langes Haar und plötzlich hauchte sie ihm einen Kuss auf die Lippen.

„Dennoch fände ich es auf ewig schade, soviel Kraft und Schönheit zu vergeuden!“ flüsterte sie.

„Das Einzige, das du vergeudest, ist deine Zeit!“, antwortete Arindal mutig, worauf er prompt mit einem heftigen Schlag ins Gesicht gezüchtigt wurde.

„Nun denn!“, fauchte Farzanah jetzt wieder mit eiskalter Stimme. „Ich muss mich im Augenblick nützlicheren Dingen widmen. Auf dich kann ich noch ein wenig warten, und falls dir die Zeit lang wird, kann ich dir den Gnom zur Unterhaltung schicken. Er ist dumm und gefühllos. Ihm fallen bestimmt ein paar besondere Spielchen für dich ein. Fürs Erste werden wir Wasser und Brot weiter rationieren“, sagte sie beim Verlassen des Kerkers. „Vielleicht kann der Hunger deinen Willen brechen!“

Das Bild begann zu flackern und wurde von einer Reihe anderer, kurzer Visionen abgelöst. Zuerst gewährte ihnen die Herrin einen Blick auf Farzanahs riesige Streitmacht, die ihr Lager auf den freien Feldern von Naârbeleth aufgeschlagen hatte. Mit Schrecken betrachteten Tibana und Till die zahlreichen, schnurgeraden Reihen mittelgroßer Zelte, in denen wohl die Anführer und bessergestellten Dunkelelfen quartierten. Die einfachen Kämpfer hingegen lagerten zu hunderten rund um die nächtlichen Feuer im weichen Gras hinter der Zeltstadt. Überall waren gut bewaffnete Wachen aufgestellt und insgesamt vermittelte das Bild den Eindruck, dass die Dunkelelfen kampferprobt und gut vorbereitet waren.

Till sah eigenartige, große Kanonen, Schleudern und Leitern, aber das Schlimmste war, dass sie auch ausreichend Pferde, Gnome und Trolle hatten, die ihnen beim Transport der Kriegsmaschinerie helfen würden.

Erneut wechselte das Bild und eine andere, erheblich kleinere Gruppe bewaffneter Männer wurde sichtbar. Ihre Situation war wesentlich unbehaglicher, denn wie es schien, lagerten sie zwischen den Ruinen einer alten Stadt auf dem kahlen Boden und hatten wohl aus Vorsicht vermieden, ein Feuer zu entfachen.

„Oh mein Gott!“, flüsterte Tibana aufgeregt. „Da sind Alarion und Lindriel! Und Emetiel und noch ein paar andere Lichtelfenritter ...! Wie es scheint, haben sie einen Unterschlupf außerhalb des schwarzen Zaubers gefunden, wo sie sich sammeln und vielleicht auch rüsten können!“

Ein letztes Mal verschwamm das Bild und als es wieder klar und scharf wurde, zeigte es die wolkenbedeckten Gipfel der Berge von Sinbughwar mit dem nie verlöschenden Vulkan Lyncaburh.

Inzwischen war der Morgen angebrochen und die Strahlen der aufgehenden Sonne ließen die Bilder schmelzen wie Eis. Leben erwachte rund um den See. Noch einmal zeigte die Herrin der Quellen ihr ebenmäßiges Antlitz auf der Wasseroberfläche.

„Meine treuen Freunde!", sagte sie mit leiser werdender Stimme. „Ich wünschte, ich könnte euch mehr geben als dies, dennoch bin ich sicher, dass ihr die Lösung zur Rettung des Lichtkristalls finden und Farzanahs Zauber ungeschehen machen könnt. Menschenkind, komm etwas näher! Fürchte dich nicht und strecke deine Hand aus!" Zaghaft tat Till, wie ihm geheißen wurde, und als er die Hand ausstreckte, legte die Herrin ihm eine Kette hinein. „Dies ist ‚Metâbor', der sehende Stein! Trage ihn auf deinem Herzen, dann wird er dir helfen, dein Ziel nicht aus den Augen zu verlieren und nicht vom Wege abzukommen!"

Im nächsten Augenblick lag der See so unberührt da, als wäre nichts geschehen. Till hätte geglaubt zu träumen, wäre da nicht die reale Wärme des Steins in seiner Hand, die er fest geschlossen hielt.

Die Kerzen waren gänzlich heruntergebrannt und während er noch auf den See hinausblickte, hatte Tibana bereits den Altar abgeräumt. Nichts deutete mehr auf das fantastische Erlebnis von eben hin.

„Nun wollen wir zu den anderen zurückkehren und uns um das Frühstück kümmern. Sicherlich sind sie schon auf den Beinen. Die Kleinen sind immer die Ersten, die aus den Federn kriechen." Till überlegte kurz, wen Tibana mit die „Kleinen" meinte, aber dann fielen ihm die Wichtelkinder Puck, Nelly, Tissy und Zack wieder ein und geschwind folgte er der Fee zum Haus. Die Kette mit dem Stein trug er auf der nackten Haut unter seinem neuen Gewand, sodass er ihre Gegenwart tröstlich spüren konnte.

Wie Tibana vorausgesehen hatte, herrschte am Haus ein lustiges Tohuwabohu. Die Wichtelkinder hatten sich an die Gegenwart der Menschen gewöhnt und trieben allerlei Späße mit Flora, die im Gras saß und winzige Blumenkränze für die beiden Mädchen flocht. Alrick hatte sich gewaschen und saß, wenn auch noch sichtlich blass um die Nase, mit freiem Oberkörper in der Sonne und ließ sein langes Haar trocknen. Nur Lilly, die kleine Langschläferin, lag noch immer auf ihrer Decke, doch weder Till noch Tibana entgingen die kurzen Augenaufschläge, mit denen sie den Elf betrachtete, bevor sie die Augen verstohlen wieder schloss.

„Sollen wir heute im Garten frühstücken?", fragte die Wichtelfrau mit piepsiger Stimme. „Mir scheint, im Haus ist nicht genügend Platz, und es verspricht ein schöner Tag zu werden."

„Dann soll ich jetzt wohl Tisch und Stühle nach draußen befördern?", sagte Tibana lächelnd und hielt Till zurück, der sich sofort an die Arbeit machen wollte.

„Meok usare Zerveth! Meok usare Ehlete!", flüsterte sie mit erhobenem Zauberstab. Da setzten sich die Möbel von allein in Bewegung und bildeten zusammen mit dem Tischtuch, den Tellern, den Tassen, Löffeln und Messern einen lustigen Reigen. Der Tisch stellte sich unter die Sonnenblumen im Garten und sogleich schwebte das Tischtuch elegant über seine Platte. Die Stühle formierten sich im Kreis und das Geschirr purzelte von oben herab an die richtige Stelle. Selbst die kleine Vase mit den frischen Blumen fand ihren Platz in der Mitte der Tafel.

„Das ist wie im Märchen von Tischlein-deck-dich!", rief Flora begeistert, als nun der Milchkrug, frisches Obst, Marmelade, Käse und duftendes Elfenbrot folgten.

„Nun kommt, meine Lieben, wir wollen uns setzen und es uns schmecken lassen. Till hat euch vieles zu berichten, während ich Alricks Verband wechseln werde!", rief Tibana.

Da krabbelte auch Lilly unter ihrer Decke hervor und setzte sich zu den anderen an den Tisch. Mit vollen Backen lauschten Alrick, Lilly und Flora Tills unglaublichem Bericht bis er zu Ende gesprochen hatte und da der Junge einen Funken Unglauben in ihren Gesichtern zu bemerkten glaubte, zog er zu guter Letzt die Kette mit dem Stein hervor.

„Oh, ist die schön!", sagte Flora andächtig. „Ich hätte die Herrin der Quellen auch gern gesehen!"

„Das wird schon noch!", tröstete Till sie. „Im Augenblick hat sie jede Menge zu tun."

„Dann ist Farzanahs Armee also wirklich so mächtig, wie sie gesagt hat?", fragte Alrick.

„Ja, leider!", antwortete Tibana. „Wie es aussieht, hat ihr Zauber ganze Arbeit geleistet. Wer schutzlos in die Nähe des verwandelten Lichtkristalls kommt, den beherrscht das Böse! Und das ist auch der Grund, warum die Lichtelfenritter nicht handeln können. Die Festung Arindals, die Burg von Darwylaân und selbst das Heereslager, alles liegt im unmittelbaren Zentrum des Zaubers. Wenn sie sich nähern, werden sie ihm erliegen."

„Aber zurzeit ist es noch möglich, den Zauber zu brechen? Sie hat doch so was gesagt, oder habe ich das falsch verstanden?", fragte Lilly.

„Nein, das hast du richtig gehört. Sie sagte: ‚Sobald sich der himmlische Jäger mit seinem Schwert über den Bergen von Sinbughwar zeigt, ist mein Zauber unumwandelbar! Dann ist die Zeit für die entscheidende Schlacht gekommen und es wird keine Gnade geben.'"

„Und was bedeutet das? Wer ist der himmlische Jäger und wann kommt er? Tibana, Alrick, habt ihr schon von ihm gehört?", fragte Till aufgeregt.

„Nicht, dass ich wüsste!", antwortete der Elf und auch Tibana schüttelte den Kopf.

„Nun gut, das muss herauszufinden sein. Es bedeutet für uns, dass es eine unbestimmte Zeitspanne zum Handeln gibt. Wenn sie verstrichen ist, gibt es kein Zurück mehr."

„Wenn sie verstrichen ist und wir erfolglos waren", sagte Tibana leise, aber mit Nachdruck, „dann müssen wir die Tore zur Erde für immer schließen, damit Farzanah das Böse nicht in die Menschenwelt tragen kann!"

„Aber dann können wir nicht mehr nach Hause! Ich will aber wieder nach Hause zu Mama, Papa und Oma! Und, und ..." Flora wollte schon anfangen zu schluchzen, doch der strenge Blick ihrer Schwester hielt sie zurück.

„Das wird nicht geschehen, Kleine!", antwortete Tibana stattdessen. „Wir werden alles Nötige tun, um es zu verhindern! Mach dir keine Sorgen! Wenn du magst, dann kannst du noch ein wenig mit den Wichtelkindern spielen!"

„Ja, gern! Aber glaubt nicht, dass ihr mich los werdet. Ich bin nicht mehr klein!", antwortete sie und lief zu ihren neuen Freunden.

„Sie ist sehr aufgeweckt für ihr Alter und weiß ganz genau, was sie will!", sagte Tibana lächelnd. „Aber ich möchte nicht, dass sie sich fürchtet."

„Dann wäre es also möglich, die Tore zur Menschenwelt zu schließen?", fragten Till und Lilly fast gleichzeitig.

„Ja, aber die Auswirkungen sind viel schwerwiegender, als ihr es euch vostellen könnt. Das Gleichgewicht zwischen den Welten muss erhalten bleiben, sonst verlieren beide Orte ihre Magie! Das hieße keine süßen Träume, keine überraschend erfüllten Wünsche und niemals mehr würde ein Mensch das Glück bei der unvorhergesehenen Berührung eines Elfenflügels spüren!"

„Lasst uns vorerst nicht daran denken!", sagte Alrick. „Dies würde nur geschehen, wenn alle anderen Pläne fehlgeschlagen sind. Im Augenblick interessiert mich vielmehr, was die Herrin der Quellen uns noch gezeigt hat, denn darin finden wir die Lösung! Warum hat sie uns zum Beispiel die Gipfel der Berge von Sinbughwar gezeigt, was meint ihr?"

„Naja, sie zeigte uns ja auch das Lager der Lichtelfenritter, vielleicht befindet es sich dort?", überlegte Lilly laut.

„Nein, das waren verschiedene Visionen. Jede Vision hat ihre eigene, unabhängige Bedeutung, da bin ich ganz sicher", meinte Tibana.

„Dann fassen wir das mal zusammen!" Till zog ein Blatt Papier und einen Bleistift aus seinem Rucksack. „Am einfachsten war die erste Vision. Sie zeigte uns den Aufenthalt König Arindals in der Burg von Darwylaân und gewährte uns einen Einblick in Farzanahs Pläne."

„Ja, das stimmt und sie gibt uns die Sicherheit, dass er noch am Leben ist!", fügte Alrick hinzu.

„Und, sie zeigt uns, dass wir ein Zeitfenster haben, in dem wir handeln können, auch, wenn wir noch nicht wissen, wie groß es ist", sagte Lilly.

„Die zweite Vision zeigte uns, mit wem wir es zu tun bekommen und wie ernst die Lage wirklich ist", schrieb Till in Stichpunkten auf den Zettel. „Sie war mehr strategisch, militärisch wichtig. Wegen der Kanonen, der Trolle und Gnome und so weiter."

„Als Drittes, wissen wir jetzt, dass wir Verbündete haben. Wir müssen nur noch herausfinden, wo."

„Das Wo ist nicht das Problem. Sie sind in den Ruinen von Zaâmendra!", erklärte Tibana. „Das ist die verlassene Stadt unserer Vorväter. Es war deutlich zu sehen, und wenn ich es recht bedenke, dann hätte ich dieses Versteck wahrscheinlich auch gewählt. Es liegt fernab vom Zentrum des schwarzen Zaubers und ist vorerst sicher."

„Dann bleiben also nur noch die Berge? Tibana, weißt du denn nicht, was es mit ihnen auf sich hat?", fragte Alrick hoffnungsvoll.

„Leider bin ich niemals dort gewesen, aber ich weiß, dass die Berge von Sinbughwar ein heiliger Ort sind, an dem fantastische Lebewesen mit großer Magie hausen. Die weisen Alten haben gesagt, dass es mit großer Gefahr und Mühsal verbunden ist, sie zu bewandern."

„Die weisen Alten? Wer ist das?", fragte Till.

„Die Frage müsste lauten, wer war das? Denn sie sind schon vor langer, langer Zeit gestorben. Sie waren die ältesten und weisesten Gelehrten des gesamten Feen- und Elfenreiches und sie lebten in Zaâmendra, das einst ein Zentrum der Kultur und Wissenschaften war."

„Eine Stadt der Wissenschaften?", fragte Lilly. „Welche denn?"

„Oh, so gut wie alle: Algebra, Naturwissenschaften, Heilkunst, Alchemie, Astronomie, Astrologie und die schönen Künste nicht zu vergessen!"

„Oh, wie gerne wäre ich dort gewesen!", sagte Lilly mit verträumtem Blick.

Tibana bedachte das Mädchen mit einem verständnisvollen Blick. „Was wir als Nächstes tun sollten, ist, die Lichtelfenritter aufzusuchen, um ihnen die gute Nachricht zu bringen, dass ihr König lebt! Gemeinsam mit ihnen werden wir einen Weg finden, um Farzanah zu besiegen."

„Dann wirst du mit uns kommen, Tibana?", fragte Alrick hoffnungsvoll.

„Aber natürlich, Alrick! Wie könnte ich zuhause sitzen, während ihr euch aufmacht, Arwarah zu retten! Außerdem wird jeder Einzelne benötigt, wenn wir es mit Farzanah aufnehmen wollen."

„Und wer passt unterdessen auf dein Haus und die Quelle auf? Und was ist mit dem Plan, Flora hier zu lassen?", fragte Lilly besorgt.

„Haus und Quelle sind durch meinen Zauber gut geschützt und außerdem sind ja die Wichtel da! Flora allerdings muss mit uns kommen."

„Ist es weit bis Zaâmendra?", wollte Till wissen.

„Nicht, wenn wir die Nebelkrähen noch einmal rufen können!"

„Das sollte kein Problem sein! Alrick hat noch immer die Pfeife", sagte Till.

„Ja, darüber wollte ich noch mit euch sprechen! Woher habt ihr sie?"

„Wir haben sie im Dorf der Thauri-Elfen gest… gefunden! Sie war in einem Labor", antwortete Lilly diplomatisch.

„Welch glücklicher Umstand! Auch, dass Alrick sie zu gebrauchen weiß! Außer König Arindal selbst kenne ich keinen, dem die Krähen gehorchen!"

„Das war ganz leicht!", sagte Flora, die zu ihnen zurückgekommen war. „Alrick ist eben der beste Flötenspieler auf der ganzen Welt." Strahlend kletterte sie auf den Schoß des Elfen, der vor Verlegenheit rot anlief.

„Da hast du ganz recht, kleines Fräulein!", lachte Tibana. „Aber wir sollten keine Zeit verlieren, sondern aufbrechen. Solange wir nicht wissen, was es mit dem ‚himmlischen Jäger' auf sich hat, sind wir in Eile!"

„Ja, wir sollten wirklich gehen!" Alrick half Flora, ihren Rucksack zu packen und konnte gerade noch verhindern, dass Puck und Zack, die Lausejungen, sich darin versteckten. Mit aufgeregtem Gezeter sorgte die Wichtelfrau für reichlich Proviant, während Tibana geheimnisvolle Gläschen, Säckchen und Verbandsmaterial einpackte. Der Zauberstab brachte die Frühstückstafel wieder an ihren ursprünglichen Platz zurück und bald darauf waren alle zum Aufbruch bereit. „Bleibt einmal stehen, ihr zwei!", rief Tibana Lilly und Flora zu. „Ich möchte eure Kleidung wechseln, damit ihr daran nicht immer gleich als Menschenkinder zu erkennen seid." Hurtig schwang sie den Zauberstab und schon trugen die beiden Mädchen hübsche Elfengewänder, ähnlich dem, das Tibana selbst trug.

„Jetzt liegt es bei dir Alrick Flötenspieler! Nur zu! Lass die Nebel wallen und rufe die Krähen herbei!"

Alle Augen hingen an dem Elfen, der mit dem Rücken an einem Baum gelehnt stand und die goldene Pfeife an die Lippen legte. Ein leiser Ton erklang und auf einmal versank die Welt rund um die Quelle in Schweigen. Die Vögel auf den Zweigen legten die Köpfchen schief und lauschten, die Tiere im Walde hielten in der Bewegung inne und sogar das lustige Froschvolk stellte sein immerwährendes Konzert ein. Alrick hatte die Augen geschlossen und versank ganz und gar in seiner Aufgabe. Sein schönes, jugendliches Gesicht glühte vor Eifer und Lilly fand, dass er wie Pan, der Gott des Waldes, aussah. Mit jedem Klang und mit jeder neuen Weise löste sich ein silbergrauer Nebelflügel aus dem Nichts und tanzte wundersam über der Quelle. Erst langsam und lautlos, dann schneller und wilder mit lautem Schlagen. Schließlich manifestierten sich die Umrisse der gewaltigen Vögel aus dem silbrigen Schleier. „Krah, krah!", erschallte ihr Ruf, und als wäre dies ein vereinbartes Zeichen, fand der Wald seine Stimmen wieder.

„Es hat geklappt, es hat geklappt!" Flora strahlte und auch die Gesichter der anderen waren von Erleichterung gekennzeichnet.

„Wie werden wir den Weg finden?", stellte Lilly die berechtigte Frage.

„Ja, darüber habe ich mir auch Gedanken gemacht", antwortete Tibana. „Es ist fast schon eine Ewigkeit her, dass ich in der Stadt der Wissenschaften war und aus der Luft sieht alles so anders aus! Wir müssen darauf vertrauen, dass die Nebelkrähen den Weg kennen!"

„Und ich habe den Stein Metâbor. Die Herrin der Quellen hat gesagt, dass er mir den Weg weist!"

„Das hat sie aber bestimmt in anderer Weise gemeint!", sagte Lilly skeptisch. „Mehr psychologisch als praktisch, oder?"

„Ich habe keine Ahnung. Vielleicht kann er ja beides!"

„Nur Mut, wir werden zurechtkommen. Zaâmendra liegt westlich von hier. Wir sollten erst einmal der Sonnenbahn folgen."

Mit einer Leichtigkeit, die man ihr nicht zugetraut hätte, bestieg Tibana den Leitvogel und eine Minute später flogen sie winkend eine Schleife über dem Haus und der Quelle, die ihren Augen jedoch durch den Zauber verborgen waren, sobald sie das magische Schutzfeld verlassen hatten.

IX.
Zaâmendra

Welch herrliches Gefühl von Freiheit und Glück! Der Himmel erstrahlte im schönsten Azurblau, die Luft war mild und roch nach Wald und Blumen. Für eine kurze Weile vergaßen die Reisenden die Dringlichkeit ihrer Aufgabe und gaben sich ganz und gar der Schönheit des Augenblicks hin – sogar Lilly hatte inzwischen keine Angst mehr, abzustürzen. Hügel, Wiesen, Bäche und Seen glitten unter ihnen dahin und die Dörfer der Waldelfen kamen ihnen wie Spielzeug vor. Mit Schaudern dachte Till an ihre Flucht zurück und daran, wie sie um Alricks Leben gebangt hatten.

Nach und nach schwand der Wald und mit ihm die kunstvollen Baumhäuser der Taurih. Grasbewachsene Hügel reihten sich nun in unendlicher Zahl aneinander und mitten in ihren Herzen bemerkten die Kinder die Spuren des Bergbaus.

„Das ist das Land der Zwerge!", rief ihnen Tibana zu. „Die meisten Klans leben in unterirdischen Höhlen und betreiben Bergbau. Dieses hier scheint eine verlassene Grube zu sein. Seht ihr, die Stollen sind verschlossen! Nun werden wir bald das Sumpfland erreichen. Dort ist meine Heimat!"

„Sieh nur, Tibana, dort unten liegt jemand!", rief Till ganz aufgeregt.

„Könnt ihr es sehen? Es scheint ein Zwerg zu sein. Er ist verletzt!" Ohne auf die Antwort der anderen zu warten, befahl Till seiner Krähe, ganz in der Nähe der Person zu landen.

„Warte auf uns!", rief Tibana. „Wir schauen gemeinsam nach. Es könnte eine Falle sein!"

In sicherem Abstand wartete Till, bis die anderen bei ihm waren.

„Es sind zwei Zwergenmänner, seht ihr? Bis jetzt hat sich keiner von ihnen bewegt. Das Bein von dem einen ist unter dem umgekippten Wagen eingeklemmt. Wer weiß, wie lange er schon so liegt?"

„Ach, wie traurig!" Floras große Augen glitzerten mitleidig. „Sie werden doch nicht tot sein?", jammerte sie.

„Wartet hier!", befahl Tibana. „Ich sehe nach!"

Sechs Augenpaare folgten ihr ängstlich, als sie hinüberschritt und sich über den Körper des Ersten beugte. „Das gibt's doch nicht!", hörten die Kinder sie sagen. „Wen haben wir denn da? Und noch dazu in einer so misslichen Lage?"

„Ach, bitte helft mir, Herrin!", hörten die Wartenden eine vage bekannte Stimme flehen. „Mein Bein schmerzt gar sehr und ich bin am Verdursten, so lange schon liege ich hier!"

„Hilfe soll dir sogleich zuteil werden, aber zuerst musst du mir sagen, was ihr zwei hier draußen wolltet! Hier ist weit und breit nichts, oder wart ihr gar auf dem Weg nach …? Also sprich, wer oder was ist euer Ziel?" Tibanas Stimme war freundlich, aber sehr bestimmt. Unter ihrem forschenden Blick wand sich der Zwerg wie ein Wurm.

„Papperlapapp! Keine besondere Aufgabe, Herrin! Hab' nur ein bisschen nach den alten Minen geseh'n! Gold, Silber und kostbare Steine sind meine Leidenschaft, Herrin! Ich kann einfach nicht anders!"

„Ich weiß wer das ist!", rief Lilly erschrocken und sprang auf. „Es ist Huckeduûster Grindelwarz! Wie kommt der denn hierher?"

Die Miene des verletzten Zwerges verdunkelte sich, als er sah, wer sich nun zu ihnen gesellte. „Potzblitz! Wenn das nicht die vermaledeite Menschenbrut ist, die mir meinen Schatz geraubt hat. Verbrecher! Gesindel!" Wutentbrannt zerrte er an seinem Bein, konnte es aber partout nicht befreien. „Ihr müsst mir helfen, Herrin! Diese da sind sehr böse. Sie haben sich dem Wunsch Farzanahs widersetzt und den Flötenspieler befreit. Einen ganz und gar unnützen, bösen Charakter!"

„Der zufällig mein Patensohn ist!", antwortete die alte Fee mit kalter Stimme. „Wir wissen, dass du Farzanah dienst und sie Königin nennst, und wir wissen auch, dass du egoistisch, böse und gemein bist."

„Soll das etwa heißen, dass ihr mich hier liegenlasst, Herrin? Das dürft ihr nicht! Ihr seid eine Heilerin!"

„Das weiß ich selbst, du Narr, aber wer will mich daran hindern, einfach wieder aufzusteigen und davonzufliegen? Du wirst schon tot sein, wenn dich jemand anderes findet. Es sei denn, du sagst uns, was ihr hier gemacht habt."

„Verfluchte Hexe! Stinkende Menschen zu beschützen! Das wird dir noch leid tun! Blitz und Donner!" Während Tibana vorsichtig die Stelle untersuchte, an der Huckeduûsters Bein eingeklemmt war, gab sie Alrick das Zeichen zum Rasten.

„Während wir eine Kleinigkeit essen, kannst du darüber nachdenken, wie kooperativ du sein möchtest. Fällt deine Entscheidung zu unseren Gunsten aus, wird es auch dein Schaden nicht sein!"

Der andere Zwerg war inzwischen zu sich gekommen, und da ihm nichts fehlte, hatte Alrick ihn zur Sicherheit an einen nahen Baum gefesselt. Die kleine Gruppe setzte sich nun so, dass die hungrigen und durstigen Zwerge mit ansehen mussten, wie all die Leckerbissen in die Münder der Kinder wanderten. „Sein Bein ist nur unwesentlich verletzt!", flüsterte Tibana, während laute Schimpfattacken auf sie niederprasselten. „Seine Füße sind so groß, dass er nicht in der Lage ist, es unter dem schweren Wagen hervor zu ziehen. Wollen doch mal sehen, ob unser Picknick ein paar nützliche Informationen aus ihm herausholt!"

Scheinbar ganz und gar auf den Verzehr ihrer Köstlichkeiten konzentriert, saßen die Kinder beisammen und spitzten die Ohren.

„Oh, welch' köstlichen Geschmack doch ein Becher frisches Wasser hat!", sagte Tibana laut und blickte schmunzelnd in die Gesichter der Kinder, die ihr Spiel sofort aufnahmen.

„Hm, ja lecker und süß!", nickte Flora. „Schmeckt sogar besser als Himbeerlimonade!"

Heimlich beobachteten sie die Wirkung ihrer Worte auf Huckeduûster Grindelwarz, der mit wutverzerrtem Gesicht zu ihnen herüberblickte. „Trink nur nicht alles aus!", warnte Lilly und zwinkerte den anderen heimlich zu. „Es wird nicht lange reichen!" Das war zu viel für den durstigen Zwerg.

„Ja, trink nicht alles alleine, du dumme Göre! Und pass auf, dass du nichts verschüttest!"

Die Kinder achteten scheinbar nicht auf sein Gerede, sondern holten ein Stück geräucherten Schinken hervor.

„Riech mal, wie lecker das duftet!"

Lilly hielt Alrick den Schinken auffordernd vor die Nase. Der ausgehungerte Zwerg reagierte prompt.

„Nun halt ihm das Essen nicht so nah an den Zinken! Ist ja eklig. Schneidet mir was ab, ich bezahle euch auch dafür!"

„Was könntest du uns schon geben?", sagte Tibana, während sie der Aufforderung folgte und ein winziges Stückchen abschnitt.

„Gold! Gold! Greif nur in meine Hosentasche, da findest du genügend Gold, um all eure Vorräte zu bezahlen!"

Verführerisch hielt Tibana dem Zwerg ein Stück Schinken unter die Nase.

„Gold? Was sollen wir mit Gold anfangen? Es ist zu nichts zu gebrauchen. Man kann es weder essen noch trinken!"

„Ach, was seid ihr doch allesamt dumm und verbohrt! Lasst mich endlich trinken! Habt ihr kein Herz?"

„Aber ja doch! Gib uns nur einen Anlass, gut zu dir zu sein!"

„Gut zu euch? Aus welchem Grund? Wenn ihr mir nicht gehorcht, werdet ihr bestraft werden. Die, in deren Auftrag ich handle, wird sich grausam an euch rächen!"

„Kommt doch einfach zu mir, Herrin. Ich, ich sage euch, was ihr wissen wollt, wenn ihr mir Wasser, Brot und Schinken gebt!", rief auf einmal der andere Zwerg.

„Halt dein vorlautes Maul, Grimbar Moosrücken! Sonst wirst du's teuer bezahlen!"

„Ach papperlapapp! Vor dir hab ich weniger Angst als vor denen da! Und was nutzt mir die dunkle Herrin noch, wenn ich jetzt verdurste und verhungere?"

„Was redest du nur? Wenn es hart auf hart kommt, werden sie uns doch helfen!"

Grimbar Moosrücken schüttelte den Kopf. „Auf deine Lügenworte gebe ich nichts. Also hört: Wir sollten die Ruinenstadt besuchen, um zu sehen, ob sich die letzten Elfenritter dort verstecken! Jetzt gib mir sofort von dem Wasser!"

Tibana reichte ihm einen halbvollen Becher.

„Das ist nicht genug für eine so wichtige Nachricht!", zeterte er, nachdem er getrunken hatte.

„Dann berichte uns mehr!", forderte Tibana.

„Wenn wir sie finden, dann will die dunkle Herrin, dass wir das Heer der Zwerge dorthin führen. Wir haben überall im Feenreich unterirdische Gänge, wie diese hier. Und dann ... in der Nacht, wenn alle schlafen, schneiden wir ihnen die Kehlen durch! Zwerge sind gute Soldaten und mutige Kämpfer!"

„Ja, unheimlich mutig! Wenn der Gegner schläft, fallt ihr über ihn her!", zischte Alrick ihn an. „Aber daraus wird nun nichts werden!"

Unter dem Protest von Grindelwarz reichte Tibana dem anderen Zwerg Essen und Trinken, welches er sogleich mit Heißhunger verschlang.

„Na wunderbar, nun hast du alles verdorben! Nun werden wir nicht an der Kriegsbeute beteiligt werden, wenn Farzanahs Armee in die Menschenwelt zieht. All die schönen Schätze! Du bist ein solcher Dummkopf! Da fällt einem nichts mehr ein! Fehlt nur noch, dass du ihnen von der Karte erzählst!" Grindelwarz hatte sich so in Rage geredet, dass er nicht bemerkte, welchen Fehler er beging. „Lumpenpack, elendes! Ihr bringt nur Unglück. Farzanah wird euch lehren, wo's langgeht."

Da hob Tibana mit dem Zauberstab die schwere Lore vom Stein, so dass Grindelwarz' Bein freikam. Blitzschnell fesselte Alrick ihn neben seinem Kumpan an den Baum, wo auch er zu essen und zu trinken bekam. Eine Weile achtete keiner mehr auf den wütenden Zwerg, denn ihre Gedanken waren bei Farzanahs Plänen und den Elfenrittern.

„Wir dürfen hier nicht länger verweilen! Die Ritter müssen gewarnt werden!", sagte Alrick aufgeregt. „Zwar haben wir die Gefahr im Augenblick gebannt, aber im Grunde besteht sie noch immer!"

„Ja, es ist nur eine Frage der Zeit, bis Farzanah ihr Versteck erspäht. Sie ist böse, aber keineswegs dumm!"

„Es ist kein Problem, die Ritter zu warnen. Wir sind ja ohnehin bald bei ihnen!", flüsterte Till aufgeregt. „Aber was meinte der Huckeduûster mit ‚Karte'? Ich finde, wir sollten mal in seinen Taschen nachsehen."

„Ja, stimmt! Er hat so etwas gesagt! Komm, sehen wir mal nach!"

Alrick und Till gingen zu den beiden Gefangenen, die sofort einstimmig in großes Gezeter ausbrachen und alles erdenklich Böse auf sie herabbeschworen.

„Nun mach dich nicht so steif, es hat eh keinen Zweck!", lachte Till und piekte Huckeduûster zum Spaß mit dem Finger in die Seite, sodass der vor Lachen nicht weiterschimpfen konnte, während Till seine Hosentaschen entleerte. „Du meine Güte! Was schleppst du da nur alles mit dir herum?" Till breitete die Sachen ordentlich auf der Wiese aus. Da waren wahrhaftig kleine Goldklümpchen und Edelsteine, aber auch glänzende Schrauben, Glasmurmeln und allerhand anderer Plunder. Nichts, was einer Karte im Entferntesten glich. „Nichts! Und bei dir?", fragte er Alrick enttäuscht.

„Ebenfalls nichts!" Alrick blickte nachdenklich in das schadenfrohe Gesicht des Zwerges und da kam ihm eine Idee. „Sie hatten wahrscheinlich eine Tasche oder ..."

Es war nicht nötig, den Gedanken zu Ende zu sprechen. Gleichzeitig sprangen Till und der Elf zur Unfallstelle mit der umgekippten Lore, und wirklich fanden sie unweit davon eine kleine Ledertasche, die beim Aufprall davongesegelt war. Wie groß war ihr Erstaunen, als sich darin neben der gesuchten Karte zwei alte, verschlissen ausschauende Mützen fanden! Das wütende Gekeife der Zwerge bestätigte die Wichtigkeit ihres Fundes und zufrieden kehrten sie zu den anderen zurück.

„Wir haben sie!“ Triumphierend schwenkte Alrick die Karte und breitete sie schließlich im Gras aus. „Sieh nur, wie viele Gänge es gibt. Unglaublich!“

Sie steckten die Köpfe zusammen und studierten den Plan, der offensichtlich sehr, sehr alt war. „Der Zwerg hat nicht gelogen. Die Gänge reichen von Norden bis Süden und von Osten bis Westen. Was für eine unglaubliche Arbeit, sie alle zu graben!“

„Und diese hier, die mit der roten Linie, die sind zusätzlich mit einem Schienensystem verbunden. Nun kann ich gut glauben, dass Zwerge auch Eisenerz abgebaut haben. Die Karte nehmen wir mit, aber was machen wir mit den Zwergen? Wir können sie unmöglich freilassen, aber sie mitzunehmen ist wohl auch keine gute Idee.“

„Nein!“, antwortete Tibana. „Das wäre sowohl gefährlich als auch umständlich. Ich habe da einen Vorschlag, der gleichzeitig eine kleine Lehre für die beiden ist. Kommt mal mit!“

Gemeinsam gingen sie zu den Zwergen. Tibana zog ihren Zauberstab hervor und murmelte einen geheimnisvollen Spruch. Lustige Funken lösten sich von seiner Spitze und umringten die verdutzten Zwerge, die vor Staunen endlich mal den Mund hielten. Dann begannen die Konturen der beiden zu schrumpfen und nahmen eine völlig neue Form an. Als der Zauber vollendet war, hüpften zwei putzige Eichhörnchen ins Geäst des Baumes, an dem die Zwerge soeben noch gefesselt gewesen waren.

„Ach, wie süß! Kann ich die mitnehmen?“, rief Flora. „So nehmen sie doch kaum Platz weg!“

„Du spinnst wohl! Was sollen wir damit?“, rief Lilly und drehte sich empört nach der kleinen Schwester um. „Und überhaupt, der Zauber wird sicher nicht für immer andauern!“ Lilly blickte sich suchend um, denn obwohl sie die Stimme der Kleinen direkt hinter sich gehört hatte, war keine Spur von ihr zu sehen. „Flora!“, rief sie aufgebracht. „Wo steckst du schon wieder? Es fehlte noch, dass du dich hier verläufst!“

„Wieso regst du dich so auf? Ich bin doch hier!“

„Wo? Komm, das ist nicht lustig! Du hast versprochen, dich zu benehmen!“

„Aber ich mach doch gar nichts!“ Obwohl das Mädchen nirgends zu sehen war, erklang ihre jetzt weinerliche Stimme unmittelbar vor Lilly. „Hier bin ich doch!“, aufgeregt zupfte sie die Schwester am Ärmel.

„Aber wieso kann ich dich nicht sehen? Tibana, hast du etwas mit Flora gemacht?“ Lilly streckte die Arme in die Richtung aus, in der sie das Mädchen vermutete und spürte plötzlich die kleine Hand der Schwester in der ihren.

„Nein!“, antwortete Tibana. „Was ist denn los?“

„Flora ist weg! Ich meine, sie ist hier, ich halte ja ihre Hand, aber sie ist unsichtbar!“, rief Lilly aufgebracht.

„Flora“, Tibana beugte sich zu der Stelle, an der sie Flora vermutete, „hast du etwas gegessen oder getrunken, wovon wir nichts wissen? Etwas, was dir unbekannt ist?“

„Nein, ich habe nur Schinken gegessen, Wasser getrunken und Grimbars Mütze aufgesetzt.“

„Grimbars Mütze? Woher hast du sie?“

„Die war in seiner Tasche. Till hat sie mitgebracht, als er mit Alrick die Karte holte.“

„Nimmst du sie bitte mal ab?“

„Unglaublich!“ Die Freunde standen starr vor Staunen da, als sich Flora aus dem Nichts manifestierte. „Und nun setze sie bitte wieder auf!“ Schon war das kleine Mädchen wieder verschwunden.

„Leute, ich glaube, heute ist unser Glückstag!“, rief Alrick, nahm Flora, die die Mütze nun in der Hand hielt, stürmisch auf den Arm und drehte sich mit ihr im Kreis. „Da hast du einen überaus wichtigen Fund gemacht, kleine Freundin! Das hier“, triumphierend hielt er die alte, etwas schäbig aussehende Kappe in die Höhe, „ist eine Tarnkappe!“

„Ja, und hier ist noch eine zweite!“

Till hielt die alte Ledertasche des Zwerges in der Hand. „Nun haben wir eine wirklich wirksame Waffe gegen Farzanah, und das Beste daran ist, dass sie nichts davon weiß.“ Tibana sah sehr zufrieden aus. „Unsere beiden Eichhörnchen hier werden die nächsten Wochen fleißig mit Nüsse sammeln zu tun haben und wenn sich der Zauber verbraucht, dann ist Arwarah hoffentlich längst wieder so, wie es einst war, und König Arindal befreit.“

„Kommt, wir müssen uns beeilen und nach Zaâmendra weiterfliegen! Die Elfenritter können sicher gute Nachrichten gebrauchen!“ Alrick war der Erste, der sich auf seine Nebelkrähe schwang und schon wenige Augenblicke später hatten die Freunde die Reise wieder aufgenommen. Bei einem letzten Blick ins Tal sah Till die beiden Eichhörnchen friedlich auf dem Ast eines großen Baumes sitzen.

Der weitere Flug verlief ohne Zwischenfälle. Als sich der Himmel golden färbte und die Dämmerung heraufzog, erschienen endlich die gewaltigen Umrisse Zaâmendras am Horizont.

Tibana gab das Zeichen zur Landung und Alricks Befehl folgend, ließen sich die Krähen nahe dem großen Stadttor auf der Wiese nieder.

„Wir müssen uns mit Vorsicht nähern und unsere friedliche Absicht kundtun!", sagte Tibana. „Wahrscheinlich trauen sie uns nicht."

Natürlich war ihre Ankunft nicht unbemerkt geblieben. Ein Wachposten, der auf dem alten Stadtwall postiert war, hatte sie bereits bemerkt und gemeldet.

„Bleibt stehen! Wer seid ihr und was wollt ihr hier?", erklang eine ehrfurchtgebietende Stimme hinter dem Tor und sogleich sah man die Spitzen zahlreicher Pfeile drohend auf sie gerichtet.

„Lindriel, bist du das? Erkennst du mich nicht? Ich bin Tibana, die Hüterin der Quelle!"

„Tibana, ich erkannte dich wohl, aber heutzutage kann sich das Böse auch hinter einem guten Namen verstecken! Was ist euer Begehr, wer sind deine Begleiter und wieso konntet ihr Arindals Nebelkrähen befehlen?"

„Das sind viele Fragen auf einmal und es gibt lange Antworten dazu. Vorerst so viel: Die Krähen gehorchen meinem Patensohn hier. Sein Name ist Alrick, genannt Flötenspieler! Du erinnerst dich?"

„Ja! Dann ist er Farzanahs Fluch entkommen! Willkommen zurück, Flötenspieler!"

„Diese Kinder aus der Menschenwelt sind seine Retter! Das sind Lilly, Flora und Till! Sie werden uns bei König Arindals Befreiung helfen. Bitte lass uns eintreten! Wir bringen frohe Kunde!"

Für eine Weile herrschte völlige Ruhe hinter den schützenden Mauern. Den Wartenden kam es wie eine Ewigkeit vor. Tills Gedanken überstürzten sich.

„Was, wenn sie uns nicht glauben? Wir können nicht beweisen, dass wir auf ihrer Seite sind!", flüsterte er den anderen zu.

„Das wäre in der Tat fatal, aber ich glaube nicht, dass das geschieht. Wir sind aus freien Stücken hier und völlig unbewaffnet. Welcher Feind würde versuchen, sich auf diese Weise Einlass zu erwirken?"

„Ein sehr gewitzter!", antwortete Lilly gerade, als sich das große Eichentor unter lautem Ächzen einen Spalt weit öffnete, sodass zwei Männer hindurchgehen konnten.

„Wow!", entfuhr es Lilly, beeindruckt vom Anblick und der Ausstrahlung der beiden. „Die sehen wirklich aus wie aus dem Almanach! Erinnerst du dich, Till?"

„Und ob! Weißt du was? Der große Almanach kann nur von jemandem geschrieben worden sein, der Kontakt mit ihnen hatte. So eine Ähnlichkeit ist kein Zufall!"

„Ja, das würde aber bedeuten, dass die Menschen in früheren Zeiten mit den Elfen und Feen zusammenwaren. Wenigstens einige, zum Beispiel Oma Gertrudes Mutter und Großmutter. Und der Name ‚Feengrotten', der ist dann wohl auch nicht nur zufällig gewählt."

Während die Kinder leise tuschelten, betrachteten sie die Männer, die irgendwie eine seltsame Ähnlichkeit mit Alrick hatten, nur dass sie etwas älter und erfahrener wirkten. Später erklärte es sich Till damit, dass von ihnen das gleiche seltsam fluoreszierende Licht ausging, welches er schon an seinem Freund bemerkt hatte. Waldläufern gleich trugen sie bequeme Lederkleidung, die ihnen im Freien Schutz vor Wind und Wetter bot, dabei aber unverwüstlich und bequem war. Ein dünner Silberreif mit Elfensymbolen hielt ihr langes Haar zurück, sonst aber trugen sie weder Schmuck noch andere Zeichen ihrer Ritterwürde.

„Emetiel, Lindriel! Was bin ich dankbar, euch wohlbehalten vorzufinden!", rief Tibana.

„Wir empfinden ebenso für euch! Doch seid so gut und erzählt uns, wie es euch gelang, unversehrt zu bleiben und wie ihr uns gefunden habt?", bat der, den sie Lindriel genannt hatte.

„Die Herrin der Quellen hat uns beschützt! Ihre Reinheit hat mich vor dem Zauber bewahrt und uns dann durch eine Vision den Weg zu euch gewiesen. Wir sind hier, um euch im Kampf gegen Farzanah beizustehen!"

„Deine Worte klingen aufrichtig und in euren Augen leuchtet der Funke der Wahrheit. Seid uns willkommen und tretet ein. Besonders du, Alrick Flötenspieler! Wie froh sind wir, zu sehen, dass du Farzanahs Fluch entkommen bist!"

Fast ehrfürchtig reichte er Alrick die Hand und als alle gebührend begrüßt und begutachtet waren, öffnete sich das schwere Tor wieder und endlich wurde ihnen Einlass gewährt. In der Zwischenzeit hatte sich die samtschwarze Nacht über dem Land ausgebreitet. Die wenigen erhaltenen Gassen und Häuser Zaâmendras lagen im Dunkel und wurden nur ab und an durch das Flackern kleiner Laternen zum Leben erweckt. Als das Tor geschlossen war, kamen die Getreuen der Elfenritter herbei und umringten die Ankommenden. Till schätzte, dass es auf keinen Fall mehr als fünfzig Männer waren, die hier Schutz und Zuflucht gefunden hatten. Wenn er da an die nicht enden wollende Anzahl von Zelten und wohl bewaffneten Soldaten im Heer der Dunkelelfen dachte, wollte ihm alle Hoffnung schwinden.

„Lasst uns alle zum Lager gehen, damit wir eure Geschichte hören können!", sagte der dritte Elfenritter, den sie Alarion riefen. „Leider haben wir kein Feuer, damit uns sein Schein nicht verrät, aber es gibt Brot und Decken!"

„Alarion, sag deinen Männern, sie sollen Holz zusammentragen und ein Feuer anzünden, an dem sich jeder wärmen kann! Ich will einen Schutzzauber über die Stadt legen, sodass sie den Augen von Farzanahs Schergen verborgen bleibt!"

Tibana schritt den anderen voraus ein Stück die Gasse entlang, bis zur Stadtmauer, wo die Ritter auf einer Wiese lagerten und wo sich der tiefe Ziehbrunnen befand. Sie zog ihren Zauberstab hervor und sprach beschwörende Worte in der uralten Sprache der Elfen und Feen, die die Kinder schon vormals von ihr gehört hatten. Dann nahm sie den Zauberstab und tauchte ihn in die glitzernde Wasseroberfläche. Das Licht der Zauberfunken färbte es in wundersame Farben und als Tibana den Stab erhob, hing ein winziges Rinnsal wie ein silberner Faden an seiner Spitze. Die alte Wasserfee drehte sich im Kreis und blies vorsichtig in den Faden hinein, der sich sogleich zu einem immer größer werdenden, hauchdünnen Schleier ausbreitete, der hoch über der Stadt schwebte und sich endlich auf den gewaltigen Zinnen des Walls niederließ.

„Dieser Spiegel aus Wasser wird uns für längere Zeit vor Farzanah verbergen. Nun können wir uns wärmen und rasten. Eine alte Fee wie ich braucht ein paar Annehmlichkeiten!"

„Wir haben oft von deinen Künsten gehört, aber sie übertreffen bei Weitem, was wir erwartet hätten!", sagte Lindriel beeindruckt. „Heute werden wir alle zum ersten Mal seit langer Zeit ein warmes Essen haben und in Frieden schlafen können."

Auf seinen Befehl hin hatte man von irgendwo einen bequemen Sessel herbeigeholt, in dem die alte Fee nun dankbar Platz nahm und nachdem sich alle um das jetzt hell lodernde Feuer versammelt hatten, begannen Tibana und Alrick abwechselnd mit dem Bericht über die vergangenen Ereignisse. Das anerkennende Hände- und Schulterklopfen wollte kein Ende nehmen, so froh waren die Elfen über Alricks Rettung und die Nachricht darüber, dass König Arindal am Leben war. Einzig Flora war von der Müdigkeit übermannt worden. Das Mädchen lag eingekuschelt in Lindriels Mantel am Feuer und schlief. Die anderen waren viel zu aufgeregt zum Schlafen und als Tibana, die sich ein Pfeifchen gestopft hatte, die Ritter aufforderte, über das Vorgefallene zu berichten, legten sich Lilly, Till und Alrick gespannt ins Gras und hörten zu.

„Es würde viel zu lange dauern, wenn wir alle Ereignisse der letzten 100 Jahre für dich und deine Menschenfreunde aufzählen würden, Alrick Flötenspieler. Vieles davon lässt sich mit wenigen Worten zusammenfassen: Dieselbe unersättliche Gier und derselbe unerbittliche Hass, der dich verbannte, dauerte fort und wuchs noch in seinen Ausmaßen. Immer öfter kam es zu kämpferischen Auseinandersetzungen zwischen den Lichtelfen und den Anhängern Farzanahs, die es sich zum Ziel gemacht hat, sowohl die Feen- als auch die Menschenwelt regieren zu wollen. Farzanah hatte leichtes Spiel mit den einfältigen Trollen und Gnomen. Die Kobolde sind immer zu Schlechtigkeiten bereit und bei den Zwergen obsiegte die angeborene Gier nach Schätzen, die sie ihnen nach dem Sieg versprach. Sie alle schlossen sich ihr widerstandslos an, aber dies allein hätte den Sieg nicht herbeigeführt. Farzanah brauchte etwas, womit sie das große, tapfere Heer der Lichtelfen sprengen und seine Kräfte zerstreuen könnte. Sie wusste, dass die Quelle ihrer Kraft im Elfenlicht von Arwarah verborgen lag und dass sie siegen würde, wenn sie das Licht zerstören könnte. Farzanah musste jedoch einsehen, dass niemand unter der Sonne in der Lage ist, den Lichtkristall zu zerstören. Aber das jahrelange Studium der magischen Kräfte befähigte sie schließlich dazu, ein Tuch aus Verwünschungen und bösem Zauber zu weben, mit dem sie das Licht verdunkeln konnte. Ein gemeiner Zauber, der mit jedem Tag, den er andauerte, fester und stärker wurde. Um es am Elfenlicht anzubringen, musste sie jedoch in König Arindals Rittersaal, in dem das Licht schon seit Urzeiten aufbewahrt wird. Dies wäre ihr niemals gelungen, hätten die Zwerge ihr nicht geholfen. In ihrer Begleitung machte sie sich mit dem Zauber auf den weiten Weg nach Arwarah.

Immer häufiger drang die Kunde von merkwürdigen Unruhen in den Stämmen der Lichtelfen an des Königs Ohr. Männer verließen scheinbar grundlos ihr Zuhause und schlossen sich dem dunklen Heer Farzanahs an. Die Ursache blieb uns zunächst verborgen, obwohl König Arindal Emetiel, Alarion und mich aussandte, um gründliche Nachforschungen anzustellen. Woher hätten wir auch wissen sollen, dass sich Farzanah mit einer Truppe unsichtbarer Zwerge der Lichtfestung näherte und dass alle, die dem Unheil bringenden Zaubertuch ausgesetzt wurden, an sie verfielen? Es war eine Nacht, ebenso schwarz und sternenlos wie die heutige, als Farzanah und die Zwerge schließlich völlig unbehelligt in die Festung gelangten und das Elfenlicht von Arwarah mit dem Zaubertuch umhüllten. Von da an strahlte das Böse direkt vom Herzen Arwarahs in das Lichtelfenreich hinaus. Aus der Ferne mussten wir mit ansehen, wie Farzanah unsere willenlos gewordenen Brüder in ihr Heer aufnahm und bis heute hatten wir keine Ahnung vom Schicksal unseres Königs. Unser einziges Trachten war es zunächst, aus dem unmittelbaren Wirkungskreis des Zaubers zu gelangen. Wir flüchteten hierher und nahmen diejenigen, die ebenfalls verschont waren, mit uns. Das ist leider alles!"

„‚Leider' musst du nicht sagen!" Tibana klopfte ihre erloschene Pfeife aus. „Jetzt wissen wir, was die Katastrophe herbeigeführt hat und gemeinsam werden wir nun nach einer Lösung suchen. Und damit ihr voller Hoffnung zur Ruhe gehen könnt, will ich euch sagen: Auch wir sind im Besitz zweier Tarnkappen, und wenn wir sie taktisch geschickt einsetzen, dann können sie uns sehr hilfreich sein!"

Unter Tibanas schützendem Zauberdach verbrachten die Freunde eine ruhige Nacht. Fröhlicher Vogelsang weckte Lilly beim ersten Morgengrauen und frohgemut beschloss sie, aufzustehen und auf eigene Faust einen Erkundungsgang zu unternehmen. Ringsum im Lager herrschte tiefe Ruhe, nur der Wachposten auf dem Stadtwall grüßte sie mit einem freundlichen Nicken. Lilly eilte zum Brunnen und wusch Hände und Gesicht. Hunger verspürte sie nicht. Das Einzige, was sie zu stillen wünschte, war ihre Neugier auf die Stadt der Wissenschaften. Die Dunkelheit der vergangenen Nacht hatte ihr den Blick auf Gassen und Gebäude verwehrt, sodass sie sich jetzt suchend umschaute. Welchen Weg sollte sie einschlagen? Überall versperrten ihr Steinhaufen und Ruinen den Blick. „Wenn ich eine Universitätsstadt bauen würde, wo würde ich die Hauptgebäude platzieren?“, sinnierte Lilly laut vor sich hin und erschrak, als sie eine unerwartete Antwort erhielt.

„Im Zentrum natürlich!“ Als sie sich erschrocken umschaute, stand Alrick grinsend hinter ihr. „Wollen wir gemeinsam gehen?“

„Ja gern, aber ich bin mir über die Richtung nicht im Klaren!“

„Nichts leichter als das! Wozu hast du denn einen Elfen zum Freund?“ Alricks grüne Augen blitzen schalkhaft, aber Lilly glaubte darin noch etwas anderes zu sehen, etwas, das ihr junges Herz auf seltsame Art zum Klopfen brachte. „Wir sind doch Freunde?“, neckte er weiter. „Auch wenn du mich aus deinem Zimmer verbannt hast.“

Lilly musste lachen. „Ja, du warst zwar klein und niedlich anzusehen auf deiner ‚Zuckerdose‘, aber etwas in mir hat mich gewarnt.“

Sie ergriff die dargereichte Hand und drückte sie fest. Wie froh war sie, dass Alrick gerettet war. Der Elf verstreute etwas Zauberpulver, umfasste freundschaftlich ihre Schulter und schon schwebten die beiden kerzengerade in die Höhe, so hoch, dass sie ringsum über die Dächer Ausschau halten konnten. So weit ihr Blick reichte, verliefen die Wege sternenförmig, immer dem Zentrum entgegen, wo ein kolossaler Gebäudekomplex ihre Aufmerksamkeit erregte. Die Universität! Sie hätte sich also gar nicht verlaufen können.

„Das gefällt mir!“, rief Lilly und klammerte sich fest an den Freund, der vorsichtig mit ihr über die Häuser glitt.

„Die Universität war das Herz dieser Stadt. Alle Wege führten dorthin. Wie die Adern eines Organismus, der ohne Herz nicht leben kann. Wir müssen jetzt runter. Leider ist unsere Flugkunst nicht für längere Strecken geeignet. Aber es ist ja auch nicht mehr weit.“

Vorsichtig kletterten sie über umgestürzte Steine und loses Mauerwerk, das ihnen hier und da den Weg versperrte. Plötzlich jedoch endete die Gasse und gab den Blick auf einen großen, gepflasterten Platz frei, in dessen Kern sich das gigantische Universitätsgebäude befand. Im Gegensatz zu den anderen Bauwerken war es vollkommen unversehrt. Ja, man hatte sogar den Eindruck, dass sich jemand darum kümmerte, denn vor dem gewaltigen Eingangstor aus Eichenholz standen Kübel mit blühenden Pflanzen und ein Springbrunnen verbreitete eine angenehme Atmosphäre. Rechts und links neben dem großen Tor waren zwei übermannshohe Statuen in den weißen Sandstein gehauen.

„Das sind die Gründer der Universität. Eskilla und Nereus. Die Legende sagt, dass sie nicht nur die Wissenschaften teilten."

„Sieh nur, auf Eskillas Kleid sind lauter Sterne und Planeten und sie hat ein Teleskop!"

„Ja und Nereus hält Pinsel und Palette. Er war ein Künstler. Siehst du, sein Umhang wird von Noten gesäumt. Die beiden haben die klügsten Männer und Frauen des Feen- und Elfenreiches hierher eingeladen und wer wollte, der konnte ihren Vorlesungen folgen. Daraus ist nach und nach die Universität entstanden. Oh, wie gern hätte ich hier mein Flötenspiel vervollkommnet! Wir wollen mal sehen, ob die Tür offen ist." Alrick zog an der großen eisernen Klinke, aber das Tor gab nicht nach. „Scheint verschlossen zu sein", meinte er enttäuscht. „Wir sollten weiterlaufen. Es gibt sicher noch mehr Eingänge."

Staunend über die schöne Fassade und die verzierten Bogengänge wandelten die beiden weiter um das Gebäude herum, bis sie wirklich abermals vor einem Tor standen. Es war nicht so groß und gewaltig wie der Haupteingang, hatte aber eine Türglocke.

„Sollen wir läuten?", fragte Alrick und griff nach der Klingelschnur.

„Lieber nicht!", wollte Lilly sagen, aber da hatte der Elf schon daran gezogen. Der helle Klang der Glocke schellte laut über den Innenhof und, wer hätte es gedacht, kurz darauf schlurften schwere Schritte über den Steinboden. Hinter dem eisernen Gitter eines winzigen Fensters erschien das freundliche, runzlige Gesicht eines uralten Elfen. Sein Haar war schneeweiß und etwas dünn geworden, aber seine Augen blickten klar und gewitzt. „Wer seid ihr und was ist euer Begehr?", fragte er die überraschten Besucher mit erstaunlich fester Stimme.

„Wir sind Lilly Rudloff und Alrick Flötenspieler und wir möchten gern die Universität ansehen", sagte Alrick gehorsam.

„Das Mädchen ist ein Menschenkind!"

„Ja! Sie interessiert sich für die Sterne."

„Astronomie oder Astrologie?", fragte der Alte wieder.

„Astronomie!", antwortete Lilly ohne zu zögern, ergriff dabei aber vorsichtshalber Alricks Hand. Ein schwerer Schlüssel knarrte im Schloss. Ächzend sprang die Tür auf. „Mein Name ist Chrysius", sagte der Alte, der in ein langes weißes Gewand gehüllt war.

„Tretet ein Lilly Rudloff und Alrick Flötenspieler. Seid willkommen!

Schon viel zu lange hat kein Wissbegieriger mehr an meine Pforte geklopft. Nur herein, nur herein!"

„Wir glaubten diesen Ort völlig unbewohnt", sagte Alrick aufrichtig.

„Nun ja. Da ich allein hier lebe, kann man ihn schwerlich ‚bewohnt' nennen. Doch bin ich freiwillig hier, um über die Schätze der Wissenschaften zu wachen und dabei meine Studien zu betreiben."

„Das muss aber furchtbar einsam sein!", sagte Lilly und schaute sich in dem lichtdurchfluteten Innenhof um.

„Nein, es ist friedlich und ich habe die Gesellschaft der Vögel. Was genau sucht ihr?"

Alrick wollte schon antworten, sie wüssten es nicht genau, als Lilly ihm zuvorkam. „Wir müssen ein astronomisches Rätsel lösen und dazu brauchen wir die Bibliothek."

„Oh, die Bibliothek ist das Heiligtum dieses Ortes und kann nicht für jedermann geöffnet werden. Um was für ein Rätsel handelt es sich?"

Lilly und Alrick waren unschlüssig, wie viel sie dem alten Mann erzählen sollten, aber schließlich siegte ihr Vertrauen und sie weihten ihn ein.

„Das sollte doch herauszufinden sein!", meinte Chrysius zuversichtlich. „Dieser schändlichen Fee muss endlich das Handwerk gelegt werden! Kommt hier entlang!"

Der Weg führte sie durch lange Gänge, von welchen Türen in verschiedene Vorlesungssäle führten, die mit dem jeweiligen Studienfach beschriftet waren. Alles war ein bisschen verstaubt und ab und an hingen Spinnweben von der Decke herab. Endlich, nachdem sie jegliche Orientierung verloren und die Hoffnung schon beinahe aufgegeben hatten, standen sie vor der Bibliothek.

Lilly erwartete, dass der alte Elf einen Schlüsselbund hervorholen würde, aber stattdessen murmelte er einen geheimen Spruch und die Tür sprang auf. Überwältigt blieben Lilly und Alrick an der Eingangstür stehen. Hier war alles blitzsauber! Der Raum war hoch und hatte, einer Basilika gleich, eine gläserne Kuppel, durch die buntes Licht hereinflutete. Lustige Sonnenkringel tanzten über tausende Buchrücken, die gebunden in Pergament oder Leder in den Regalen bis hoch an die Decke reichten. Mehrere Leitern, die in einer Schiene standen, konnten rundherum an jede beliebige Stelle der Regale bewegt werden, sodass man leichten Zugang zu den Schätzen der Wissenschaften hatte. In der Mitte des Raumes standen Stühle, Tische und Lesepulte für die Studierenden bereit.

„Das ist ja nicht zu glauben!“, rief Lilly überwältigt. „Wie lange kann ich hier bleiben?“

„Solange du willst!“, schmunzelte der Alte. „Doch solltet ihr nicht zuerst das Rätsel lösen?“

„Aber wo sollen wir die Antwort finden? Es würde Jahre dauern, die Bücher nur durchzublättern!“, rief Alrick und drehte sich im Kreis, bis er über einem der Regale das Wort „Astronomie“ las. „Diese hier könnten alle hilfreich sein“, sagte er resigniert und fuhr mit der Fingerspitze über zwei Regalreihen dicker und dünner Buchrücken.

„Die kann man ja gar nicht lesen!“, sagte Lilly enttäuscht. „Was für eine Sprache ist das?“

„Das ist die alte Sprache der Elfen und Feen“, sagte Chrysius. „Ich denke, was ihr sucht, befindet sich in diesem Band.“ Behände kletterte er auf eine Leiter und holte ein dickes Buch mit schweren Holzdeckeln hervor, das sich „Sternen-Atlas“ nannte. Es war in feines Ziegenleder gebunden und hatte reich verzierte Schließen und Beschläge aus Messing. „Wenn ihr in der Lage seid, es zu öffnen, dann werdet ihr finden, was ihr sucht!“, sagte Chrysius geheimnisvoll und legte das Buch vorsichtig auf ein Lesepult.

„Schau nur, wie alt und wie wertvoll es ist!“ Liebevoll strich Lilly über die Vorderseite. Der Buchbinder hatte sich besondere Mühe gegeben und darauf ein bewegliches Messingmodell von den Umlaufbahnen um die Sonne angebracht. Es sah wunderschön aus, aber als Lilly das Buch aufschlagen wollte, ließ sich die Schließe nicht öffnen. „Was genau hat das nun wieder zu bedeuten?“, fragte sie Alrick ungeduldig.

„Ich habe keine Ahnung. Vielleicht brauchen wir einen Schlüssel. Siehst du irgendwo ein Schlüsselloch?“

„Nein! Mist! Sollen wir den Alten fragen?“

„Nein!“ Noch einmal untersuchte Alrick den Deckel. „Ich denke, es ist es so eine Art Rätsel, genau wie damals bei mir. Nur wer es löst, hat die Erlaubnis, das Wissen zu erreichen.“

Schweigend starrten die beiden auf das Buch und zermarterten ihre Hirne.

„Aber natürlich!“, rief Lilly plötzlich. „Dass es mir nicht gleich aufgefallen ist! Es ist unser Sonnensystem, aber völlig verkehrt. Die Reihenfolge der Planeten ist falsch! Merkur, Venus, Erde, Mars, Jupiter, Saturn, Uranus, Neptun – so ist es richtig!“ Lilly platzierte die kleinen Planeten neu und zuckte erschrocken zurück, als sich daraufhin im Inneren des Buchdeckels ein Mechanismus in Bewegung setzte und die Schließe des Buches von selbst aufsprang.

„Was ist das nun wieder?", rief sie empört, weil ihr Hochgefühl von so kurzer Dauer war. „Wo sind die Seiten? Das Buch ist ja gar kein Buch, sondern ein Kasten!"

„Ich weiß auch nicht!", sagte Alrick, beschämt über seine Unkenntnis. „Ich habe so etwas auch noch nicht gesehen. Hier ist lediglich so etwas wie ein Kristall auf dem Boden."

„Ach verdammt!", Lilly stampfte mit dem Fuß auf. „Am liebsten würde ich es auf den Mond schießen!"

Kaum hatte sie den Satz zu Ende gesprochen, begann der Kristall zu leuchten. Immer stärker wurde das Licht und immer größer der Lichtkegel, den er ausstrahlte, bis er die ganze Kuppel füllte, dunkelblau wie das unergründliche Universum. In seiner Mitte schwebte ein durchsichtiger, leuchtender Mond.

„Das glaub ich nicht!", rief Lilly begeistert. „Ein Hologramm! Wie wunderwunderschön!" Eine leise, angenehme Stimme erklärte Größe und Beschaffenheit des Mondes.

„Erde!", rief Lilly und sogleich wechselte die Abbildung und der blaue Planet stand sichtbar über ihren Köpfen. „Oh, Alrick! Das ist einfach unglaublich. Ich muss hierher zurückkommen!"

„Wir könnten hier gemeinsam studieren, wenn alles wieder in Ordnung ist", sagte der Elf, der nicht weniger beeindruckt war. „Aber jetzt sollten wir uns beeilen. Die anderen werden uns vermissen und wir haben das Rätsel noch nicht gelöst. Wieso glaubst du eigentlich, dass es etwas mit Sternen zu tun hat?"

„Ich weiß nicht genau. Aber was befindet sich noch über den Bergen von Sinbughwar als der Himmel?"

„Du bist ein schlaues Mädchen, Lilly! Aber dennoch könnte es auch etwas sein, was es in der Menschenwelt nicht gibt. Ein magisches Wesen zum Beispiel. Wollen hoffen, dass du recht behältst!"

„Bitte zeige uns den himmlischen Jäger mit seinem Schwert!" Vor Aufregung flüsterte Lilly die Worte nur, aber das Buch reagierte sofort. Eine Sternenkonstellation erschien in der Raumkuppel und noch ehe die Stimme mit der Erläuterung begann, rief Lilly: „Der Orion! Es ist der Orion!" Die sanfte

Stimme erklärte: „‚Himmlischer Jäger‘ ist einer von vielen Namen für das Sternenbild ‚Orion‘, das am spätherbstlichen Himmel sichtbar wird. Es besteht aus den drei Gürtelsternen, die auch als *Jakobsstab* bezeichnet werden und den nördlich davon gelegenen beiden hellen Schultersternen, *Beteigeuze* und *Bellatrix*. Fast symmetrisch dazu liegen südlich vom Gürtel die Fußsterne, wovon *Rigel* der hellste Stern des Orion ist. Die schwächeren Sterne, die sich etwa in der Mitte zwischen den Gürtel- und den Fußsternen befinden, bezeichnet man als *Schwertgehänge*. In der Mitte ...“

„Ich denke, wir haben genug gehört!“, sagte Lilly und klappte den Deckel zu. Auf der Erde sieht man den Orion so gegen Winteranfang, aber das hängt sicher damit zusammen, dass dies hier sozusagen eine andere Welt ist. Wir wollen gehen und es Tibana sagen!“

Alrick stellte das Buch ins Regal zurück. Dann liefen sie und suchten den Weg nach draußen. Chrysius sah schon von Weitem ihre leuchtenden Gesichter und kam herbei, um sie zu verabschieden.

„Wie ich sehe, habt ihr das Rätsel gelöst und die Antwort auf eure Frage bekommen. Ich hoffe sehr, dass wir uns wiedersehen, wissbegieriges Menschenkind!“

Winkend verließen die beiden die Universität durch die Pforte und eilten so schnell sie konnten zum Lagerplatz. Die anderen hatten das Frühstück bereits beendet und sich zu einer Beratung zusammengesetzt. Schnell nahmen die beiden Platz und Tibana schob ihnen ein paar Brote zu.

„Wo wart ihr denn?“, rief Flora vorwurfsvoll. „Wir haben schon auf euch gewartet.“

Alrick machte eine leichte Verbeugung vor den Rittern. „Bitte entschuldigt unsere Verspätung, doch bringen wir interessante Neuigkeiten!“

Mit ein paar raschen Worten beschrieb er ihren Besuch in der Universität und erzählte, wie sie Farzanahs Rätsel gelöst hatten.

„Wir danken dir, Lilly!“, sagte Lindriel, der offensichtlich der Anführer der Ritter war. „Nun wissen wir, dass uns weniger als vier Wochen bleiben, um den Zauber umzukehren. Bevor ihr kamt, haben wir darüber gesprochen, dass wir Elfen uns dem verzauberten Licht von Arwarah nicht nähern können, ohne selbst verwandelt zu werden. Dies ist unser größtes Problem.“

„Das wissen wir!“, sagte Till. „Darum werden wir Menschen das Elfenlicht holen und in die Berge von Sinbughwar bringen.“

Ringsum herrschte nachdenkliches Schweigen. „Das würde bedeuten, dass du mit Lilly allein gehen müsstest. Ihr wäret ganz auf euch gestellt!"

„Ja! Wir haben sowieso nur zwei Tarnkappen. Was gibt es da zu überlegen?"

„Oh, eine ganze Menge, mein Junge! Ihr seid Gäste in unserem Land und wenn euch etwas zustößt ... Nicht auszudenken!" Lindriel schaute sich nachdenklich im Kreise um, aber auf den Gesichtern seiner Freunde war nur Ratlosigkeit zu sehen.

„Was soll schon passieren? Wir sind nicht dümmer als die Zwerge und wir sind genauso unsichtbar. Flora muss so lange bei Alrick und Tibana bleiben."

„Angenommen, wir machen es so, dann bleibt noch die Frage des Transportes zu klären. Wenn ihr das Licht bei euch tragt, würde jeder, der in eure Nähe kommt, dem Zauber erliegen, und dass ihr allein in die Berge geht, kommt nicht in Frage!"

„Da könnte ich behilflich sein!", meldete sich Tibana zu Wort. „Wenn Farzanah einen Fluchteppich weben konnte, der das Licht verdunkelt, dann werde ich mithilfe der Herrin der Quellen in der Lage sein, ein zauberundurchlässiges Gefäß herzustellen. Dies hätte zwei Vorteile: Wir können das Licht in die Berge tragen und der Fluch wäre unwirksam, solange wir ihn darin einschließen. Erreichen wir die Berge nicht, müssen wir dafür sorgen, dass das Gefäß für immer verschwindet."

„Aber dann bleibt auch das Licht für immer verborgen! Das wäre nur der halbe Sieg!", rief Till aufgeregt.

„Lasst uns einen Schritt nach dem anderen planen!", meinte der sonst so schweigsame Alarion. Lilly fand, dass er, abgesehen von Alrick natürlich, der schönste unter den Elfen war. Er war groß, hatte eine athletische Figur und langes, pechschwarzes Haar wie ein Indianer. Damit ihm das Haar nicht ständig ins Gesicht fiel, hatte er rechts und links einen kleinen Zopf, in welchen er kleine magische Gegenstände wie Federn und Klauen erbeuteter Tiere eingeflochten hatte. Sein schönes Gesicht war meist ernst, aber wenn er lächelte, dann zeigte er zwei Reihen weißer, ebenmäßiger Zähne. Die Augen waren samtschwarz, sodass man die Pupille nicht sah und seine Gedanken für jedermann hinter der hohen Stirn verborgen blieben. Die schmalen Brauen waren kühn geschwungen und unterstrichen die Ernsthaftigkeit seiner Züge, da er die Angewohnheit hatte, sie eng zusammen zu ziehen, wenn er nachdachte. Der Mund war markant und gerade, das Kinn schmal mit einem kleinen Grübchen darin.

„Da wir nicht unbegrenzt Zeit haben, sollten wir uns in zwei Gruppen aufteilen. Während ihr den Zauber wirkungslos macht, reiten wir zu Farzanahs Burg in Darwylaân und befreien unseren König."

„Das ist weise gesprochen, Alarion!", antwortete Lindriel, der, wie die Kinder fanden, das Gegenteil Alarions war, denn sein Haar war flachsblond und seine Augen so blau wie der Himmel. Obwohl er nicht unbedacht redete, liebte er die Gesellschaft anderer und hatte immer ein freundliches oder fröhliches Wort parat. Von den drei Elfenrittern war er der Älteste und Erfahrenste, während Emetiel der Jüngste war. Emetiel war klein und kräftig gebaut. Sein rotblondes Haar war widerspenstig, weswegen er es immer mit einem Lederriemen zusammenband. Wie alle Rothaarigen hatte er eine helle Haut, und damit nicht allzu viel davon zu sehen war, hatte er sich einen Vollbart wachsen lassen, den er oft in Gedanken liebevoll streichelte. Seine graugrünen Augen konnten nur kurzzeitig an einer Stelle verweilen, überhaupt schien er immer irgendwie in Bewegung zu sein. Bei seinen Gefährten war er seines Humors und seines Mutes wegen sehr beliebt.

„Der Reiseweg zu Pferd ist lang! Wenn es Alrick wieder gelingt, die Nebelkrähen zu rufen, dann könnte der Zauber vielleicht schon gebannt sein, wenn wir an der Burg eintreffen."

„Voraussetzung dafür ist aber, dass es mir schnell genug gelingt, das Gefäß zu erschaffen. So ein mächtiger Zauber bedarf einiger Vorbereitung und ist nicht einfach!", erwiderte Tibana.

„Ein Kräutlein hier, ein Knöchelchen da ... Was glaubt Ihr, wie lange Ihr braucht, ehrwürdige Hüterin der Quelle?", fragte Emetiel.

„Ehrlich gesagt, ich weiß es nicht. Zuhause, da bin ich gut vorbereitet, habe meine Bücher, die Kräuter und Knöchelchen parat", schmunzelte Tibana den errötenden Emetiel freundlich an, „aber hier? Zwei, drei Tage wird es dauern. Dazu der Flug! Wenn wir frühzeitig aufbrechen, sind wir, wenn alles glatt geht, am späten Abend in der Nähe von König Arindals Festung. Aber Till und Lilly können sich der Festung nur vorsichtig nähern, da wir sie im Vorfeld nicht auskundschaften können."

„Dann sprechen wir also von ungefähr einer Woche. Das entspricht in etwa auch unserer Reise- und Vorbereitungszeit. Da wir einander nicht über das Gelingen unserer Vorhaben unterrichten können, müssen wir einen bestimmten Tag für die Ausführung festsetzen. Zuerst handelt ihr und dann wir!" Lindriel lehnte sich an den Baumstamm hinter sich.

„Ganz egal, ob ihr den Zauber nun brecht oder nicht", fügte Emetiel stürmisch hinzu, „wenn wir einmal vor der Burg dieser Furie stehen, dann werde ich nicht umkehren und meinen König dem Schicksal überlassen! Notfalls muss es auch andersherum gehen. Wir fangen Farzanah und zwingen sie, ihren eigenen Zauber zu brechen!"

„Wir kennen und schätzen deinen Mut, Emetiel." Lindriel klopfte dem Jüngeren freundschaftlich auf die Schulter. „... und du kannst gewiss auf uns zählen, wenn die Umstände es verlangen. Aber so weit sollte es lieber nicht kommen."

„Lieber will ich mit meinem König untergehen, als mich dieser schwarzen Hexe anzuschließen!", sagte Alarion.

„Und wer soll Farzanah dann daran hindern, die Menschenwelt zu erobern? Nein, wir dürfen keine Niederlage erleiden! Am Ende muss doch immer das Gute siegen, nicht wahr?", empörte sich Till.

„Ja, wie im Märchen!", fügte Flora, die noch nicht alles richtig erfassen konnte, Tills Worten hinzu. „Und der schöne Prinz bekommt die Prinzessin!"

„Na, das wollen wir doch hoffen!", sagte Alrick grinsend und errötete, als die anderen ihn erstaunt musterten.

„Dennoch gibt es eine Möglichkeit, euch über das Gelingen unseres Vorhabens zu informieren", sagte Tibana. „Wenn mich nicht alles täuscht, dann kann man die Festung Arindals bis weit in das Land Darwylaân sehen. Sobald wir erfolgreich und in Sicherheit sind, werde ich ein helles Licht über den Türmen erscheinen lassen und die Gewissheit, die ihr damit erlangt, wird euch zum Sieg führen."

„So soll es sein!", Alarion nickte zufrieden. „Was dann geschieht, das müssen wir den guten Mächten überlassen. Entweder, und das wäre am besten, werden wir Farzanahs habhaft und können ihr das Handwerk legen, oder sie ruft ihre Mannen und es kommt zum Kampf."

„Aber das soll eure Sorge nicht sein!", fügte Lindriel, an die Kinder gewandt, hinzu. „Sobald ihr das Elfenlicht habt, fliegt ihr so weit es geht in die Berge hinauf. Dort oben, wo die magischen Kräfte am stärksten sind, dort muss es eine Möglichkeit geben, das Licht zu reinigen! Tibana, du musst es herausfinden!"

„So soll es sein!" Alle waren sich darüber einig.

„Dann wollen wir uns ohne Umschweife auf den Weg machen! Je eher wir gehen, umso eher werden wir siegen!", sagte Lindriel hoffnungsvoll.

Nun tauschten die Elfenritter die leichte Waldläuferkleidung gegen schwere Ledertuniken, die fast bis zum Knie hinab reichten. Darüber legten sie ihre aus einem speziellen Metall gefertigten Rüstungen an und steckten die Messer in die Gürtel. Die Kinder betrachteten die verschiedenen Schutzsymbole, die in Brustharnische und Unterarmschützer graviert worden waren. Die leichten Jagdschuhe wurden gegen schwere Reitstiefel getauscht und das Schwertgehänge angelegt. Über ihren weiten Mänteln trugen sie letztlich noch Köcher und Bogen. Ein Respekt einflößender Anblick!

„Nehmt dies hier mit auf den Weg!“ Tibana reichte Lindriel ein kleines Gefäß, das an einer Kette hing. „Wenn du von seinem Inhalt ein wenig auf die Erde tropfst wird ein dichter Nebel aufsteigen und dich und deine Männer vor dem Feind verbergen. Für euch selbst aber wird er durchsichtig sein wie reine Luft. Tropfst du etwas davon in ein Gewässer, werden die Fluten anschwellen und den Feind mitreißen oder ertränken. Ihr aber könnt trockenen Fußes hindurchschreiten. Tropfst du etwas davon in den Wind, dann wird er sich zum Orkan ausweiten und den Feind davontragen. Ihr selbst aber werdet nichts fühlen als einen kühlen Lufthauch. Doch bitte ich dich, sparsam damit umzugehen, denn die Wirkung ist nur von kurzer Dauer.“

Voller Bewunderung für die alte Fee nahm Lindriel das kostbare Geschenk entgegen und verabschiedete sich mit erhobener Hand von den neuen Freunden. „Möge uns das Schicksal gnädig sein, damit wir Glück und Zufriedenheit in die Behausungen des Elfenreiches zurückbringen, wie wir es geschworen haben!“ Mit einem Schwung saßen die Männer im Sattel.

„Haben wir nach vier Tagen noch kein Lichtzeichen von euch, dann werden wir die erstbeste Gelegenheit nutzen, um in die Festung einzudringen!“

Ein leises Schnalzen mit der Zunge und die Berittenen setzten sich in Bewegung. Tibana, Alrick und die Kinder standen noch lange auf dem verlassenen Wall und blickten ihnen nach. Wie und wann würden sie sich wiedersehen?

„Nun, da unsere guten Wünsche sie begleiten, wollen wir uns lieber an die Erfüllung unserer eigenen Aufgabe machen! Die halbe Nacht habe ich darüber nachgedacht, ob es nicht klüger wäre, in meine eigene Kräuterkammer zurückzufliegen, aber ich befürchte, die Strapazen sind zu hoch und die Zeit viel zu knapp. Also, meine Lieben, ich schlage vor, dass wir einen Besuch bei Chrysius machen! So war doch sein Name, nicht?“

Tibana nahm Flora bei der Hand und gemeinsam eilten sie durch die halb verfallenen Gassen der Stadt, bis sie zur Pforte kamen.

„Nun, nun!“ Hörten sie den Alten brummen, nachdem sie geläutet hatten. „Einen Augenblick Geduld! Meine Beine sind alt geworden!“

Das Schlurfen über den Steinboden war deutlich zu hören und bestätigte die Worte des Alten, ohne dass man ihn sah. Wahrscheinlich hatte er Lilly und Alrick erwartet, denn diesmal öffnete er die Tür gleich. „Oh, noch mehr wissbegierige Menschenkinder!“, lächelte er Flora an, und als er dann Tibana bemerkte, verbeugte er sich tief. „Welch‘ eine Ehre für die verlassene Stadt der Wissenschaften! Möge euer Besuch der Beginn einer neuen Ära sein! Bitte tretet näher.“

„Werter Chrysius, Lilly und Alrick haben Euch schon von unserem Vorhaben erzählt. Danke noch einmal für Eure freundliche Hilfe. Wir würden gern mehr davon in Anspruch nehmen.“

„Ja, ja! Gern will ich meine verbliebenen Kräfte für die Sache Arwarahs einsetzen. Wünscht ihr, hier zu nächtigen?“

„Die Zeit, die wir zur Lösung unserer Aufgabe zur Verfügung haben, ist knapp bemessen, aber für zwei Nächte würden wir gern bei Euch wohnen!“

„Dann will ich euch die Zimmer zeigen. Doch entschuldige ich mich, sie waren für lange Zeit nicht bewohnt und entsprechen sicher nicht dem, was ihr gewohnt seid.“

Die Freunde folgten dem Alten in die ehemaligen Studentenunterkünfte, in denen er ihnen die Zimmer zeigte. Neugierig blickten die Kinder in einen der ehemals schönen Schlafsäle mit bequemen, hohen Bettnischen und großen, hellen Fenstern, der aber jetzt über und über mit Staub, Schmutz und Spinnweben bedeckt war.

„Das genügt uns voll und ganz!“, hörten sie Tibana sagen. „Wir werden es uns gemütlich machen. Nun seid so freundlich und zeigt mir den Weg ins Labor. Ich benötige einige Geräte und Zutaten für den Zauber. Lilly, das willst du dir doch sicherlich nicht entgehen lassen?“

Keiner wollte das und vor allem wollte keiner in dem schmutzigen Schlafraum bleiben, also folgten sie Chrysius und Tibana. Der Weg führte direkt an der Bibliothek vorbei, in den hintersten Winkel des Gebäudes. Noch bevor sie die Tür erreichten, drehte der Alte sich um und ging zurück.

„Aber will er uns denn die Tür nicht aufmachen?", fragte Lilly genau in dem Moment als Tibana sie selbst öffnete.

„Dann warst du also schon einmal hier!"

„Oh, ja! Viele, viele Male, mein Kind! Und es war die aufregendste Zeit meines Lebens. So gut wie alles, was ich heute weiß, habe ich hier gelernt, oder wenigstens die Grundlagen dafür." Das Erste, was Tibana tat, war, mit dem Zauberstab ein lustig flackerndes Feuer im Kamin zu entfachen, denn der Raum war kalt und etwas feucht. Dann öffnete sie die Fenster einen Spalt, sodass die frische Luft die alte, nach merkwürdigen Kräutern und sonstigen Zutaten riechende Luft verdrängte. Mit der Luft kam auch Licht herein und die staunenden Kinder sahen sich um.

„Feuer ist ein unerlässliches Werkzeug beim Weben von Zaubern!", sagte Tibana zu Lilly. „Deshalb steht der Arbeitstisch auch so nah am Kamin."

Das Labor erinnerte die Kinder an Oma Gertrudes Gewölbekeller. Auch dort gab es viele Regale, nur, dass sie im Gegenteil zu diesen mit leckeren Dingen wie Marmelade und Eingewecktem gefüllt waren. Hier gab es hunderte von Gläsern, die fein säuberlich nach dem Verwendungszweck beschriftet in die Regale geräumt waren. Die meisten von ihnen enthielten Kräuter, aber es gab auch welche mit merkwürdigen Dingen wie getrockneten Fischschuppen, Krötenhaut, Fliegen, Spinnen und Hühnerbeinen.

Genau wie in der Bibliothek war alles penibel sauber gehalten – ein Zeichen dafür, dass der Raum häufig von Chrysius benutzt wurde. Lilly entdeckte einige sehr alte Bücher mit Zaubersprüchen in der Menschensprache und machte es sich in einem alten bequemen Lehnstuhl gemütlich. Offensichtlich hatte sie nicht den Wunsch, diesen Ort jemals wieder zu verlassen. Till, Flora und Alrick sahen sich an und zuckten die Schultern. Dagegen war wohl nichts zu machen. Da keiner von ihnen hier bleiben wollte, gingen sie hinaus und streiften über das Gelände. Sie trafen Chrysius in einiger Entfernung vom Campus bei der Gartenarbeit und gingen dem alten Mann zur Hand.

Weder Lilly noch Tibana erschienen zum Mittagessen. Flora, Till und Alrick hatten mit Chrysius' Hilfe eine leckere Suppe gekocht und brachten sie ihnen ins Labor, doch als sie Tibana und Lilly am Abend zum Essen riefen, standen ihre Suppenschalen immer noch vollkommen unberührt auf einem Tisch.

„Es macht keinen Sinn, liebe Patentante, wenn du an deinen Kräften Raubbau treibst!", sagte Alrick besorgt. „Bitte komm und iss mit uns zu Abend. Sobald Flora im Bett ist, will ich dir zur Hand gehen!"

Nur ungern willigte die alte Fee ein, aber bei aller Zauberei forderte auch der Körper sein Recht.

„Ich bin nicht recht zufrieden mit dem, was ich tue", sagte Tibana und nahm am Feuer Platz. „Irgendetwas Wichtiges habe ich vergessen oder nicht bedacht und es will und will mir nicht einfallen!"

Chrysius reichte ihr eine Schale Kräutertee, frisch gebackenes Brot und Käse von seiner Ziege. „Manche Dinge müssen reifen!", sagte er. „Esst und trinkt und ruht ein wenig. Dann wird es euch schon einfallen."

„Vielen Dank!", antwortete Tibana und verspeiste alles mit Appetit.

„Bevor ich schlafen gehe, möchte ich dir noch zeigen, wie wir in Herrn Chrysius' Garten geholfen haben!", sagte Flora mit vollen Backen. „Till hat den Zaun für seine Ziegen repariert und Alrick und ich haben den Kräutergarten gejätet und gegossen."

„Wie lieb von euch! Dann wollen wir uns das mal ansehen! Ein bisschen frische Luft kann nicht schaden. Danach geht's aber ab ins Bett!"

Gemeinsam wanderten sie durch Chrysius' Garten, der in der feuchten Abendluft fein nach Kräutern und Blumen duftete. Flora sauste durchs Gelände und stand auf einmal mit einem Sträußchen vor Tibana.

„Und die hier habe ich für dich gepflückt!"

Dankbar nahm die alte Fee die Blumen entgegen und urplötzlich huschte ein Licht über ihr faltiges Gesicht. Sie schnappte die Kleine und drückte sie an ihr Herz.

„Flora, mein Kind, du hast mir sooo geholfen. Zeige mir, wo du diese Blume gefunden hast! Sie ist es, die mir noch für den Zauber fehlte."

Aufgeregt folgten sie Flora in die äußerste Ecke des Gartens, kletterten über die halb bewachsenen Steine eines eingefallenen Pavillons und fanden schließlich dort zwischen den Steinen die geheimnisvolle Blume.

„Eisenwurz heißt sie!", sagte Tibana. „Der Extrakt ihrer Wurzeln mit den anderen Zutaten zusammen wird meinen Zauber härten und undurchlässig machen!" Vorsichtig löste die alte Fee ein paar Wurzeln aus der Erde. „Nur nicht zu viel, sonst wächst sie nicht nach!", sagte sie. „Nun könnt ihr beruhigt schlafen gehen, während ich ins Labor zurückkehre!"

„Ich will aber nicht bei den Spinnen und Fliegen schlafen!", sagte Flora weinerlich. „Ich habe Angst, dass sie mir über das Gesicht krabbeln."

„Du hast mir geholfen, nun helfe ich dir!", sagte die Fee und führte die Kinder zum Schlafraum zurück. Geheimnisvoll zückte sie ihren Zauberstab und flüsterte ein paar Feenworte. Bunte Zauberfunken gleißten durch den Raum, und was immer sie berührten, erwachte auf einmal zum Leben.

Ein Besen und ein Staubwedel tanzten wie Wirbelwinde durch den Raum und kehrten den Staub und die Spinnweben zum Tor hinaus. Wie von Geisterhand öffneten sich die Fenster, worauf Bettdecken, Kopfkissen und Matratzen hinausstürmten, sich ordentlich ausklopften und blütenrein wieder an ihren Platz zurückkehrten. Die Gardinen spülten sich selbst in einer Wanne mit duftendem Wasser und hängten sich an ihren Platz zurück, wo ein sanfter Wind sie trocken blies. Die Bettvorleger rollten sich zusammen und liefen in einer stattlichen Prozession zur Teppichstange, wo sie sich in einer Reihe anstellten, um vom Teppichklopfer ausgeklopft zu werden.

Gespenstern gleich schwebten weiße Bettbezüge und Kopfkissen herbei und zogen sich geschwind über die sauberen Betten. Die Kinder standen starr und verfolgten den Zauber mit offenem Mund. Als zum Schluss auch noch ihre Rucksäcke von allein hereingeflogen kamen und sich vor die Betten stellten, konnten sie sich vor Lachen nicht mehr halten. Flora klatschte vor Freude in ihre kleinen Hände und lief von einem Bett zum anderen.

„So!", sagte die alte Fee. „Das wäre geschafft! Und wenn du selbst sauber bist, komme ich und sage dir Gute Nacht!"

Zufrieden und mit neuer Kraft kehrte Tibana ins Labor zurück. Sie wusste, ihre Nacht würde lang und arbeitsreich werden.

Während Lilly Tibana im Labor zur Hand ging, saßen Alrick und Till bei Chrysius am Feuer. Sie sprachen über dies und jenes, auch darüber, dass Till den Stein Metâbor von der Herrin der Quellen geschenkt bekommen hatte. „Ich hoffe", sagte Till, „dass er uns den Weg weist, wenn wir in die Berge von Sinbughwar reisen müssen."

Chrysius hörte ihnen interessiert zu und erst als Till geendet hatte, ergriff er das Wort. „Wie froh bin ich, euch begegnet zu sein! Ihr beide seid einzigartige Geschöpfe mit uralten Seelen, die wieder und wieder geboren wurden. In euch schlummern das Wissen und die Erfahrung aus Jahrhunderten, Erkenntnisse, die ihr auf euren langen Lebenspfaden gesammelt habt!"

Erstaunt schauten ihn die jungen Männer an. „Wie kommst du denn darauf?", fragte Till ein wenig beschämt.

„Ich sehe es! Bei dir, Till, ist es doch ganz eindeutig. Du bist so sehr mit den guten Mächten verbunden, dass sie dir Visionen schenken! Oder denkst du, die Herrin der Quellen zeigt sich jedem beliebigen Menschen und macht ihm noch dazu ein solches Geschenk? Sie kennt sowohl dich als auch deine Verbundenheit mit dem Wasser und weiß, dass du dich ihrer würdig erweisen wirst!"

„Das klingt anstrengend!"

„Das Leben ist anstrengend! Und du, Alrick Flötenspieler, auch du hast eine Bestimmung. Ich kenne sie nicht, aber ich weiß, dass außer König Arindal niemand sonst in der Lage ist, die Nebelkrähen zu rufen! ... Dazu gehört gewaltige Magie und du hast es schon zweimal vollbracht! Um deine Person gibt es irgendein Geheimnis! Weshalb sonst hat Farzanah gerade dich so unbarmherzig behandelt?"

„Ach, ich weiß nicht. Als ich ein Kind war, lebte ich an König Arindals Hof, der damals selbst fast noch ein Jüngling war. Das war eine glückliche Zeit! Dann brachte man mich zu Tibana, meiner Patin, die mich in die Geheimnisse der Magie einweihte. Nach der Ausbildung kehrte ich an den Hof zurück und war stolz, weil König Arindal mich trotz meiner Jugend zum Torwächter machte und mir die Macht über das Boot gab. Dann begannen die Unruhen und gemeinsam mit anderen kämpfte ich gegen die dunkle Fee, die mich schließlich aus Rache an die silberne Dose bannte. Aber das ist alles schon so lange her. Während der Verbannung hat mich allein der Gedanke an König Arindal vor dem Dahinsiechen bewahrt. Er ist ein guter König!"

„Ja, das ist er und damit seine Rettung gelingt und wir bald wieder frei sind, will ich euch berichten, wie ich vor vielen, vielen hundert Jahren, als junger Elf in die Berge von Sinbughwar gewandert bin!"

„Was?!", riefen Till und Alrick wie aus einem Munde. „Das ist ja unglaublich!"

„Ich habe es nicht oft erzählt und mit der Zeit hatte ich es schon selbst fast vergessen, aber ja, ich war dort."

Die beiden Zuhörer hingen wie gebannt an den Lippen des Erzählers und vor lauter Aufregung hatte Till Alricks Arm gepackt und drückte ihn fest.

„Und weißt du auch, was uns dort erwartet?"

„Oh, ja! Ich erinnere mich gut! Was ihr sucht, wird die Wiege der Drachen genannt!"

„Die Wiege der Drachen?"

„Ja! Die Berge von Sinbughwar sind die Heimat der Drachen und all derer, die die Menschen als Fabelwesen bezeichnen!"

„Du meinst richtige, lebendige Drachen?"

„Ja! Und Dryaden, Nymphen, Zentauren und andere. Viele von ihnen leben zurückgezogen in ihren Gebieten, aber da ihr zur Wiege wollt, werdet ihr mit Sicherheit an dem ein oder anderen Klan vorbeikommen!"

„Du meine Güte, das kann ja was werden. Da wollen wir nur sehen, dass uns die Krähen so nah wie möglich an unser Ziel herantragen!", sagte Till aufgeregt.

„Besser wär's!", stimmte Alrick zu. „Und was sonst kann uns begegnen?"

„Wer kann das wissen, nach so langer Zeit? Aber was auch immer passiert, hört auf euer Herz und ihr werdet das Richtige tun!"

„Hm! Und die Wiege der Drachen, was genau ist das?"

„Buchstäblich das, was der Name schon sagt: der Nistplatz, an dem die Drachenweibchen ihre Eier ablegen. Dracheneier dürfen niemals erkalten und darum haben sie ihr Nest am Fuße des höchsten Vulkans errichtet, da, wo es immer schön warm für ihre Brut ist."

„Gut, aber wie können uns die Drachen bei der Zerstörung von Farzanahs Zauber behilflich sein? Es sei denn, sie kommen herab und fressen sie auf!", lachte Alrick.

„In den alten Büchern steht geschrieben, dass Drachenfeuer magische Dinge reinigt!"

„Feuer! Ja, das glaube ich wohl! Aber wie sollen wir die gefährlichen Drachen dazu bringen, den Lichtkristall zu reinigen, und dabei selbst am Leben bleiben?"

„Davon steht leider nichts in den alten Büchern! Das müsst ihr selbst herausfinden."

„Mit diesen wichtigen Auskünften hast du uns und Arwarah einen großen Dienst erwiesen. Wie können wir dir nur dafür danken?", fragte Alrick und drückte die Hand des Alten herzlich.

„Ich wüsste schon was!"

„Ja?"

„Nun, da ich wieder weiß, wie gut die Gesellschaft anderer tut und wie schön es ist, Wissen an die lernbegierige Jugend weiterzugeben, wünsche ich mir, dass der König nach seiner Rettung die Universität neu eröffnet!"

„Das werden wir ihm sagen!", antwortete Alrick ernst. „Und dann werde ich mit Lilly wiederkommen, um bei dir zu studieren!"

„So soll es sein, aber nun will ich zu Bett gehen. Für meine alten Knochen ist die feuchte Nachtluft Gift. Und ihr solltet auch schlafen gehen. Ich denke,

Tibana wird den Zauber im Morgengrauen beenden und dann brecht ihr auf!"

Das Feuer war inzwischen heruntergebrannt und so begaben sich Alrick und Till noch einmal ins Labor. Tibana war so beschäftigt, dass sie nur kurz aufblickte und „Morgen bei Sonnenaufgang" sagte, ehe sie sich wieder ihrer Arbeit zuwandte. Lilly saß, die Beine über die Armlehne gehängt, in einem Sessel beim Feuer. In ihren Armen hielt sie ein Buch über Zauberkräuter und Mineralien. Der Kopf war ihr auf die Brust gesunken und sie schlief. Vorsichtig löste Alrick das Buch aus ihren Händen, nahm sie auf seine Arme, trug sie zu Bett und deckte sie zu. Liebevoll betrachtete er die entspannten Gesichtszüge des Mädchens und strich eine Haarlocke aus ihrem Gesicht. Dann ging auch er schlafen.

Am Morgen, noch vor Sonnenaufgang, weckte Tibana die drei Großen.

„Es ist vollbracht!", sagte sie. „Den Rest muss die Herrin der Quellen besorgen! Ich brauche eure Kräfte, um sie zu rufen!"

Schlaftrunken taumelten die Freunde hinter der alten Fee zum Brunnen und benetzten erst einmal ihre müden Gesichter mit dem klaren Nass. Ganz wie damals beim See hatte Tibana bereits Vorkehrungen getroffen und Kerzen und Blumen auf den Brunnenrand gestellt. Das vorbereitete Zauberelixier bewahrte sie in einem irdenen Krug auf, der mit einem sauberen Tuch abgedeckt war. Obwohl die alte Fee müde sein musste, ging ein strahlendes Leuchten von ihrem Gesicht aus, sodass es den Freunden ganz feierlich zumute wurde.

Tibana zündete die Kerzen an und warf eine Handvoll Blüten auf die bewegungslose Wasseroberfläche. Dann fassten alle einander bei den Händen. „Herrin der Quellen, wir sind gekommen, weil wir deiner Hilfe bedürfen!", sagte die Fee mit würdevoller Stimme. Nach einer Weile wiederholte sie ihre Worte und die anderen stimmten mit ein. Der Morgen graute über dem Stadtwall und die ersten Vögel erhoben ihre Stimmen um den neuen Tag zu begrüßen.

„Herrin der Quellen, wir sind gekommen, weil wir deiner Hilfe bedürfen!"

Lilly strengte ihre Augen an. Täuschte sie sich oder bildete sich da ein kleiner Regenbogen über dem Wasser? Kein Zweifel! Die Farben nahmen mit jeder Sekunde an Intensität zu und schillerten in allen erdenklichen Variationen.

„Sie kommt!“, flüsterte Till und im nächsten Augenblick erschien das zarte Gesicht der Herrin der Quellen im Spiegel des Wassers.

„Seid gegrüßt, meine lieben Freunde!“, sagte sie und lächelte in die Runde. „Till Menschenkind, pass gut auf deinen Stein auf. Du wirst ihn bald brauchen! Lilly Sternensucherin, es gefällt mir, mit welchem Eifer du dich den Studien widmest. Wir werden uns noch öfter sehen. Alrick Flötenspieler, schön, dass es dir besser geht.“

Sie blickte lange in seine Augen und dann kurz zu Lilly zurück. „Warum nicht?“, sagte sie dann. „Auf diese Weise können die Welten zusammenrücken! Wo ist das kleine Mädchen, das ihr Flora nennt?“

„Sie schläft noch, Herrin!“

„Bitte gib ihr dies von mir!“ Sie reichte Lilly eine zarte Kette mit einem kristallklaren Stein. Wenn man den Kristall ganz nah an die Augen hielt, konnte man bis in die Tiefen des Ozeans blicken. „Und nun zu dir, Tibana, meine treue Dienerin. Ich kenne dein Begehr. Du hast gute Arbeit geleistet und ich will deiner Bitte entsprechen, denn ihr seid auf dem richtigen Weg! Bitte reiche mir den Krug!“

Das Spiegelbild griff nach dem Gefäß und zog ihn zu sich unter die Oberfläche des Wassers, das mit einem Mal sprudelte und wallte, als würde es sieden. Dann bildete sich ein reißender Strudel, in dessen Zentrum man bis auf den trockenen Grund des Brunnens schauen konnte. Ein Blitz zuckte über den Himmel und traf das unten stehende Gefäß mit Wucht. Nebel stieg aus der Tiefe empor und das Wasser beruhigte sich wieder. Auf seiner Oberfläche schwamm eine hellblaue, kristallklare Schatulle mit Schließen aus Seesternen und Muscheln als Zierde. Der Zauber war gelungen! Ehrfurchtsvoll betrachteten die Freunde das Schutzbehältnis und trugen es zum Haus zurück.

Floras Enttäuschung, nicht dabei gewesen zu sein, löste sich beim Erhalt der Kette in Wohlgefallen auf. Immer und immer wieder hielt sie den Stein an die Augen und konnte sich nicht an den Schönheiten des Wassers satt sehen. Nun gab es kein Halten mehr. Schnell waren die wenigen Sachen gepackt und die kleine Gesellschaft reisefertig.

„Wir liegen gut in der Zeit. Wenn wir in der Festung ebenso viel Glück haben wie hier, dann sollte unser Plan gelingen!“

Herzlich verabschiedeten sie sich von Chrysius, der ihren Proviant um einiges vermehrt hatte. Er schickte ihnen alle guten Wünsche mit auf ihren Weg und nahm ihnen das Versprechen der Wiederkehr ab.

Diesmal zweifelte niemand daran, dass Alrick die Nebelkrähen rufen könnte. Kaum hatte er die goldene Pfeife an die Lippen gelegt, hörte man das Schlagen ihrer Schwingen.

Der Himmel war bewölkt und es war schwer, die richtige Richtung beizubehalten, aber Till, der seinen Stein Metâbor fest in der Hand hielt, wich keinen Meter vom Ziel ab. Als die Nacht schon beinahe hereingebrochen war, sahen sie in der Ferne die Lichter der Festung. Wohlbehalten hatten sie ihr Ziel erreicht.

X.

Die Festung

Nun galt es, eine sichere Unterkunft zu finden. Lautlos glitten die Krähen über die Wipfel der Bäume, bis Tibana ihnen ein Zeichen gab. Sie hatte einen verlassenen Waldelfenhof gesichtet, der für ihre Zwecke gut geeignet schien. Vorsichtig trug Alrick die schlafende Flora zum Haus, das Tibana bereits mithilfe des Zauberstabes geöffnet hatte. Die ehemaligen Bewohner waren wohl erst vor Kurzem fortgezogen, um sich Farzanahs Armee anzuschließen, denn das Innere war sauber und intakt. Im Garten schreckten ein paar Hühner aus dem Schlaf und ließen gackernd ein Nest mit Eiern zurück. „Das kann nicht schaden", sagte Lilly und sammelte sie in ihrem Pullover ein. Morgen würden sie Haus und Umgebung genauer unter die Lupe nehmen.

Nur Tibana blieb noch auf, um einen Schutzkreis um den Hof zu legen. So schnell würde sie hier niemand entdecken und das Böse, das von der Festung kam, würde auch vorübergehend abgewehrt sein.

Das laute Krähen eines Hahnes weckte die Kinder schon kurz nach Sonnenaufgang, und da heute ein denkwürdiger Tag war, hielt sie nichts in den Betten. Am Frühstückstisch bekamen Till und Lilly eine Lektion über die bauliche Beschaffenheit der Burg, über Wege und Umwege, die sie in den Rittersaal zum Licht von Arwarah führen würden.

„Das Herzstück des Rittersaales ist der große Kamin, vor dem die lange Tafel steht … stand. Hoffentlich noch steht!", sagte Alrick, der sich zu erinnern suchte. „Mag sein, er ist in meiner Erinnerung so groß, weil ich noch jünger war, als ich ihn das letzte Mal sah. Jedenfalls wird der Sims von zwei wunderschönen, riesigen Steindrachen getragen. Auf dem Sims steht eine Schale und darin befindet sich der Lichtkristall!"

„Seid vorsichtig und steckt ihn sofort in die Schatulle. So ganz genau wis-

sen wir nicht, welche Auswirkungen er hervorruft, wenn man unmittelbar mit ihm in Berührung kommt!", mahnte Tibana. „Mir ist so unwohl bei der Sache! Ich wünschte wirklich, ich könnte selbst gehen!"

Nachdem sie alles noch einmal durchgegangen waren, brachen Lilly und Till auf. Alrick hatte die Nebelkrähen gerufen, zwei davon würden die Menschenkinder ungesehen bis zum Waldrand bringen. Von dort aus mussten sie laufen.

Nur ungern entließen sie die Krähen, um zu Fuß weiterzugehen, denn der Weg bis zur Festung war weit. Die erste Zeit über plauderten Lilly und Till über die verschiedensten Dinge, äußerten Vermutungen und schmiedeten Pläne, aber je müder ihre Beine wurden, umso ruhiger wurden sie.

Das weitläufige Gelände rund um die Festung war wohl vor Jahren ein Weinberg gewesen. Jetzt wuchs hier alles bunt durcheinander, aber der Weg war größtenteils frei. Wenn die beiden zurückschauten, freuten sie sich über die Strecke, die sie schon bewältigt hatten, schauten sie aber nach vorn, schien es, als wäre die Burg überhaupt nicht näher gekommen. Der Tag war hell und die Sonne schien warm auf ihre Köpfe. Zur Mittagszeit kamen sie an eine kleine Quelle und beschlossen, zu rasten.

„Ich bin das Laufen echt nicht gewöhnt!", sagte Lilly und zog ihre schweren Schnürstiefel aus. „Ein Jammer, dass die Krähen nicht auch unsichtbar werden, wenn wir die Tarnkappen tragen! Dann hätten wir vor ihrer Nase, direkt auf dem Turm landen können!"

„Ja, und sobald wir abgestiegen wären, hätten sie die Krähe bemerkt. Es hilft alles nichts! Da müssen wir durch!" Till hatte sich den Bauch mit Käse und Brot vollgeschlagen und legte sich genüsslich ins Gras. „Was die Ritter wohl jetzt gerade tun?", fragte er.

„Das Gleiche wie wir! Sie hasten vorwärts und machen jetzt eine Mittagspause." Die beiden hingen ihren Gedanken nach. So vieles gab es, woran man denken konnte. Die warmen Sonnenstrahlen machten sie schläfrig. Zufrieden lauschten sie dem Gesang der Vögel und dem Summen der Bienen, da war es um ihre Wachsamkeit geschehen.

„Verdammt!" Till schnellte in die Höhe. Er war erwacht, weil ihn fröstelte und die aufsteigende Dämmerung traf ihn wie ein Hammerschlag.

„Lilly, wach auf! Schnell! Wir sind eingeschlafen!"

„Was? Nein! Wie konnte das passieren?" Lillys Stimme klang beinahe weinerlich. „So ein Mist!" So schnell sie konnten, rafften sie ihre Sachen zusammen und liefen los. Die aufkommende Dunkelheit erschwerte ihr Vorwärtskommen. Mit zusammengebissenen Zähnen stolperten sie über Wurzeln und Grasbüschel, hielten aber das Tempo bei. Weiter! Nur weiter! „Die anderen verlassen sich auf uns. Wir dürfen sie nicht enttäuschen!", dachte Till.

Es war bereits Mitternacht, als sie die Burg vor sich liegen sahen. Einen Moment verschnauften sie und bedauerten, im Finsteren das herrliche Bauwerk mit seinen Wällen und Türmen nicht genau betrachten zu können. Alrick hatte ihnen erzählt, dass sich hinter den schützenden Mauern eine richtige kleine Elfenstadt befindet, die terrassenförmig an den Fels geschmiegt war. Erst ganz oben befand sich das Herrenhaus mit dem Hauptturm und dem Rittersaal.

Bevor Till und Lilly die Brücke zum Eingang erreicht hatten, setzten sie die Tarnkappen auf. Die Brücke war nicht hochgezogen, aber vor der verschlossenen Tür standen zwei Wächter, die ihren Dienst wohl ernst nahmen, denn sie schliefen nicht. „Da haben wir die nächste Schlappe!", flüsterte Lilly. „Wir können unmöglich hineingehen, wenn nicht ein anderer das Tor öffnet."

„Ja, es ist aber auch verhext. Was machen wir nun?"

„Wir hocken uns dort ins Gebüsch und dösen abwechselnd. Ich denke, wir hören, wenn das Tor geöffnet wird. Dann schlüpfen wir irgendwie durch. Pass nur immer auf, dass von mir nichts zu sehen ist!", sagte Till mit prüfendem Blick. „Bei dir ist alles okay!"

Die restliche Nacht verbrachten die beiden im Halbschlaf, aber sooft sie auch aufhorchten, es gab einfach keine Gelegenheit, durchs Tor zu gelangen, bis am späten Vormittag endlich ein voll beladener Karren daherkam. Till und Lilly staunten nicht schlecht über den schmutzigen Troll, der ihn zog. „Was mag der wohl geladen haben?", flüsterte das Mädchen.

„Ist doch einerlei! Lass uns hinten aufspringen!" Holpernd und polternd bewegte sich das Gefährt die Brücke hinauf, sodass die Kinder richtig durchgeschüttelt wurden.

„Halt!", rief einer der Wächter. „Wo willst du hin und was hast du geladen?" Die Antwort des Trolls klang mehr wie das Brummen eines Bären, aber der Wächter schien ihn zu verstehen. „So, so! Proviant und Pulver für die Truppenführer, also! Wollen doch mal sehen!" Ehe Till und Lilly begriffen, was der Mann vorhatte, war er schon an die Rückseite des Wagens getreten und hatte die Plane hochgerissen. Die beiden hatten gerade noch Zeit, sich zur Seite zu beugen, um nicht von ihm berührt zu werden. Tills Herz klopfte so laut, dass er befürchtete, der Elf würde es hören, aber der griff sich eine bauchige Flasche Rotwein und ein Stück Schinken, das gleich obenauf lag, zog die Plane glatt und ließ den Wagen passieren.

„Puh, das war knapp!", flüsterte Lilly. „Aber wenn wir ein wenig Glück haben, dann fährt der uns bis zum Herrenhaus hoch!"

Und diesmal hatten sie Glück. Rumpelnd fuhr der schwere Wagen über das grobe Pflaster. Die kleinen Häuser rechts und links waren ursprünglich sicher von Handwerkern, Künstlern und Händlern bewohnt gewesen. Jetzt lungerten überall böse dreinblickende Elfenkrieger herum, die Farzanahs Zeichen auf ihren Mänteln trugen. Auch das Banner, das über dem Hauptturm wehte, zeigte die siebenköpfige Schlange.

„Wie passend gewählt!", bemerkte Till sarkastisch. „Hoffentlich wachsen die Köpfe nicht nach, wenn Arindal sie abhaut!"

In der Nähe des Haupthauses sprangen die beiden vom Wagen und liefen zur Tür, die, wie Alrick ihnen gesagt hatte, über einen langen Flur zum Rittersaal führte. Ein Wächter war nicht zu sehen, aber das war auch nicht nötig, denn die Tür war verschlossen.

„Dann folgen wir eben dem Wagen weiter. Der wird seine Ladung sicherlich an der Küchentür abgeben, ehe er zum Pulverturm fährt."

Die leckeren Güter wurden offenbar bereits erwartet, denn ein rundlicher Koch mit hochrotem Kopf sprang wie ein Gummimännchen um den Wagen herum, wobei er seinen Rührlöffel wie ein Zepter schwang. Mit überschlagender Stimme rief er die Mägde zum Abladen und trommelte mit dem Löffel auf den Troll ein, der ein Bierfass in die Küche tragen sollte. Es war urkomisch anzusehen.

„Hmmm! Riechst du das? Lass uns was essen. Ich habe so einen Hunger!", wisperte Lilly in der Küche.

Staunend liefen die beiden an fertigen und halbfertigen Speisen vorbei und naschten hier und da, so wie es ihnen beliebte. Das war eine angenehme Seite des Abenteuers!

„Was meinst du?", murmelte Lilly kauend. „Ob Tibana uns erlaubt, die Tarnkappen mal mit in die Menschenwelt zu nehmen?"

„Na das wäre ein Spaß!", flüsterte Till grinsend. „Aber ehrlich gesagt, glaube ich es nicht! Bist du satt? Dann lass uns gehen. Je eher wir hier weg kommen, desto besser!"

Nun galt es die Schritte zu dämpfen, falls ihnen jemand begegnen würde.

Aber der Flur war leer. Wo lang sollten sie gehen? Sie waren weitab vom Weg, den Alrick ihnen beschrieben hatte. Dieser Teil der Festung gehörte wohl mehr dem Gesinde als den Herrschaften. Eine lange Zeit irrten sie durch Gänge und Räume, lauschten den Gesprächen der Vorübergehenden, doch den Weg zum Rittersaal fanden sie nicht.

„Warte!“, rief Till leise und hielt Lilly fest. „Was wir hier tun, das hat keinen Sinn! Die Festung ist riesig und gerade hatte ich das Gefühl, dass wir hier schon einmal vorbei gelaufen sind.“

„Und was machen wir nun?“

„Wir gehen zur Küche zurück!“

„Aber wie willst du die wiederfinden? Mit dem Stein?“

„Nicht nötig“, grinste Till. „Riechst du nichts?“

„Doch! Jetzt wo du's sagst!“

Ihrer Nase folgend fanden sie den Weg in die Küche zurück, in der während ihrer Abwesenheit schon so manches geschafft worden war. Abgesehen davon, dass der Troll völlig betrunken in einer Ecke lag und schlief, waren die Speisen jetzt vorzüglich angerichtet. Die Mägde hatten ihre schmutzigen Schürzen gegen saubere eingetauscht und waren im Begriff, eine Prozession zu bilden, um die Speisen aufzutragen.

„Das ist die Gelegenheit!“, wisperte Lilly. „Die gehen bestimmt in den Rittersaal!“

„Du hast recht, und wir gehen mit! Stell dich schon mal an, ich bin gleich wieder da!“

„Was hast du denn vor?“, wollte Lilly wissen, aber Till war schon fort. Die Mägde nahmen die schweren Schüsseln und Schalen auf und der Zug setzte sich in Bewegung. Lilly hatte keine Ahnung, wo Till war, und blieb vorsichtshalber an der Stelle stehen, an der er sie verlassen hatte. „So ein Mist!“, dachte sie verärgert. „Wieso geht er jetzt nochmal weg? Wie sollen wir uns wieder finden, wo wir uns doch nicht sehen können?“

Ungeduldig trat sie von einem Fuß auf den anderen. Als die letzte Magd im Begriff war, hinauszugehen, beschloss Lilly, nicht länger zu warten. Sie hatte die Schatulle in ihrem Rucksack, also würde sie jetzt das Licht holen. Auf keinen Fall wollte sie die Gelegenheit, den Saal zu finden, ungenutzt verstreichen lassen.

Auf leisen Sohlen schloss sie sich den Mägden an. Der Weg ging über einige Flure, die Lilly bekannt vorkamen, und endete schließlich an einer versteckten Wendeltreppe, die in die obere Etage führte. „Kein Wunder, dass wir die nicht gefunden haben", dachte Lilly und stieg hinauf. Die Treppe endete an einer kleinen Tür, die mitnichten der Haupteingang war, aber in den Rittersaal führte. Lautes Stimmengewirr drang aus dem Inneren und erst jetzt machte sich Lilly Gedanken, für wen die vielen Speisen eigentlich bestimmt waren.

Sie betrat den Saal als Letzte, gerade noch rechtzeitig, ehe ihr ein Torsteher die Tür vor die Nase gestoßen hätte. Vorsichtig sah sich Lilly nach dem Kamin um und entdeckte das Elfenlicht auf dem Sims, in einer Schale, die wie zwei emporgestreckte Hände aussah. Sie hatte erwartet, dass es in irgendeiner Weise beeindruckend leuchten würde, aber es sah eher unspektakulär nach glimmender Kohle aus, mit dem Unterschied, dass die Glut blutrot, violett und sogar giftgrün flackerte.

Eine große Anzahl von Elfen füllte den Saal. Sie saßen an einer T-förmigen Tafel und waren eifrig in Gespräche vertieft. Lilly umrundete die Tische, lauschte hier und da und fand, dass es eine grimmige Gesellschaft war. „Wo ist Till nur? Wie soll ich das Licht vor all diesen Augen stehlen und in die Schatulle stecken? Das schaff ich nicht allein!", jammerte sie in Gedanken. „Wenn Till bloß nichts zugestoßen ist!" Lilly lief zum Kamin. Dort war ihr gemeinsames Ziel und dorthin würde er mit Sicherheit kommen! Sie musste nur warten. Aufgeregt verkroch sie sich in der Nische neben dem rechten Sandsteindrachen des Kaminsimses und hoffte, dass niemand ausgerechnet dorthin wollte, wo sie gerade stand.

Sie hatte das Gefühl für die Zeit verloren. Kein Licht schimmerte mehr durch die hohen Fenster in den Raum. Es musste bereits Abend sein. Ungeduldig trat Lilly von einem Fuß auf den anderen. Das Essen war längst aufgetragen. „Worauf warten die nur?", dachte Lilly gerade, als ein lauter Fanfarenstoß durch die Halle schallte. Im nächsten Augenblick wurden beide Flügel des großen, silberbeschlagenen Haupttores geöffnet und Farzanah schritt unter dem Beifall der Anwesenden zum Kopf der Tafel.

„Das träum' ich jetzt nur!", flüsterte Lilly verzweifelt, aber der Höhepunkt ihres Entsetzens war erst erreicht, als die siebenköpfige Schlange, die Farzanah überallhin begleitete, plötzlich zischend auf sie zukam. Zitternd und vor Angst halb gelähmt, verpasste Lilly den Moment, in dem sie dem schlängelnden Tier noch hätte ausweichen können. Nun sah sie sich von sieben angriffslustigen Köpfen umringt. Mit weit aufgerissenen Augen starrte das

Mädchen auf die verwirrte Schlange, die sie wohl witterte, aber nicht sah. Da schreckte diese auf einmal zurück, weil etwas Schweres ihren empfindlichen Schwanz getroffen hatte. Und noch einmal! Wütend fauchte das Monster auf, schnellte herum und Farzanah wurde aufmerksam. Sie kam herüber und sprach beruhigend auf das Tier ein. Dann fasste sie es am Halsband und zog es mit sich zur Tafel.

„Alles klar so weit! Es tut mir leid!", hörte Lilly Tills Stimme neben sich wispern. Glücklicherweise war es ihm Rittersaal recht laut und die Tische standen weit genug vom Kamin entfernt, sodass niemand sie hören konnte.

„Du heiliger Bimbam! Bist du ihr etwa auf den Schwanz gesprungen?"

„Ja! Und zwar mit Anlauf! Was sonst hätte ich tun können? Sie hat dich gewittert. Ist ein schlaues Vieh!"

„Danke sehr! Aber wo warst du denn eigentlich? Ich hab' mir vor Angst fast in die Hose gemacht!" Lillys Stimme klang ärgerlich.

„War 'ne dumme Idee, ich weiß. Ich bin noch mal raus zum Wagen und wollte mir so ein Pulverhorn holen. Man weiß ja nie, wozu man es brauchen kann. Als ich zurückkam, da wart ihr schon weg! Ich bin wie verrückt hinter euch her, muss aber falsch abgebogen sein. Ich irrte herum und auf einmal, ich hatte es schon fast aufgegeben, stand ich vor dem Saal. Ich habe Farzanah gesehen und bin mit ihr hereingekommen. Mich hätte die Schlange auch schon beinahe erwischt!"

Vorerst blieb den beiden nichts anderes übrig, als still zu verharren und die Gesellschaft zu beobachten. Farzanah hatte ihr Glas erhoben und hielt eine feurige Rede in der Elfensprache. Lilly und Till strengten sich an, den Inhalt der Rede wenigstens zu erraten, aber das war vollkommen unmöglich. Niemand hatte von dem Zwischenfall mit der Schlange Notiz genommen und da Farzanah sie noch immer am Halsband hielt, waren die beiden momentan nicht in Gefahr, aber sie sahen, dass das schlaue Tier den Kamin nicht aus den Augen ließ.

„Wenn die nicht bald fertig werden, dann sitzen wir um Mitternacht immer noch hier, oder das Biest hat uns verschlungen. Sieh nur, wie die fünf Köpfe dauernd herüberschauen und züngeln, während die anderen von Farzanah gestreichelt und gefüttert werden! Das ist so eklig, aber irgendwie auch cool!"

„Wenn ich nur einen Blick auf die Uhr werfen könnte! Ich fühle sie, aber ich sehe sie nicht. Hast du die Schatulle bereit?"

„Ja, aber du willst doch das Licht nicht vor allen Augen stehlen?"

„Hast du eine bessere Idee? Wir warten noch, bis sie richtig betrunken sind, dann schnappen wir es und sind weg!"

„Hm ..."

„Was denn? Die saufen doch wie die Löcher! Und sieh nur in ihre Gesichter! Nichts als die pure Bosheit. Das kommt mit Sicherheit von dem Licht!"

Runde um Runde kreisten die Becher, Trinkspruch folgte auf Trinkspruch und schließlich sank mancher Kopf auf die Brust. Endlich erhob sich Farzanah und verließ den Saal.

„Gott sei Dank, sie nimmt das Vieh mit!", jubelte Lilly. „Sieh nur, wie es sich noch mal nach uns umdreht. Die Schlange weiß genau, dass wir hier sind! Pech für sie!"

Sie warteten noch ein Weile, dann sagte Till: „Ich finde, wir sollten es jetzt tun. Die Kerzen sind heruntergebrannt und das Feuer im Kamin auch. Wenn die Diener nachlegen, dann ist die Chance vorbei."

„Okay! Wir machen es so: Ich nehme die geöffnete Schatulle in die Hand und du hebst mich hoch, sodass ich an das Licht herankomme. Ich schnappe es mir, schließe die Schatulle und wir rennen zum Dienstbotenausgang. Der ist der einzige, der offensteht. Danach laufen wir über die Wendeltreppe in die Küche und hinaus. Dann sehen wir weiter!"

„Gut! Pass auf, dass du nichts umstößt oder sonst irgendwie Krach machst", sagte Till überflüssigerweise, denn das Tohuwabohu der Betrunkenen würde jedes Geräusch übertönen.

Vorsichtig nahm Lilly die Schatulle aus dem Rucksack und schulterte ihn sogleich wieder, damit er unsichtbar blieb. Dann tastete sie nach Till, der sie so weit wie möglich nach oben hob. Ein letzter Blick in die Runde, aber von den Anwesenden nahm keiner Notiz von dem Licht. Flink steckte Lilly es in das Kästchen und ließ den Deckel zuschnappen. So weit war es geschafft! Vorsichtig half Till Lilly herunter und steckte die Schatulle in ihren Rucksack. Dann fassten sie sich bei den Händen und rannten so schnell es ging aus dem Saal.

„Rechts herum!", rief Lilly leise. „Die Treppe ist dort!"

Glücklich gelangten sie zum Ausgang und wähnten sich bereits in Sicherheit, als sie das Zischen der Schlange hinter sich hörten. Eiskalte Angst bemächtigte sich ihrer, als sie in die vierzehn boshaft funkelnden Augen der Bestie blickten. Geistesgegenwärtig zog Till das Mädchen in den nächstgelegenen Flur. Ohne auf den Weg zu achten, rannten sie vorwärts, das verhängnisvolle Biest stets dicht auf den Fersen.

Krampfhaft umfasste Till seinen Stein, der um seinen Hals hing, und flehte, dass er ihm den richtigen Weg zeige. Nur vorwärts um Ecken, nach links und nach rechts. Doch das Tier war nicht abzuwimmeln. Da, eine Tür! Till riss sie auf und zerrte Lilly hinein. Er spürte den Widerstand eines Schlangenkopfes, der schmerzhaft eingeklemmt und dann zurückgezogen wurde. Nun rastete das Schloss ein. Für den Augenblick waren sie gerettet, aber vor der Tür hörten sie die Bewegungen der Bestie. Obwohl Till bezweifelte, dass das Tier in der Lage war, die Klinke zu drücken, ließ er sie nicht los.

„In meiner Jacke ist ein Feuerzeug!", sagte er zu Lilly. „Lass mal sehen, wo wir sind!"

„Mist!", entschlüpfte es ihr, als das Licht aufflackerte.

Sie waren im Turmaufgang. Die einzige Treppe, die es gab, führte hinauf zu den Zinnen und vor dem einzigen Ausgang lauerte das siebenköpfige Biest! Sie saßen in der Falle!

„Was nun?", fragte Lilly nach einer Weile zaghaft. „Vielleicht ist die Schlange schon weg? Sollen wir nachsehen?"

„Nein! Hörst du nicht, wie sie hin und her schlängelt? Ich schlage vor, wir gehen ganz leise nach oben. Vielleicht gibt es ja doch noch eine Tür zu einer anderen Etage! Lauf du schon ein Stück vor. Ich halte so lange die Klinke fest!"

Auf Zehenspitzen schlich Lilly mit dem Feuerzeug in der Hand die Treppe hinauf, aber so weit der Lichtschein reichte, waren weder Fenster noch Türen zu sehen.

„Hier ist nichts!", rief sie leise. „Komm jetzt lieber nach. Sonst stehst du völlig im Dunkeln."

Vorsichtig löste Till einen Finger nach dem anderen von der Klinke und wischte den Angstschweiß an seiner Hose ab. Rückwärts, die Tür immer im Auge, ging er lautlos zur Treppe und begann den Aufstieg. Schon wollte er sich in Sicherheit wiegen, als ein Lichtstrahl durch den Türspalt drang, dem zischend der erste Kopf folgte.

„Lauf!", schrie er, alle Vorsicht vergessend. „Lauf, Lilly und bete, dass dort oben auch eine Tür ist!"

Immer zwei Stufen auf einmal nehmend rannten sie die Treppen empor. Ihre Beine schmerzten, ihre Lungen pumpten und hinter sich hörten sie das verhängnisvolle Zischen näher kommen. Tills Blick hetzte nach oben, wo er den nächtlichen Himmel durch eine weit geöffnete Tür sah. Schon glaubte er die zuckende Zunge der Bestie im Rücken zu spüren, da wurde er von starken Armen nach oben gerissen. Dankbar und ungläubig zugleich drückte er sein Gesicht in das weiche Federkleid der Nebelkrähe. „Das war nicht eine Sekunde zu früh!", lachte Alrick leise. Schattenhaft sah er Tibana und Lilly neben sich dahingleiten.

„Dieses Mistvieh!", entfuhr es Till. „Wie gerne würde ich es damit füttern!" Er zog das Pulverhorn aus der Jacke und wollte den unnützen Ballast schon fallen lassen, da rief der Elf: „Warte! Diesen Spaß machen wir uns!"

Kühn lenkte er den Vogel in einer Schleife bis dicht über den höchsten Kopf der Schlange. Geschickt ließ er das Pulverhorn in den weit aufgerissenen Rachen fallen und während sie versuchte, das Maul zu schließen, schoss ein Funke von seiner Fingerspitze zum Maul der Bestie, die mit lautem Knall explodierte. Mehrere Minuten hing ein heller, feuerroter Ring um den Turm, der mit Sicherheit sogar bis ins Dunkelelfenland zu sehen war. Als er verlosch, waren die Flüchtlinge schon längst außer Sichtweite.

Zuerst schaute Tibana nach Flora, die aber süß wie ein Engel schlief und von dem nächtlichen Ausflug der Fee und ihres Freundes Alrick nichts bemerkt hatte. Dann entfachte sie das Feuer im Herd neu, brühte Tee auf und erhitzte die Suppe. Für die Heimkehrer war augenblicklich an Schlaf nicht zu denken! Immer wieder drückte Alrick die Hände der Freunde.

„Das war unglaublich! Woher wusstet ihr, dass wir in diesem Moment auf dem Dach sein würden?" Lilly strahlte Alrick an. „Nicht auszudenken, was ohne euch geschehen wäre!"

„Es war Tibana!", antwortete Alrick. „Sie konnte meine Angst um dich …, um euch nicht länger ertragen und hat in die Schale gesehen!"

„In die Schale gesehen? Was bedeutet das?"

„Das ist ein sehr alter Zauber, mit dem man in einer Wasserschale andere Orte sehen kann, wenn er gelingt", antwortete Tibana, die gerade mit den Suppenschüsseln hereinkam. „Esst etwas und dann geht schlafen. Ehe wir morgen früh aufbrechen, können wir versuchen, die Ritter zu sehen. Jetzt, da der Fluch eingesperrt ist, kann man es wieder ohne Gefahr wagen." Genüsslich zündete sie sich ein Pfeifchen an und trank ihren Tee. Auch sie war innerlich aufgeregter, als sie zugeben wollte.

„Und in der Schale habt ihr uns gesehen?", fragte Lilly weiter.

„Nein, nicht richtig gesehen. Ihr wart ja unsichtbar! Aber wir haben den Kamin nicht aus den Augen gelassen. Es war so eine Mischung aus Wissen und Fühlen. Als das Licht verschwand, wussten wir, dass auch seine Wirkung nachlassen würde, und haben uns auf den Weg gemacht. Das ist alles!"

„Das ist alles? Nicht zu glauben, wie einfach das klingt! Um ein Haar hätte uns dieses Biest verspeist." Lilly schüttelte es bei diesem Gedanken.

„Und wenn ihr den Stein nicht geholt hättet, dann wäre Arwarah verloren. Habt ihr nicht gesehen, wie bedingungslos die Elfen Farzanah folgen? Ich möchte zu gern wissen, was dort jetzt passiert!", sagte Alrick mit einem Seitenblick zu Tibana.

„Das wäre zu gewagt, mein Sohn!", sagte sie. „Farzanah ist eine hervorragende Zauberin. Sie könnte mich bemerken und unser Versteck ausfindig machen. Es ist nicht nötig, zu sehen, was geschieht. Du kannst es auch so erraten. Farzanah wird toben, dass die Funken sprühen. Sie hat den Zauber verloren und ihr Schoßtierchen dazu! Sie weiß, dass ihre Armee auseinanderfallen wird, wenn die Wirkung des Zaubers nachlässt. Sobald sie kann, wird sie nach Darwylaân aufbrechen, um zu retten, was zu retten ist. Wollen wir hoffen, dass die Ritter König Arindal schon befreit haben. Auch wenn der Zauber bröckelt: Die ursprünglichen Dunkelelfen bleiben Farzanah treu ergeben."

Nachdenklich schlürften die drei ihre Suppe. Wohlige Wärme breitete sich aus und mit ihr kam die Schläfrigkeit. Zufrieden klopfte Tibana ihre Pfeife in die Glut. Im Haus herrschte nächtlicher Frieden.

„Woher weiß der nur, dass wir aufstehen müssen?", murmelte Till am Morgen, als der Hahn wie verrückt krähte. Er nahm sein Kopfkissen und warf es zum offenen Fenster. Das Kissen verfehlte die Öffnung und landete auf Lilly, die es lachend zurückfeuerte. Schon war die schönste Kissenschlacht im Gange. Vergessen war die Müdigkeit. Flora hüpfte zu Till auf die Bettkante und drückte ihn immer wieder.

„Da kann man ja richtig neidisch werden!", sagte Lilly, die die beiden beobachtete. „Ihr habt das Licht, ihr habt das Licht!", sang die Kleine, ohne auf ihre Schwester zu achten und hüpfte durchs Zimmer.

Wie so oft in den letzten Tagen hatte Tibana beim Frühstück machen gemogelt und den Zauberstab zu Hilfe genommen. Normalerweise lehnte sie solche Bequemlichkeit schlichtweg ab, aber heute war Eile geboten. „Könnten wir nicht einen kleinen Blick auf die Elfenritter werfen?", fragte Alrick Tibana. „Ich wüsste so gern, wie es bei ihnen steht und ob sie unser kleines, nächtliches Feuerwerk bemerkt haben!"

„Hm", Tibana machte ein nachdenkliches Gesicht. „Ich auch, mein Junge, ich auch!" Hoffnungsvoll hingen die Augen ihrer vier Schützlinge an ihren Lippen, sodass die liebevolle Alte laut lachen musste. „Los, los! Worauf wartet ihr noch? Packt alles zusammen und zieht euch warm an. In den Bergen von Sinbughwar weht ein kalter Wind. Wenn ihr fertig seid, treffen wir uns beim Brunnen." Die jugendliche Schar stob auseinander und so schnell, dass man es kaum glauben konnte, waren die Rucksäcke gepackt. Viel hatten sie freilich auch nicht dabei.

„Mahyr wethro, ras sella si eyw rawh!", flüsterte Tibana. „Ich will, dass alles so ist, wie es war!"

Während sich die Tür knarrend verschloss, flogen Teller und Becher, Töpfe und Besteck an ihren ursprünglichen Platz zurück. Wenn die Bewohner heimkehrten, würden sie nichts von den heimlichen Besuchern bemerken.

Am Brunnen zog Tibana eine silberne Schale aus ihrem Gepäck und stellte sie auf den gemauerten Rand. „Wenn ihr mir helft, dann gelingt es schneller!", sagte sie. „Nicht sprechen, nur schauen. Bitte fasst euch an den Händen! Und jetzt denkt, so fest ihr könnt, an Lindriel, Alarion und Emetiel. Lasst sie vor eurem inneren Auge aufsteigen und lebendig werden!"

Mit der Schale in der Hand umkreiste Tibana den Brunnen, wobei sie die Augen schloss und eine leise monotone Melodie summte. Es schien, als ob alle anderen Geräusche ringsum verstummten. Die Luft knisterte förmlich und ein magischer Hauch streifte die Gesichter der Freunde. Ehrfürchtig tauchte Tibana die Schale ins Wasser und füllte sie bis zum Rand. Dann malte sie mit der Hand ein Elfensymbol darüber.

Die Wasseroberfläche erzitterte wie unter einer Berührung und als sie sich wieder glättete, sahen die Kinder das leuchtende Gesicht eines fremden Elfen. Die Züge waren schön, aber augenblicklich von Müdigkeit und erlittener Qual gekennzeichnet. Sein Haar war wirr, seine Kleidung schmutzig und blutverkrustet. Er wurde beim Laufen von zwei starken Männern gestützt, die ihn über eine steile, alte Treppe ans Tageslicht führten. Das warme Licht der aufgehenden Sonne streifte die Männer und unter dem lauten Jubel der umherstehenden Gefolgsleute wendete ihr der befreite Elf sein Antlitz zu. Da erkannten die Freunde, dass es Lindriel und Alarion waren, die ihren König gestützt hielten.

Ringsumher sah es wüst aus. Überall lagen Waffen, umgestürzte Gegenstände und Tote, die man respektvoll zur Seite getragen hatte. Da ertönte ein scharfer Pfiff über den Köpfen der Männer und alle Blicke wandten sich nach oben. Es war der tollkühne Emetiel, der von den Zinnen aus zu ihnen herab winkte. Zum Zeichen ihres Sieges über die Dunkelelfen der Burg hatte er König Arindals Flagge mit dem Zeichen des Drachen gehisst.

Die heimlichen Zuschauer wollten gerade in Jubel ausbrechen, als das Wasser in der Schale von Neuem erzitterte und urplötzlich Farzanahs wutverzerrtes Gesicht darin erschien.

„Du bist das! Hüterin der Quelle, ich erkenne dich und deine Werke. Diesmal bist du zu weit gegangen! Was kümmern mich Arindal und seine Handvoll Männer? Wenn ich das Licht wieder habe, werde ich sie mit einer einzigen Handbewegung vernichten. Du und deine Freunde, ihr seid jetzt meine wahren Gegner! Fürchtet meinen Hass! Der Zauber lebt, und ich werde ihn mir wiederholen!“

Das Wasser in der Schale begann zu dampfen und zu beben. Plötzlich schnellte eine Hand daraus hervor, die tastend um sich griff. Die Anwesenden standen wie zu Stein erstarrt. Alle, bis auf Flora! Das kleine Mädchen schnellte förmlich nach vorn, packte die Schale und leerte ihren Inhalt aus. Der Spuk war beendet.

„Beinahe wäre es übergekocht!“, sagte sie und schaute unsicher in die erschütterten Gesichter ihrer Geschwister. Wortlos riss Tibana das Kind in ihre Arme und herzte und küsste es. Dann gab sie eilig das Zeichen zum Aufbruch. Alrick rief die Krähen und binnen fünf Minuten befanden sie sich in der Luft.

XI.

Die Wiege der Drachen

Der Flug war weit und wurde unbehaglicher, je höher sie kamen. Am späten Nachmittag gab Alrick das Zeichen zum Landen. Das Licht wäre noch ausreichend gewesen, aber der Wind erschöpfte Mensch und Tier, sodass sie rasten mussten. Alrick hatte ein schmales Tal als Rastplatz gewählt, damit sie an den schroffen Seiten ein wenig Schutz vor dem Wind finden würden. So hoch oben war die Vegetation, was Bäume und Sträucher anging, schon etwas spärlich, aber weiches Gras gab es im Überfluss. Kaum hatten sie ihre Rucksäcke ins Gras gelegt, hörten sie leisen, näher kommenden Hufschlag.

„Wartet noch mit dem Auspacken!", sagte Tibana verheißungsvoll. „Wenn wir Glück haben, werden wir die kommende Nacht mit Schutz und Behaglichkeit verbringen."

Neugierig blickten die Kinder dem Geräusch entgegen und wagten kaum zu atmen, als plötzlich vier Zentauren im Galopp über die Wiese sprengten. Sie zügelten ihre Geschwindigkeit erst unmittelbar vor Tibana, die sich vor ihre Freunde gestellt hatte. Mit gesenkten Lidern betrachteten die Geschwister die muskulösen Körper der Zentauren, ihr langes, vom Wind zerzaustes Haar und die braunen Pferderücken.

„Unser Ruf ist scheinbar schon vorausgeeilt!", sagte Tibana lächelnd. „Sei gegrüßt, Mirphak! Wie ich sehe, ist die alte Wunde bestens verheilt."

„Danke der Nachfrage, Hüterin der Quelle. Das verdanke ich nur dir! Dies sind meine Gefährten Algol, Cauda und Prokyon. Wir sind gekommen, um euch ans Ratsfeuer zu bitten! Euch und die Menschenkinder." Er nickte Lilly, Flora und Till freundlich zu. „Und natürlich dich, Alrick Flötenspieler. Die Nachricht von deiner Rettung ist bis zu uns in die Berge gedrungen! Wir freuen uns, dich zu sehen!"

„Ein Ratsfeuer? Heute schon?", fragte Tibana. „Die Kunde fliegt schneller noch als der Wind!"

„So ist es, so ist es. Doch wollt ihr unsere Einladung nicht annehmen? Die

Nacht wird bald heraufziehen und es ist schon empfindlich kalt hier oben!"

„Auf denn, Mirphak! Zeige uns den Weg!"

„Ich nehme die beiden Mädchen, wenn es recht ist!", sagte Cauda, der von beträchtlicher Statur war. „Halte dich nur ordentlich fest, Kleine!"

Während der Mond seine nächtliche Bahn antrat, jagten die Freunde über die dunkle Heide. Erst als in der Ferne die verschwommenen Umrisse eines magischen Steinkreises auftauchten, verlangsamten die Zentauren ihren Schritt, um angemessen beim Ratsfeuer zu erscheinen. Flora schmiegte sich vertrauensvoll an Caudas Rücken und versicherte ihm immer wieder, wie toll der Ritt gewesen sei. Lilly lauschte ihren kindlichen Worten und beneidete die kleine Schwester um die Ungezwungenheit, mit der sie allem und jedem begegnete.

Till, Lilly und Flora hatten in den letzten Wochen gelernt, dass es Dinge zwischen Himmel und Erde gibt, die man sich nicht vorstellen kann und die bei den Menschen keinen Namen haben. Die fabelhaften Lebewesen, denen sie hier begegneten, sprengten jedoch ihr Vorstellungsvermögen gänzlich. Sprachlos tapsten sie an den Reihen der Anwesenden vorbei, auf die ihnen zugewiesenen Plätze. Sie alle hatten gelernt, dass man andersartige Wesen nicht schamlos anstarrt, aber dennoch konnten sie ihre Blicke nicht von der bunten Gesellschaft lassen, die aus den wunderlichsten und schillerndsten Wesen bestand, die sie je gesehen hatten. Es sah so aus, als ob jede Gattung der Bergbewohner eine kleine Abordnung geschickt hatte. Da waren die lieblichen Nymphen, darunter viele Baumgeister der Eichen und ihre Schwestern, die Meliai. Daneben saßen die Harpyen und die Schmetterlingsmenschen mit ihren bunt gemusterten Flügeln. Bergelfen, Gnome und Zwerge waren ebenfalls anwesend.

Ein uralter Faun, der auf einen Wurzelstock gestützt am Feuer stand, schien der Wortführer zu sein. „Sei uns willkommen, Hüterin der Quelle! Seid willkommen, Menschenkinder! Wir alle, die wir hier zusammengekommen sind, haben die Kunde von der Befreiung unseres Königs vernommen!" Der Faun machte eine kurze Pause, bevor er, diesmal an alle gewandt, weitersprach.

„Wie ihr wisst, herrschte lange Zeit Unfrieden zwischen den Völkern im

Flachland und denen der Bergwelt. Hier oben zählen vor allem die alten Traditionen. Das Rad der Zeit dreht sich langsam. Lange blieben wir von den Auswirkungen des schwarzen Zaubers verschont und haben nichts unternommen, um den Stämmen im Tal zu helfen. Später, als Farzanah schon so stark und Arindal gefangen war, fühlten wir uns machtlos und klein. Der rechte Augenblick schien verstrichen zu sein. Diese Menschenkinder haben uns aufgerüttelt. Sie haben uns gezeigt, was man mit Selbstlosigkeit, Einigkeit und Mut erreichen kann!"

Der alte Faun blieb vor Flora stehen und legte ihr die Hand auf den roten Schopf. „Du bist noch recht klein und hast doch keine Angst gezeigt!", sagte er, wobei sein Ziegenbärtchen vor Bewunderung auf und nieder hüpfte. Hinter dem Rücken fasste Flora Lillys Hand, eine Geste, die dem Alten verborgen blieb. „Heute haben wir uns versammelt, um darüber abzustimmen, ob und wie wir den Stämmen im Flachland helfen können."

Scheinbar hatte er damit genug gesagt, denn er schlurfte, auf seinen Stock gestützt, zurück zu seinem Platz. Eine geraume Weile herrschte Stille, dann aber meldeten sich gleich mehrere Vertreter zu Wort. Ein heißer Disput über das Für und Wider, das Wann und das Wie der Einmischung entbrannte. Die Kinder waren müde vom Flug und hatten auch Mühe, den verschiedenen Dialekten und Sprachen zu folgen. Lilly glaubte zu bemerken, dass selbst der alte Faun von Zeit zu Zeit einnickte. Endlich, da kein Ende in Sicht war, ergriff Tibana das Wort.

„Meine lieben Freunde!", begann sie und blickte dabei liebevoll in die Gesichter der Anwesenden. „Warum seid ihr heute Abend hier? Wieso habt ihr die langen Wege und Strapazen auf euch genommen?", fragte sie. „Ich will es euch sagen: In euren Herzen und euren Seelen habt ihr schon längst entschieden, dass ihr mithelfen wollt, Arwarah wieder zu dem zu machen, was es einst war. Im Augenblick sollten die alten Wunden vergessen sein, die unterschiedlichen Meinungen sollten zurücktreten vor dem Wunsch aller: Unsere fabelhafte Welt zu erlösen. Wenn wir dies gemeinsam vollbracht haben, dann werden wir mit Leichtigkeit Wege finden, um auch dem Einzelnen gerecht zu werden! Die heutige, denkwürdige Nacht wird in die Geschichtsbücher von Arwarah eingehen, denn es ist die Nacht, in der das Ratsfeuer zum ersten Mal für uns alle brannte. Ich schlage vor, dass wir dies zur Tradition machen und unsere Brüder und Schwestern aus dem ganzen Feenreich dazu einladen."

Lauter Beifall beschloss diese Rede und weiterer Worte bedurfte es nicht. Der ein oder andere Gast blieb noch beim Feuer sitzen und sprach dem süßen Honigwein der Nymphen zu, Lilly, Flora, Till und Alrick aber wurden von den Zentauren in die nahe gelegenen Wohnhöhlen begleitet, in denen sie auf weichen Fellen eine angenehme Nacht verbrachten.

Der nächste Tag brach unfreundlich an. Kalte, starke Herbstwinde bliesen ihnen ins Gesicht. Der Himmel war grau und regenverhangen.

„Ich bedauere sehr, dass ich euch wecken muss", sagte Tibana, „aber wir müssen aufbrechen. Die Zeit drängt."

Mirphak kam herein und brachte den staunenden Freunden ein Paket, das in feines grünes Linnen gewickelt war.

„Ein Geschenk der Nymphen!", donnerte er mit seiner kräftigen Stimme. „Wir haben es für euch in Auftrag gegeben, denn in den höheren Gebieten wird es heute sogar noch kälter sein als hier." Tibana wickelte das Päckchen auf und fand darin passende Fellwesten, ganz in der Art, wie die Zentauren sie über ihren nackten Oberkörper trugen, für alle.

„Wie wunderbar! Bitte entrichtet den fleißigen Näherinnen unseren Dank und unsere aufrichtige Bewunderung!", sagte Tibana.

„Algol, Cauda, Prokyon und ich werden euch so nah wie möglich an die Wiege der Drachen bringen!", sagte der Zentaur. „Die Nebelkrähen können unmöglich gegen den starken Wind ankommen! Seid ihr so weit?"

Wenige Minuten später ging die Reise los – zuerst leichtfüßig und schnell, dann, je höher sie kamen, langsamer und beschwerlicher. Das Gras wurde dünner, die Steine dafür umso größer. Bald verschwand der Pfad gänzlich und sie mussten absteigen. Zu groß war die Gefahr, dass die Hufe der Zentauren im scharfen Geröll ausrutschen und sie sich verletzen könnten.

„Es ist nicht mehr weit", sagte Cauda, „aber der Weg wird immer steiler. Ihr müsst zu Fuß weitergehen. Wir werden ein kleines Stück weiter unten auf eure Rückkehr warten. Wenn Ihr wollt, Hüterin der Quelle, dann bleibt mit Flora bei uns."

Die alte Fee blickte zum Gipfel des Berges hinauf und bedachte wohl, dass die anderen ohne sie schneller vorankämen.

„Magst du bei mir bleiben?", fragte sie Flora, aber das kleine Mädchen schüttelte den Kopf. „Ich komme doch gleich wieder!", sagte sie und griff nach Alricks Hand.

„Alrick, dass du mir gut auf die drei achtest. Und du, Till, du trägst die Schatulle. Denke an die Worte der Herrin der Quellen. Der Stein wird dir den Weg weisen."

Je höher die vier Wanderer kamen, umso wärmer wurde es. Wie durch ein Wunder hörte das Pfeifen des Windes auf und eine wohltuende Ruhe trat ein. Sie hatten ein Plateau erreicht, an dessen Ende sie die Ausläufer des Lyncaburh-Vulkans bemerkten. Die Drachenwiege war gefunden! Beeindruckt blieben die Freunde stehen.

„Das ist etwas anderes als Geografiebücher und Fernsehen!", meinte Till. Unablässig stiegen weiße Rauchwolken aus dem Inneren des Berges und leiser, rollender Donner mahnte zur Vorsicht.

„Der wird doch wohl nicht ausgerechnet dann ausbrechen, wenn wir dort sind?", fragte Lilly besorgt.

„Nein, das ist eher unwahrscheinlich", meinte Alrick. „Soweit ich weiß, hat er das vor 800 Jahren zum letzten Mal gemacht."

„Naja, das könnte aber auch bedeuten, dass es gerade jetzt an der Zeit ist, es wieder zu tun!" Lilly war skeptisch.

„Ein Drache! Ein Drache!", rief Flora mit einem Mal. „Seht ihr ihn? Dort oben, er fliegt um die Spitze!"

Fast gleichzeitig legten Till, Lilly und Alrick den Kopf in den Nacken und spähten zum Himmel hinauf. In diesem Augenblick riss der Wind ein Fenster in die Wolkendecke, sodass die Herbstsonne hindurch blinzelte und alles in ein freundliches Licht tauchte. Und da waren sie!

„Fünf, sechs, nein … es sind sogar acht von ihnen!", jubelte Flora. „Was machen wir nun?"

Da war guter Rat teuer. Ratlos blickten die Kinder sich an. Wieso hatten sie mit niemandem besprochen, was zu tun sei?

„In den Märchen opfert man ihnen eine Jungfrau!", sagte Till grinsend und zwinkerte Flora schnell zu, die schon den Mund aufmachte, um zu heulen.

„Du bist doof, Till Rudloff!", rief Lilly, musste dann aber über sich selbst lachen.

„Warum fragen wir die Drachen nicht einfach? Im Kindergarten haben wir gelernt, dass man mutig fragen soll, wenn man etwas möchte!", schlug Flora vor.

Lilly lag eine spöttische Antwort auf der Zunge, aber ein bittender Blick Alricks ließ sie verstummen.

„Am besten wir gehen erst einmal näher. Vielleicht fällt uns unterwegs was ein." Im Gänsemarsch setzten sie sich in Bewegung: Alrick an der Spitze, dann Lilly, gefolgt von Flora und zuletzt Till. Nur langsam verringerte sich die Distanz zum Gipfel. Alrick wollte gerade fragen, ob er Flora auf die Schulter nehmen sollte, da fiel ein gewaltiger Schatten auf sie. Einer der Drachen, der Anführer wahrscheinlich, war auf sie aufmerksam geworden und landete nun genau zwischen den Ankömmlingen und dem Nest.

„Er ist so groß wie ein Haus!", flüsterte Flora und verkroch sich hinter Alricks Rücken.

Da dem jungen Elf nichts anderes einfiel, verbeugte er sich vor dem Tier und grüßte es. Der Drache richtete sich in seiner vollen Größe auf und spreizte die gigantischen Schwingen. Sein kräftiger Schweif fegte über den Boden, sodass Steine und Sand aufgewirbelt wurden. Er riss das gewaltige Maul auf, fauchte und schrie, dass die Erde zu beben begann. Hinter Alricks Rücken fing Flora lautlos zu weinen an.

„Was soll das?" Lilly trat einen Schritt auf den Drachen zu. „Warum brüllst du so und machst uns Angst? Es ist keine Kunst, kleine Mädchen zum Weinen zu bringen!" Eigentlich war Lilly selbst dem Weinen nahe, aber Floras zuliebe musste sie stark sein. Sofort stellte sich Alrick neben sie und legte schützend den Arm um Lillys Schultern. Till hielt Flora fest. Niemand wusste, ob der Drache Lillys Worte verstanden hatte, aber er senkte sein Haupt so, dass sein Gesicht mit den Kindern auf einer Höhe war. Kleine Dampfwolken stiegen bedrohlich aus seinen Nüstern und die gelben Augen funkelten böse.

„Wer wagt es, so mit mir zu sprechen?" Das große, mit Zähnen gut bestückte Maul war ganz dicht vor Lillys Gesicht, sodass sie den Atem des Tieres spürte, der stark nach Schwefel roch.

„Ich bin Lilly, die Sternensucherin, und das sind meine Schwester Flora und mein Bruder Till!", sagte Lilly tapfer. Und weil sie sah, wie Tills Augen strahlten, wiederholte sie noch einmal. „Unser Bruder Till!"

„Eine ganze Familie also!", knurrte der Drache, schon ein winziges bisschen freundlicher. „Und der da?", er stupste Alrick unsanft mit der Nase an, sodass der Elf auf seinen Hintern fiel.

„Ich bin Alrick Flötenspieler, und wenn du das noch einmal machst, dann ... dann ..."

„Was dann?", fauchte der Drache.

„Dann kann ich vermutlich auch nichts dagegen tun", sagte der Elf etwas kleinlaut.

Was war das? Der Drache sprang auf seine Beine und ließ den Schweif zischend durch die Luft sausten. Er hustete und pustete, sodass kleine Flämmchen aus seinen Nüstern stoben. Dann brach er zur Verwunderung der Freunde in schallendes Gelächter aus, sodass ihm Tränen aus den Bernsteinaugen tropften.

„Dann kann ich auch nichts dagegen tun!", wiederholte er schallend.

„Wie wahr, wie wahr! Wie ehrlich gesprochen!"

Die Freunde schauten einander an und wussten nicht, was sie sagen oder tun sollten. Als der Drache sich beruhigt hatte, sagte er ernst: „Du bist der erste Elf, der nicht lügt, und du und deine Geschwister, ihr haltet so gut zusammen, ihr könnt nicht aus Arwarah sein."

„Wir sind Menschen!", antwortete Lilly. „Wir sind durch das Tor der Feengrotten gekommen."

„Menschen! Ah! Das letzte Mal, dass ich Menschen sah, ist fast tausend Jahre her. Damals gab es eine Friedensvereinbarung zwischen den Welten und auch zwischen den Einwohnern Arwarahs und den Drachen. Sie wurden alle gebrochen! Hochmut, Eitelkeit und Gier waren euch wichtiger als Bescheidenheit und Güte. Ihr habt das uralte Wissen der Drachen verspottet und mit Füßen getreten!"

Schon wollte er sich wieder in Zorn reden, da hob Alrick die Hand.

„Verzeiht, edler Drache, aber wir sind alle sehr jung und können nichts für die Fehler unserer Vorväter! Doch ist der Frieden, der dir so am Herzen liegt, der Grund unseres Besuches! Bitte nenne uns deinen Namen, damit wir dich würdig ansprechen können!"

„Mein Name ist Sefnaâr, doch bitte, sprich weiter und stehle nicht meine Zeit!"

„Gestern haben wir einen großen Schritt für den Frieden getan! Das erste gemeinsame Ratsfeuer des gesamten Feen- und Elfenreiches brannte und wird künftig alle Jahre mindestens einmal brennen! Die Belange aller Einwohner werden dort erörtert und beraten werden. Bald wird wieder Frieden unter den Stämmen herrschen!", erläuterte Alrick.

„Die Stadt der Wissenschaften soll wieder eröffnet werden, dann kannst du die Weisheit deiner Väter an alle weitergeben, die es wissen wollen!", ergänzte Lilly.

Lilly und Alrick hatten sich in Fahrt geredet und die Realität ein wenig mit ihren eigenen Wünschen vervollständigt. „Auch du sollst deine Vertreter schicken, damit sie am Ratsfeuer sitzen und mitentscheiden können."

„Ist das auch wahr? Werdet ihr euch auch noch in einer Woche daran erinnern, in einem Jahr, in 100 Jahren?"

Der Drache ging aufgeregt vor den Kindern auf und ab. Regenbogenfarbig glänzten seine Schuppen im Licht der Abendsonne, grün, blau und rot. Die Freunde spürten, wie er mit sich rang. Er wollte ihnen so gern glauben, aber die Erfahrung vergangener Jahrhunderte hatte ihn Anderes gelehrt. Till hatte eine Idee.

„Ehrenwerter Sefnaâr", begann er etwas unsicher, „um deine berechtigten Zweifel zu zerstreuen, bittet dich König Arindal, das Licht von Arwarah zu reinigen und damit den Bund zwischen den Stämmen zu besiegeln. Nur deinesgleichen ist in der Lage, dies zu tun."

Ohne eine Antwort abzuwarten, nahm er den Rucksack vom Rücken, holte die Schatulle hervor und stellte sie dem Drachen vor die Füße.

„Da drin ist das Licht?"

„Ja! Das Licht, das Farzanah mit einem schwarzen Zauber verflucht hat. Wenn der Orion am Herbsthimmel erscheint, dann wird der Zauber auf ewig unabwendbar!"

„Hm! Das Erscheinen des himmlischen Ritters steht unmittelbar bevor! Da darf ich keine Zeit vergeuden! Tretet zurück! Ich werde tun, worum der König mich bittet! Aber wehe euch, wenn ihr wieder abtrünnig werdet!"

„Du hast mein Wort!", rief Alrick.

„Und meins!", sagte Till.

„Und unseres auch!", fügten Lilly und Flora hinzu.

Sefnaâr schickte die vier zur Sicherheit hinter einen dicken Felsbrocken. Dann postierte er die Schatulle mit seinen Krallen und holte tief Luft. Rauch stieg aus seinen Nüstern und bald darauf schlugen helle, züngelnde Flammen hervor. Sie schlossen die Schatulle ein und ließen erst nach, nachdem von Farzanahs Fluch nichts übrig war als feiner Staub, der vom Wind davongetragen wurde. An seiner Stelle leuchtete das Licht von Arwarah hell und klar in die Herzen der Anwesenden, sodass sie von Freude und Glück erfüllt wurden. Selbst der alte Drache konnte sich nicht davor verschließen. Argwohn und Schmerz der Vergangenheit verblassten vor dem gemeinsamen Triumph.

Noch einmal bekräftigten die Freunde den Bund und flogen dann auf dem Rücken des Drachen ins Tal, in dem Tibana und die Zentauren sie bereits erwarteten. Schon von Weitem hielt Till das Licht in die Höhe, sodass der Jubel und das Lob für Sefnaâr kein Ende nahmen. Unter dem Schutz des Lichtes saß man am Abend ums Feuer und erzählte Geschichten aus alten Zeiten. Einige der Anwesenden aber schmiedeten lieber Zukunftspläne.

Als sie am anderen Morgen zum Aufbruch rüsteten, kamen viele ihrer neuen Freunde herbei, um sie zu verabschieden. Das Händeschütteln wollte und wollte kein Ende nehmen, aber endlich erhoben sich die Nebelkrähen in die Luft. Sefnaâr begleitete sie ein Stück, dann glitten sie allein dahin. Till fühlte den Lichtkristall angenehm warm auf seinem Rücken. Zum allerersten Mal seit dem Unfall seiner Eltern fühlte er sich richtig wohl. Gedankenverloren ließ er den Blick über die Schönheiten des Feen- und Elfenreiches gleiten, und ganz weit hinten in seinem Herzen spürte er den Abschiedsschmerz nahen.

Die Burg Darwylaâns lag verlassen in der Herbstsonne. König Arindal war wohl auf dem Weg nach Hause. Bis jetzt war Farzanah nirgendwo entdeckt worden, aber keiner glaubte daran, dass sie diese große Niederlage einfach so einstecken würde. Noch war das Heer der Dunkelelfen nicht zerfallen. Arindal rechnete damit, dass sie irgendwo hockte und ihre Krallen wetzte. Großzügig hatte der Elfenkönig all jenen Straffreiheit versprochen, die Abbitte tun und ihm einen Treueeid leisten würden. Wie hätte er auch diejenigen, die unter dem Einfluss des Zaubers standen von denen, die Farzanah freiwillig gefolgt waren, unterscheiden sollen? Darwylaân hatte jedenfalls seine Eigenständigkeit verloren und gehörte von jetzt an fest zu Arwarah.

Je näher sie der Festung kamen, umso mehr Bewegung bemerkten sie unter sich. Heimkehrer, meinte Tibana. Der stundenlange Flug hatte sie gänzlich ermüdet und deshalb brachen die Reisenden in Begeisterung aus, als sie endlich die Lagerfeuer des Königs erblickten. Sie waren sich sofort einig, dass sie die Nebelkrähen entlassen und gemeinsam mit dem König auf der Festung Einzug halten wollten.

Die Kunde ihrer Ankunft verbreitete sich wie ein Lauffeuer im Lager und alles, was Beine hatte, strömte herbei. Beinahe schüchtern schritten die Menschenkinder durch die Elfengasse, die sie direkt zum König führte.

König Arindal konnte es kaum erwarten, sie zu treffen, und eilte ihnen mit ausgestreckten Armen freudig entgegen. Lilly sagte später, dass er beinahe nicht wiederzuerkennen war, so schön und ehrfurchtgebietend hatte er gewirkt, in dem königlichen Gewand und mit dem fein gekämmten Haar, in dem er nun den goldenen Elfenreif, das Zeichen seiner Würde, trug. Aber obwohl er lächelte, waren seine Gesichtszüge noch immer von den erlittenen Qualen gezeichnet.

„Tibana! Hüterin der Quelle und meines persönlichen Schatzes!", begrüßte er die alte Fee herzlich. „Wie froh und wie dankbar ich bin, dich wohlauf zu sehen! Wo ist er? Wo sind seine Freunde?"

Verwundert schauten sich Lilly, Till und Alrick an. Was meinte der König mit ‚persönlichem Schatz'? Das Licht vielleicht? Tibana trat zur Seite und als Arindal auf Alrick zuging, da hätte wohl auch ein Blinder gesehen, dass die beiden zumindest verwandt waren.

„Da bist du also, Alrick, genannt der Flötenspieler." Alrick war im Begriff, sich vor dem König zu verneigen, aber der hielt ihn an der Hand zurück. „Was bin ich froh, dass du wieder bei mir bist und dass du scheinbar keinen Schaden durch Farzanah genommen hast. Du hast Großartiges geleistet, kleiner Bruder! Selbstlos und mutig, so wie es einem Prinzen von Arwarah gebührt!"

Ein erstauntes Raunen ging durch die Reihen der Anwesenden. Davon hatte scheinbar keiner gewusst – nicht einmal Alrick selbst.

„Vater hat dich bei Tibana vor Farzanah versteckt. Wenn diese alte Hexe gewusst hätte, dass du mein jüngerer Bruder bist, dann wärst du wahrscheinlich heute nicht mehr am Leben. Aber darüber können wir später noch sprechen. Willkommen daheim!" Er nahm den verdutzten Alrick in die Arme und drückte ihn herzlich. „Nun stelle mir deine tapferen Freunde und Retter vor. Für sie müssen wir uns etwas ganz Besonderes ausdenken." „Das sind die Geschwister Lilly, Flora und Till Rudloff", sagte Alrick, der immer noch wie vom Donner gerührt neben dem König stand. „Sie haben mich gerettet und auch das Licht von Arwarah!“

Bei diesen Worten holte Till den Lichtkristall aus seinem Rucksack und hielt ihn mit ausgestreckten Armen über den Kopf. Der Anblick des gereinigten Lichtes brachte das ganze Lager zum Jubeln. Viele der Anwesenden fielen einander in die Arme, lachten und weinten gleichzeitig. Unter dem Beifall der Elfen nahmen die Freunde am Feuer des Königs Platz.

Die Rückkehr zur Festung dauerte drei weitere Tage, denn die meisten der Heimkehrer waren zu Fuß unterwegs. Dies gab den Brüdern Gelegenheit, sich in aller Ruhe auszutauschen und neu kennenzulernen. Nun wunderte sich keiner mehr, wieso Alrick in der Lage gewesen war, die Nebelkrähen zu rufen.

Auch Lilly, Till und Flora kamen nicht zu kurz. So bestätigte sich beispielsweise, dass Oma Gertrudes Vorfahren schon früher mit dem Feen- und Elfenreich in Verbindung gestanden hatten und dass Tibana den verzauberten Alrick zu seinem Schutz selbst in die Menschenwelt gebracht hatte.

Als der König mit seinem Volk auf der Festung Einzug hielt, wurde ein Fest gefeiert, das drei Tag andauerte und zu dem Groß und Klein geladen war. Das Licht von Arwarah erhielt seinen angestammten Platz auf dem Kamin und leuchtete fortan wieder in die Herzen der Lichtelfen.

Schließlich sandte König Arindal die Elfenritter aus, um Farzanah suchen zu lassen. Sie sprengten in alle Himmelsrichtungen, aber keiner von ihnen fand eine Spur von ihr.

So gut es Lilly, Flora und Till auch auf der Festung gefiel, irgendwann mussten sie sich verabschieden. Schließlich konnten sie die Eltern nicht ewig mit den Doppelgängern sitzenlassen. Und wer weiß, was in der Zwischenzeit zuhause alles geschehen war?

„Lilly!“, rief Alrick mit klopfendem Herzen. Er hatte das Mädchen im Garten entdeckt und wollte die letzte Gelegenheit, allein mit ihr zu sprechen, nicht verstreichen lassen. Lilly schaute auf. Der junge Elf, der jetzt vor ihr stand, war nicht mehr der Elfenjunge, den sie gerettet hatten. Ihre gemeinsamen Abenteuer hatten ihn reifer und erwachsener gemacht. In dem feinen grünen Gewand und mit dem schlichten Goldschmuck sah er wie ein wirklicher Prinz aus. Verlegen räusperte er sich und grinste. „Lilly, ich ... ich weiß nicht, wie ich es sagen soll, und ... vor allem weiß ich nicht, wie du es siehst, aber ... ich ... ich hab' mich in dich verliebt!" Sein leuchtendes Gesicht färbte sich rot und Lilly musste trotz der Purzelbäume, die ihr Herz gerade schlug, schmunzeln.

„Alrick, ich weiß auch nicht, wie es gehen soll, aber ich habe mich auch in dich verliebt", antwortete sie nicht weniger verlegen.

Glücklich zog der junge Elf das Mädchen in seine Arme und küsste sie.

„Dann ist ja alles klar!", rief er so begeistert, dass Lilly wiederum lachen musste. Dann wurde sie ernst.

„Alles klar? Nichts ist klar! Ich habe keinen Schimmer, wie wir je zusammenkommen könnten!"

„Das lass mal meine Sorge sein", meinte er zuversichtlich. „Arindal hat etwas von einem neuen Bündnis mit den Menschen erzählt und was wäre ein besseres Pfand dafür als unsere Liebe?"

Nun war es Lilly, die bis hinter die Ohren krebsrot wurde.

„Aber du bist ein Prinz. Hier in deiner Welt bist du ein Prinz. Arindal will, dass du die Burg in Darwylaân bewohnst und ich bin nur ein Mädchen aus einem Bauernhaus – und aus einer völlig anderen Welt!"

„Ein Mädchen mit einem Teleskop, das es in der neu entstehenden Stadt der Wissenschaften weit bringen wird. Und bis es so weit ist, möchte ich dir diese zwei Dinge schenken. Das hier ist ein magischer Spiegel. Wenn du hineinblickst und meinen Namen mit Liebe aussprichst, dann können wir uns sehen und miteinander sprechen."

Wie ein Blitz durchzuckte Lilly der Gedanke, dass sie von ihrer Urgroßmutter einen ähnlichen Spiegel geerbt hatte. Womöglich war sie auch in einen Elfen verliebt gewesen?

„So, so, mit Liebe!", grinste Lilly, die wusste, dass Alrick sie neckte. „Und das andere?"

„Das andere ist meine Flöte! Ich habe mit Arindal vereinbart, dass, wann immer du sie spielst, das Boot kommt und dich abholt! An unserem Ufer wird dann eine von Arindals Nebelkrähen auf dich warten und zur Burg bringen!"

„Na sieh mal einer an!", sagte Lilly beeindruckt. „Du bist dir aber deiner Sache sicher!"

Alrick erblasste, aber Lilly drückte ihm einen Kuss auf die Lippen. „Reingefallen! Natürlich werde ich kommen! Versprochen!“

Als die Stunde des Abschieds nahte, begleiteten Tibana und Alrick die drei bis zum Feengrottentor. Die Herzen aller waren schwer und gleichzeitig voller Sehnsucht. Lilly probierte die Flöte aus, und als das Boot lautlos über den See zu ihnen herüber glitt, flossen auch ein paar Tränen. Flora klammerte sich an Tibana und wollte das Versprechen, sie und die Wichtel bald besuchen zu dürfen, immer und immer wieder hören.

„Hast du noch deine Kette?“, fragte die alte Fee, obwohl sie es natürlich wusste.

„Ja!“, antwortete das kleine Mädchen.

„Dann bist du auch immer bei mir! Und ich kann in deine Träume schauen! Till, vertraue auf Metâbor! Wir werden uns alle bald wiedersehen!“

Leise stieß das Boot vom Ufer ab und schaukelte, von Zauberhand getrieben, der Menschenwelt entgegen. Ohne Zwischenfälle stoppte es an der kleinen Mauer im Märchendom.

„Weißt du noch, wie wir den Grindelwarz hier gefangen haben?“, fragte Till.

„Ja, aber es kommt mir vor, als wäre es Jahre her. Ob er noch immer ein Eichhörnchen ist?“ Kichernd warfen die drei einen letzten Blick auf die Gralsburg, die im Licht ihrer magischen Laterne wunderschön aussah. Dann schickten sie das Boot zurück. Lilly streute ein wenig Elfenstaub auf die Wand und schon standen sie auf dem Weg, der sie nach Hause führte.

Mit Bedacht hatten sie diese nächtliche Stunde für ihre Rückkehr gewählt, denn schließlich mussten sie ihre Doppelgänger noch nach den Ereignissen daheim ausfragen und dann ohne Aufsehen verschwinden lassen. Zum ersten Mal würden sie die Magie allein anwenden, aber seit Lilly wusste, dass schon ihre Urgroßmutter mit Elfen befreundet war, hatte sie keine Bedenken mehr. Lilly Sternensucherin, Till Menschenkind und Flora Wichtelfreundin waren nicht aufzuhalten! Hinzu kam, dass sie gewissermaßen die offizielle Freundin des Elfenprinzen von Arwarah war, auch wenn sie vorerst keinem Menschen davon erzählen konnte. Till und Lilly nahmen Flora in die Mitte und so, Hand in Hand, liefen sie heimwärts.

Wie anheimelnd kam ihnen das kleine Haus mit dem duftenden Garten vor, das so friedlich im silbernen Mondlicht lag. Vertraut und sicher wie ein Hafen im Sturm.

„Willkommen im schönsten Zuhause, das es auf der ganzen Welt gibt", sagte Lilly feierlich. „Ihr seid die besten Geschwister, die man sich vorstellen kann. Das gilt sogar für Oskar!", fügte sie spontan hinzu.

„Und nun ist es auch Tills Zuhause und das von Tibana und den Wichteln, wenn sie mögen. Und Alricks natürlich." Flora flüsterte, so feierlich war ihr zumute. „Zu unserer Familie gehört, wen wir dazu aussuchen!

„Vielen Dank! Nach alldem sehe ich es auch so", sagte auch Till, „und unser Zuhause ist der beste Platz auf der gesamten Menschenwelt!"

Adhaweé Meldaras et Meldari!

Spannende Urlaubsabenteuer für Kinder im Grund- und Vorschulalter:

Alle Bücher auch als E-Book erhältlich.

Die Autorin
Elisabeth Schieferdecker, Jahrgang 1959, ist gelernte Lithographin und Fremdsprachensekretärin. Das Beste aus beiden Berufen vereint sie seit vielen Jahren beim Zeichnen und Schreiben. Ihre Gedichte wurden in mehreren Anthologien veröffentlicht. Inzwischen konzentriert sich Elisabeth Schieferdecker neben ihrem kaufmännischen Beruf auf das Schreiben von Kinder- und Jugendbüchern und arbeitet an einem Roman. Die Mutter von zwei Söhnen lebt mit ihrer Familie in Saalfeld und ist Mitglied in der Schreibstube des Thüringer Litheraturvereins.

Die Illustratorin
Sabrina Pohle, Jahrgang 1984, entdeckte in ihrer frühen Jugend ihr Interesse am Zeichnen, aus dem sich über die Jahre eine Leidenschaft für Illustration und sequenzielle Kunst entwickelte. Sie experimentierte zunächst viel mit traditionellen Maltechniken und Materialien wie Aquarell, Kohle und Pastellkreiden. Seit einiger Zeit nutzt Sabrina Pohle auch digitale Medien, um ihre Werke zu erstellen. Die studierte Japanologin arbeitet als freiberufliche Illustratorin in Hamburg und hat bereits zahlreiche Kinderbücher illustriert.